本丛书由四川师范大学教务处、文学院资助出版
"中国现当代文学文本细读"丛书

中国现当代新诗文本细读

刘永丽 主编

中国社会科学出版社

图书在版编目(CIP)数据

中国现当代新诗文本细读／刘永丽主编．—北京：中国社会科学出版社，2016.6（2025.1 重印）

ISBN 978 - 7 - 5161 - 8876 - 7

Ⅰ.①中… Ⅱ.①刘… Ⅲ.①诗歌研究—中国—现代②诗歌研究—中国—当代 Ⅳ.①I207.22

中国版本图书馆 CIP 数据核字（2016）第 237275 号

出 版 人	赵剑英
责任编辑	周晓慧
责任校对	无 介
责任印制	戴 宽

出　　版	中国社会科学出版社
社　　址	北京鼓楼西大街甲 158 号
邮　　编	100720
网　　址	http://www.csspw.cn
发 行 部	010 - 84083685
门 市 部	010 - 84029450
经　　销	新华书店及其他书店
印　　刷	北京明恒达印务有限公司
装　　订	廊坊市广阳区广增装订厂
版　　次	2016 年 6 月第 1 版
印　　次	2025 年 1 月第 5 次印刷
开　　本	710×1000　1/16
印　　张	17
插　　页	2
字　　数	278 千字
定　　价	62.00 元

凡购买中国社会科学出版社图书，如有质量问题请与本社营销中心联系调换
电话：010 - 84083683
版权所有　侵权必究

国家级汉语言文学专业综合改革试点项目系列教材
四川师范大学规划教材

"中国现当代文学文本细读"丛书

丛书编委(以姓氏音序为序)

白　浩　邓　利　李　玫　李　琴
李　涯　刘永丽　谭光辉　王　琳
吴晓东　赵毅衡　周维东　朱寿桐

中国现当代新诗文本细读

编委（以姓氏音序为序）

白　浩　　邓　利　　李　玫
李　琴　　李　涯　　刘永丽
谭光辉　　吴晓东　　朱寿桐

目 录

导论　理解诗歌的形式要素 …………………………………… (1)

第一讲　《凤凰涅槃》：反传统话题探源 ……………………… (19)
第二讲　《弃妇》的多重意蕴解读 ……………………………… (33)
第三讲　《也许》：诗情的逆势处理 …………………………… (43)
第四讲　《再别康桥》的因果与时间 …………………………… (52)
第五讲　《尺八》：乡愁母题的世纪回响 ……………………… (67)
第六讲　《深闭的园子》：丰富多彩的意象世界 ……………… (85)
第七讲　《雪落在中国的土地上》：自我与时代的心史 ……… (98)
第八讲　从异文角度读解《春》及穆旦的诗歌特质 ………… (110)
第九讲　《红旗歌谣》的修辞与元文化 ……………………… (122)
第十讲　《回答》中的中外诗歌因子 ………………………… (145)
第十一讲　《读康熙信中写到的黄河》：对现代文明的质疑 … (162)
第十二讲　《女人・母亲》中的女性意识 …………………… (170)
第十三讲　长诗《哈拉库图》与诗人昌耀的精神历程 ……… (186)
第十四讲　海子诗歌中的肉体隐喻 …………………………… (198)
第十五讲　《一个人老了》：在四月里如何谈论衰老 ………… (208)
第十六讲　《祖母》：套层结构或"仙鹤拳" ………………… (228)
第十七讲　从《春天,遂想起》谈余光中诗歌中的"江南" … (240)
第十八讲　《漂木》：神秘的时间之旅 ………………………… (251)

后记 ……………………………………………………………… (263)

导　论

理解诗歌的形式要素

在小说、诗歌、戏剧和散文这四种体裁中，现代诗歌相对来说是最难懂的，这主要是由现代诗歌的模糊性、诗意空间的不确定性决定的。其实，古今中外关于诗歌的理论最发达，书也最多。比如，关于小说叙事学的书差不多是从20世纪中期才渐渐兴起的，而关于诗歌的理论至少从柏拉图时代的《诗学》就开始了。但最复杂、最莫衷一是的领域也是诗歌领域。关于什么是诗便是一个很难回答的问题。研究诗歌的人一般都知道苏格兰作家鲍斯威尔（1740—1795）在《约翰生博士传》一书中与约翰生的一段对话（约翰生是美国18世纪非常有名的作家和词典编撰家）：

鲍斯威尔问：先生，那么，什么是诗呢？

约翰生答：唉！要说什么不是诗倒容易得多。我们都知道什么是光，可要说明它却不那么容易。

这话意味着给诗下定义是十分困难的事，而指出什么不是诗倒相对容易。但果真如此吗？什么不是诗？留言条肯定不是诗，比如，我们可以看看这一个留言条：

留言条

我吃了放在冰箱里的梅子，它们大概是你留着早餐吃的，请原谅它们太可口了，那么甜又那么凉。

这看上去是一个典型的留言条，一个人偷吃了别人冰箱里的杨梅，觉得不好意思，想留个便条道一下歉。可实际上，它却是20世纪美国大诗人威廉斯的一首非常有名的诗。我们再把它分行重新读一下：

留言条

我吃了
放在冰箱里的
梅子
它们大概是
你留着早餐吃的
请原谅
它们
太可口了
那么甜
又那么凉

一个留言条分行写，就是一首著名的诗。这意味着诗歌尽管很难从本体意义上给它下定义，但它仍然有一些形式性的因素，或者说程式化的要素，决定着一首诗之所以是诗。其实，我们分析一首诗也并不是从诗的定义和本质入手的，而往往是从诗歌的形式要素入手的。下面以中国20世纪30年代的现代派诗歌为例，简单谈一下诗歌的形式要素。

分　行

首先，一目了然的就是分行。即使是一篇通讯报道分了行也会有诗的感觉。

美国学者卡勒举过一则通讯的例子：

昨天在七号公路上一辆汽车时速为一百公里时猛撞在一棵法国梧桐上车上四人全部死亡。

下面试着把这则通讯分行朗诵：

昨天
在七号公路上
一辆汽车
时速为一百公里时
猛撞
在一棵
法国梧桐上
车上四人
全部
死亡

朗诵时再加上悲哀的调子，还真是一首不错的诗呢。这一点很简单，不多谈。

韵　律

从韵律开始，就进入了诗学相对复杂的层面。很多背过唐诗的人，从小就会感到古体诗的韵律美。几岁的孩子可以什么意思也不懂，但一口气能背出几十首唐诗来。其中起作用的就是韵律感。为什么现在几乎所有两三岁的孩子，父母都逼着他们背唐诗，而不背郭沫若的《女神》呢？一方面他们认为，唐诗有更永恒的经典性的文学价值，另一方面也在于唐诗有着强烈的韵律感。语言本身是有音乐性的，这种音乐性——一种内在的音节和韵律的美感，不仅限于诗，日常语言也潜在地受音节和韵律的制约。现代诗学的鼻祖雅可布逊曾举了个日常对话的例子。

问：你为什么总是说"约翰和马乔里"而不说"马乔里和约翰"？你是不是更喜欢约翰一些？
答：没有的事。我之所以说"约翰和马乔里"只不过因为这样说更好听一些。

　　一个女孩子把"约翰"放在前面说，就引起了另一个女孩子的猜疑。但在"约翰和马乔里"这一表述中把"约翰"放在前面，正是因为音节的考虑。之所以"约翰和马乔里"更好听，是因为我们在说话时总会无意识地先选择短音节的词。比如，"五讲四美三热爱"，如换成"五讲三热爱四美"，就会感觉怎么听怎么别扭了。小说中也有韵律感的例子。有人说过，有两句小说中的句子给他留下了深刻印象，一下子就记住了。一是乔伊斯《都柏林人》中的句子："整个爱尔兰都在下雪。"一是巴乌斯托夫斯基《金蔷薇》中的一句："全维罗纳响彻了晚祷的钟声。"这两句话当时就给他一种震动感。很难说清楚这种震动是从何而来的，但"爱尔兰""维罗纳"在音节上听起来的美感因素可能是其中的重要原因。假如把上面两个城市换一个名字，如"全乌鲁木齐响彻了晚祷的钟声""整个驻马店都在下雪"，就似乎没有原来的韵律美。所以声音背后是有美感因素的，而且还会有意识形态因素，有文化和政治原因。比如，有研究者指出，我们对欧美一些国家名字的翻译，用的就都是特好听的词汇：英格兰、美利坚、苏格兰、法兰西，等等，听起来就感到悦耳；而对非洲和拉丁美洲小国的翻译，洪都拉斯、危地马拉、毛里求斯、厄瓜多尔，听上去都巨难听，一听就令人感到是一些蛮荒之地。这可以说是殖民地强权历史在语言翻译中的一个例子。

　　现在我们来看台湾诗人郑愁予写于1954年的《错误》，它就是韵律感极强的一首诗：

　　　　我打江南走过
　　　　那等在季节里的容颜如莲花的开落
　　　　东风不来，三月的柳絮不飞
　　　　你的心如小小的寂寞的城
　　　　恰若青石的街道向晚
　　　　跫音不响，三月的春帷不揭
　　　　你底心是小小的窗扉紧掩
　　　　我达达的马蹄声是美丽的错误

我不是归人，是个过客……

开头两句中"走过""开落"在韵脚上相呼应，"东风不来""跫音不响"在音节、字数、结构上也有对应的效果。本来单音节词，尤其是介词、连词、判断词（"是"）在诗中一般都会尽量回避，但《错误》却大量运用，如"打""如""是"……反而使诗歌的内在音律更加起伏跌宕。尤其是"达达的马蹄"有拟声效果，朗朗上口。诗一写出，有评论家就说，整个台湾都响彻了达达的马蹄声，到处都背诵这首诗。

中国现代诗中最注重诗歌韵律性的是"新月派"诗人，如闻一多、徐志摩、朱湘等。如徐志摩的经典名篇《再别康桥》和《雪花的快乐》。我们来读《雪花的快乐》：

假如我是一朵雪花，
翩翩的在半空里潇洒，
我一定认清我的方向——
飞扬，飞扬，飞扬，——
这地面上有我的方向。

不去那冷寞的幽谷，
不去那凄清的山麓，
也不上荒街去惆怅——
飞扬，飞扬，飞扬，——
你看，我有我的方向！

在半空里娟娟的飞舞，
认明了那清幽的住处，
等着她来花园里探望——
飞扬，飞扬，飞扬，——
啊，她身上有朱砂梅的清香！

那时我凭借我的身轻，

盈盈的，沾住了她的衣襟，
贴近她柔波似的心胸——
消溶，消溶，消溶——
溶入了她柔波似的心胸！

这首诗让人记忆深刻的是其中的一句"朱砂梅的清香"，为什么"朱砂梅的清香"会让人难以忘怀呢？首先是它的音节很美，像"爱尔兰""维罗纳"，另外朱砂梅是具体的，而具体性是文学的生命。

中国现代诗中韵律美的顶峰有人说是现代派诗人戴望舒的《雨巷》（1928）。它使戴望舒一举成名，得到了"雨巷诗人"的称号。叶圣陶甚至说《雨巷》替新诗的音节开了一个新纪元：

撑着油纸伞，独自
彷徨在悠长、悠长
又寂寥的雨巷
我希望逢着
一个丁香一样地
结着愁怨的姑娘

她是有
丁香一样的颜色
丁香一样的芬芳
丁香一样的忧愁
在雨中哀怨
哀怨又彷徨

她彷徨在这寂寥的雨巷
撑着油纸伞
像我一样
像我一样地
默默彳亍着

寒漠、凄清，又惆怅

她默默地走近
走近，又投出
太息一般的眼光
她飘过
像梦一般地
像梦一般地凄婉迷茫

像梦中飘过
一枝丁香地
我身旁飘过这女郎
她静默地远了、远了
到了颓圮的篱墙
走尽这雨巷

在雨的哀曲里
消了她的颜色
散了她的芬芳
消散了，甚至她的
太息般的眼光
丁香般的惆怅

撑着油纸伞，独自
彷徨在悠长、悠长
又寂寥的雨巷
我希望飘过
一个丁香一样地
结着愁怨的姑娘

这首诗的成功之处在于运用了循环、跌宕的旋律和复沓、回旋的音节。衬托着彷徨、徘徊的意境，传达了寂寥、惆怅的心理，间接透露了痛苦、迷茫的时代情绪。旋律、音节的形式层面与心理气氛达到了统一，是现代诗音乐性体现的极致。后来，戴望舒对有关诗歌的音乐性有了更深入的理解，认为诗的音乐性不是表现在有形的字句上、有声的音韵上，他赞同昂德莱·纪德的观点："句子的韵律，绝对不是在于只由铿锵的字眼之连续的形成的外表和浮面，但它却是依着那被一种微妙的交叉关系所合着调子的思想之曲线而起着波纹的。"[1] 即是对诗歌情绪内在律的一种追求。戴望舒在1932年11月的《现代》杂志第2卷第1期上发表了《望舒诗论》，共十七条，其中第五条说："诗的韵律不在字的抑扬顿挫上，而在诗的情绪的抑扬顿挫上，即在诗情的程度上。"第七条是对此种诗学的一种补充："韵和整齐的字句会妨碍诗情，或使诗情成为畸形的。倘把诗的情绪去适应呆滞的、表面的旧规律，就和把自己的足去穿别人的鞋子一样。"诗歌最重要的是情绪的音乐性，而不是外在韵脚、押韵等外在形式方面的音乐性，诗歌创作要服从诗人内心真性情展开所需要的内在节奏，这样具有散文美的自由体诗句比格律诗更有弹性。因为《雨巷》太雕琢，太用心，太具有音乐性而被戴望舒所嫌弃，不过，他很快就找到了新的诗学要素，取代《雨巷》的是《我的记忆》。戴望舒的好友杜衡在《望舒草》序中说：从《我的记忆》起，戴望舒可说是在无数的歧途中间找到了一条浩浩荡荡的大路，并完成了"为自己制最合自己的脚的鞋子"的工作。这浩浩荡荡的大路也是30年代一代现代派诗人所走的路。其诗学的重心就在于"意象性"。

意象性

意象性是诗歌艺术最本质的规定性之一。诗句的构成往往是意象的连缀和并置。这一特征在中国古典诗歌中最突出，诗句往往是名词性的意象的连缀，甚至省略了动词和连词。如温庭筠的《商山早行》："鸡声茅店月，人迹板桥霜。"马致远的《天净沙》："枯藤 老树 昏鸦，小桥 流水 人家，古道 西风 瘦马。"这种纯粹的名词性意象连缀，省略了动词、连词

---

[1] 戴望舒：《谈林庚的诗见和"四行诗"》，《新诗》第1卷第2期，1936年11月。

的诗句在西方诗中是不可想象的。可以对照一下唐诗的汉英对译，比如王维的诗"日落江湖白，潮来天地青"，它翻译成英语是这样的："As the sun sets, river and lake turn white.""白"在杜甫诗中可以是一种状态，在汉语中有恒常的意思，"白"不一定与"日落"有因果关系，但是在英语翻译中，就必须加上表示变化和过程及结果的动词 turn，以表示过程的因果关系，而且必须有关联词 As。又如杜甫的诗"国破山河在，城春草木深"，译成英语则是这样的：As spring comes to the city, grass and leaves grow thick."其中表示时间性的关联词 As、动词 comes、grow 都得加以补足。从中可以看出，意象性尤其是汉语诗歌艺术最本质的规定性之一。

现代派诗歌的突出特征就是意象性。《我的记忆》具有鲜明的意象性特征：

> 我的记忆是忠实于我的
> 忠实甚于我最好的友人。
>
> 它生存在燃着的烟卷上，
> 它生存在绘着百合花的笔杆上，
> 它生存在破旧的粉盒上，
> 它生存在颓垣的木莓上，
> 它生存在喝了一半的酒瓶上，
> 在撕碎的往日的诗稿上，
> 在压干的花片上，
> 在凄暗的灯上，
> 在平静的水上，
> 在一切有灵魂没有灵魂的东西上，
> 它在到处生存着，
> 像我在这世界一样。

用实用性语言来说，这一大段诗一句话就够了：我的记忆生存在一切东西上。但戴望舒却罗列了一系列意象，诗人用这些日常生活中常见的意象，把人的抽象的感情——记忆最大限度地具象化了。记忆由此有了感情。可以想见,"绘着百合花的笔杆上"的记忆会是多么清新而美好,而"破旧的粉盒上"的记忆,承载着诗人多少或心酸或凄美的心境。"颓垣的木莓"应该是对于世事的"荒原"感觉吧,而何种情境才会引发这种"荒原"感呢?这样的记忆就暗藏着许多故事——只有作者才知晓的那些故事,从而给读者留下了无限的想象空间。同样,"喝了一半的酒瓶""撕碎的往日的诗稿""压干的花片",乃至"凄暗的灯""平静的水",每个意象里都有不同的故事,不仅是意象构筑的画面故事,同时也富含情调、情境,有丰富的感情因子在里面,有着诗人曾经的生命体验。这样,由于不同的意象的存在,记忆有了灵魂,有了纷繁丰富的生命形态,这正是诗歌语言区别于日常语言的本质之处,所以这首诗是意象性的典范之作。另一个典型的例子是废名的《十二月十九夜》:

> 深夜一支灯,
> 若高山流水,
> 有身外之海。
> 星之空是鸟林,
> 是花,是鱼,
> 是天上的梦,
> 海是夜的镜子。
> 思想是一个美人,
> 是家,
> 是日,
> 是月,
> 是灯,
> 是炉火,
> 炉火是墙上的树影,
> 是冬夜的声音。

香港文学史家司马长风说这首诗"不但没有韵,而且不分节,诗句白得不能再白,淡得不能再淡,可是却流放着浓浓的诗情"。它堪称是"意象的集大成",诗人的联想由"一支灯"的意象延展开去,"灯"在深夜中给诗人一种知音般的亲切感,由此联想到"高山流水"的典故。继而触发了一系列比喻,既以具象的意象解释具象的意象,又以具象的意象解释抽象的意象("思想")。这首诗的另一个值得关注之处在于,它几乎所有的意象都是具象的,是在现实世界里可以找到对应的美好事物,然而被诗人连缀在一起,总体上却给人一种非现实化的虚幻感,似乎成为废名参禅悟道的世界,具体的意象最终指向的却并非实在界,而是想象界,给人一种可望而不可即的缥缈感,所以司马长风说它洋溢着凄清夺魂之美。

风　格

从意象性随便谈及的是"风格"。意象性是诗歌的普泛的属性,本身没有风格特征,但诗人选择哪一种类型的意象却标志着风格。比如,法国象征派大诗人波德莱尔写诗就不回避我们看上去是丑恶的意象,甚至专门写腐烂的尸体,因此被称为恶魔主义诗人。波德莱尔发明的是"审丑"的艺术,专门写尸体。如他的著名的《腐尸》,写一具腐烂的尸体,最奇怪的是这首诗竟是献给他的爱人的:

> 爱人,想想我们曾经见过的东西,
> 在凉夏的美丽的早晨:
> 在小路拐弯处,一具丑恶的腐尸
> 在铺石子的床上横陈,
>
> 天空对这壮丽的尸体凝望,
> 好象一朵开放的花苞,
> 臭气是那样强烈,你在草地之上
> 好象被熏得快要昏倒。
>
> 苍蝇嗡嗡地聚在腐败的肚子上,
> 黑压压的一大群蛆虫
> 从肚子里钻出来,沿着臭皮囊,

象粘稠的脓一样流动。

最后，波德莱尔把联想引向了爱人：

——可是将来，你也要象这臭货一样，
象这令人恐怖的腐尸，
我的眼睛的明星，我的心性的太阳，
你，我的激情，我的天使！

波德莱尔因此获得了"尸体文学的诗人"这一称呼。这首《腐尸》则使人想起鲁迅《野草》中的《立论》，体现的是一种直面更真实也更本质的存在的精神。20世纪屈指可数的几个大诗人之一里尔克年轻时曾给大艺术家罗丹当过秘书，他说，罗丹有一次对他感叹："我终于理解了波德莱尔的这首《腐尸》了，波德莱尔从腐尸中发现了存在者。"《腐尸》的意象反映的是生存、死亡等人类更本质的秘密。

与波德莱尔一对比，我们就可以看出，中国30年代的一大批现代派诗人，尤其是戴望舒、何其芳所体现出的是极端的唯美主义倾向，都是"古典美"的体现者。中国的现代派诗人在意象的选择上却表现出一种"古典美"的风格。我们今天举的是一个更有代表性的例子，这就是郑愁予的《错误》，它体现的则是古典美。它的意象有浓厚的传统的江南文化气息，让人神往。同时有旧诗词的氛围，有古典化倾向。容颜、莲花、柳絮、青石、春帏、跫音……都是古典诗词积淀甚久的意象，它标志着一个唯美主义抒情时代的诗风，风格体现为古典美，是一种极端的唯美主义倾向。这首诗的影响在近几年的新派武侠小说中也体现了出来。温瑞安的一部武侠小说就借用《错误》做小说的回目，其中一回是："我达达的马蹄是他妈的错误。"另一回则是："我叽里呱啦的马蹄是美丽的错误。"温瑞安正像西方现代派画家为蒙娜丽莎添小胡子一样，是一种后现代的反讽写作，是调侃，有游戏化的迹象，是后现代主义美学的充分表现，正反衬了《错误》（1954）的唯美主义。

情　境

　　分析现代诗歌，更好的一个角度是情境。它不完全是意境，而有情节性，但其情节性又不同于小说等叙事文学，其情境是指诗人虚拟和假设的一个处境，按卞之琳所说，是"戏剧性处境"。如他的《断章》，是现代诗中最著名的作品之一：

　　　　你站在桥上看风景，
　　　　看风景人在楼上看你。

　　　　明月装饰了你的窗子，
　　　　你装饰了别人的梦。

　　这是现代诗歌史上最有名的诗。小说家叶兆言写过一部长篇小说《花影》，把这首诗作为题词，陈凯歌根据《花影》改编的同名电影也同样把它作为电影的题词。单纯从意象性角度着眼，就无法更好地进入这首诗。虽然小桥、风景、楼、窗、明月、梦等也是有古典美的意象，但诗人把这一系列意象都编织在情境中，表达的是相对主义观念。单一的你和单一的看风景的人都不是自足的，两者在看与被看的关系和情境中才形成一个网络和结构。这样，意象性就被组织进一个更高层次的结构中，意象性层面就成为一个亚结构，而总体情境把握创造的则是更高层次的描述，只有在这一层次上，才能更好地理解卞之琳的诗歌。卞之琳的很多诗歌都是情境诗的代表作。再看《航海》：

　　　　轮船向东方直航了一夜，
　　　　大摇大摆的拖着一条尾巴，
　　　　骄傲的请旅客对一对表——
　　　　"时间落后了，差一刻。"
　　　　说话的茶房大约是好胜的，
　　　　他也许还记得童心的失望——

从前院到后院和月亮赛跑。
这时候睡眼朦胧的多思者
想起在家乡认一夜的长度
于窗槛上一段蜗牛的痕迹——
"可是这一夜却有二百浬?"

诗人拟设的是航海中可能发生的情境。茶房懂得一夜航行带来的时差知识,因而骄傲地让旅客对表。乘船的"多思者"在睡眼蒙眬中想起自己在家乡时,是从蜗牛爬过的痕迹来辨认时间跨度的,正像乡土居民往往从猫眼里看时间一样。而同样的一夜间,海船却走了二百海里。如同断章一样,《航海》也表现出一种相对主义的观念,即时空的相对性,同时也可以看出航海所代表的现代时间与乡土时间的对比。骄傲而好胜的茶房让旅客对表的行为多少有点可笑,但航海生涯毕竟给他带来了严格的时间感。这种时间感与乡土时间形成了对照。最终,《航海》的情境体现出的是两种时间观念的对比,而在时间意识背后,是两种生活形态的对比。

最后再来看《错误》。它更体现了一种情境的美学。它首尾有故事性,令人联想起一个有淡淡的伤感的哀婉的邂逅故事。我们不妨设想,一个江南女子倦守空闺,苦苦等候出远门的意中人,中间几个比喻暗示出女主人公的形象,描绘了一颗深闺中闭锁的心灵。这时候,一个游子打江南小城走过,他可能邂逅了这个女子,也可能暗恋上了她,抑或两个人还发生了爱恋的故事。但一切不过是美丽的错误,最终"我"只是一个匆匆的过客,在达达的马蹄声中,美丽的故事终于结束了。如果我们根据这首诗歌想象一下可能发生的故事,那么不同的人会编造不同的故事情节。就是因为《错误》这首诗的想象情境是不确定的、多义的,这就是诗歌营造的情境,它有故事性,但毕竟不是小说。所以它的虚拟的情境就有一种复义性,提供了多重想象的余地,也容纳了多重的母题。首先,它是关于江南的一种文化想象。江南可以说是让无数中国作家魂牵梦绕的地方。比如,北京大学的诗人戈麦的《南方》:

像是从前某个夜晚遗落的微雨

我来到南方的小站
檐下那只翠绿的雌鸟
我来到你妊娠着李花的故乡

我在北方的书籍中想象过你的音容
四处是亭台的摆设和越女的清唱
漫长的中古，南方的衰微
一只杜鹃委婉地走在清晨

  戈麦是一位更喜欢生活在自己的想象世界中的诗人。在自述中对南方生活的描绘，就是他想象中的南方。但是我们关于南方的想象从哪里来的呢？不可否认的是，我们多数人的南方想象都存在于文本之中，存在于古典诗词中。学者吴晓东说过，他第一次去南方之前，关于南方的想象都来自于文学作品，即是通过文学作品早已经建构了关于南方的形象。到了南方之后才发现，真正的南方和他想象中的并不一样。奇怪的是，他说，以后再想起南方，脑海里出现的仍然是文本中想象化的南方，而不是现实中他见过的南方。这种情况应该具有普遍性。这就是文化想象的力量。又比如关于北京这个城市，对于大多数人来说，也存在于想象中。《错误》这首诗在许多人的南方想象中一定占有非常重要的地位。这就是诗化的江南，或者说是古典化的江南。

  其次，它也是关于游子的母题，让人想起辛弃疾的词："落日楼头，断鸿声里，江南游子，把吴钩看了，阑干拍遍，无人会，登临意。"这是宋词中不可多得的让人感慨的诗句。

  当然它又是深闺的母题，这个深闺紧锁的形象，你可以把它看成是少女，也可以看成少妇。无论是少女还是少妇，这在季节里苦苦等待的形象，如莲花开落的形象一般同样让我们心动。

  最后是邂逅的主题。"美丽的错误"暗示了一种邂逅或失之交臂的普泛的人生境域，是我们每个人都可能经历过的，或体验过的，隐含了丰富的美感内容。所以最终我们从情境的视角理解《错误》，会领悟到其中的一种无奈的命运感。这就是它的最核心的"邂逅"的主题。

  "邂逅"是文学家最酷爱的情境之一，它的奥秘就在一次性。而关于一次性的思考，最深刻的小说家是捷克流亡作家昆德拉。他的最重要的小说是《生命中不能承受之轻》，据调查，这也是北京大学中文系学生读得最多的小说。小说一开头就在思考关于"一次性"和尼采的关于"永劫回归"的命题，什么是"永劫回归"？昆德拉的意思是，命运只有是轮回的，才有重复，才有规律和意义，否则都只具有一次性，就像一句德国谚语所说的那样：只发生过一次的事就像压根儿没有发生过，而我们所说的生活，也就成了一张没有什么目的的草图，永远也完成不了。笔者的一个同学当年曾一遍遍地给我们讲他在一个假期在安庆坐长江轮渡时的体验。他说他那一次一直远远地注视着一个在船头迎风伫立的女孩子，女孩的红色的纱巾或裙裾迎风飘举。他说那是他有生之年见到的最美丽的一个女孩以及最动人的形象。然而，这位同学说他当时最真切的体验是一种彻底的绝望。因为他知道以后可能永远没有机会再遇上这个形象，这次机遇就成为一次性的，留给人的，就是一种无限怅惘的感觉，甚至是一种绝望感。按昆德拉的思考，只发生过一次的事就像压根儿没有发生过一样，那我们就可以说，这位同学真的遇见过那个最动人的景象吗？这一次性的机遇带给他的，是一种什么样的意义呢？这就是邂逅的主题以及它的一次性所蕴涵的深沉的意味。

很多人都喜欢日本画家东山魁夷的一篇散文《一片树叶》，里面说：

> 无论何时，偶遇美景只会有一次。如果樱花常开，我们的生命常在，那么两相邂逅就不会动人情怀了。花用自己的凋落闪现出生的光辉，花是美的，人类在心灵的深处珍惜自己的生命，也热爱自己的生命。人和花的生存，在世界上都是短暂的，可他们萍水相逢了，不知不觉中我们会感到无限的欣喜。

日本人喜欢樱花，就是因为它的短暂性，樱花是一种比较有意思的花，一棵树单独看不觉有什么了不起，但是漫山遍野地看，就觉得无比灿烂。在樱花开放时节，日本人可以说是倾巢出动，日本电视台还有关于樱花的锋线预报，预报现在樱花在什么地方盛开。有人一直会从日本的南端追踪到北海道。泰戈尔说，生如夏花之灿烂，死如秋叶之静美，樱花给人的就是这种感觉。既灿烂，又短暂。

东山魁夷的《一片树叶》是影响很大的散文，当年哲学家李泽厚就曾经在《华夏美学》中引用了这篇散文，谈他的生命本体问题："人和花的生存，在世界上都是短暂的，可他们萍水相逢了，不知不觉中我们会感到无限的欣喜。"东山魁夷的感受是欣喜，但是李泽厚认为：

> 这种欣喜又是充满了惆怅和惋惜的……这种惆怅的偶然，在今日的日常生活中不还大量存在么？路遇一位漂亮姑娘，连招呼的机会也没有，便永远随人流而去。这比起"茜纱窗下，我本无缘；黄土垅中，卿何薄命"，应该说是更加孤独和凄凉。所以宝玉不必去勉强参禅，生命本身就是这样。生活，人生，机缘，际遇，本都是这样无情、短促、偶然和有限，或稍纵即逝，或失之交臂；当人回顾时，却已成为永远的遗憾……不正是从这里，使人更深刻地感受永恒本体之谜么？它给你的感悟不正是人生的目的（无目的）、存在的意义（无意义）么？它可以引起的，不正是惆怅、惋惜、思索和无可奈何么？

李泽厚启示我们生命本体充满了偶然性，邂逅之美的本质就表现为它是偶然性与一次性的。正因如此，邂逅才令人难以忘怀。所以东山魁夷说，无论何时，偶遇美景只会有一次，两次邂逅就不会动人情怀了。这也是《错误》为什么读来会有所心痛的原因所在。

以上所讲的诗歌构成要素，也是我们进行诗歌解读时需要关注的几个重要方面。不过，上文只是提供了一种读诗的基本方法。古人云"诗无达诂"，诗歌因其语言的凝炼、精粹、形象，思维的跳跃性以及意象的多重性而留给读者无限的想象空间，从而造成了面对同一首诗歌作品，鉴赏者出现仁者见仁、智者见智式的不同解读现象。另外，由于受众的文化水平、个人经历及审美趣味的差别，对同一首诗歌的理解也有所分歧。这是正常的诗歌"误读"现象。

现代诗歌是一种自由的文体，本教材所选取的诗歌文本细读篇目，即是遵循着自由的多样化原则，尽量向读者展示多种多样的诗歌解读方式。由于篇幅所限，本教材没有将原文刊出，同学们在学习的时候，要先把原文找到，细细揣摩，方有成效。为了使同学们对诗歌的理解更为深入、全面、多维，本教材设置"延伸阅读"版块，方便同学们进一步思考与探索。

第一讲

《凤凰涅槃》：反传统话题探源

郭沫若的第一部诗集《女神》初版于1921年8月，收郭沫若早期新诗56首，其中大部分诗篇作于1919年下半年至1920年上半年五四运动高潮时期，被誉为"开一代诗风"的诗作。《凤凰涅槃》是《女神》中具有代表性的一首诗作。

关于《女神》文学史意义的经典性描述当首推闻一多，他在1923年就指出："若讲新诗，郭沫若君的诗才配称新呢，不独艺术上他的作品与旧诗词相去最远，最要紧的是他的精神完全是时代的精神——二十世纪底时代的精神。有人讲文艺是时代底产儿，《女神》真不愧为时代底一个肖子。"[①] 而这种时代精神，周扬在20世纪40年代时明确指出是一种五四精神："他的诗比谁都出色地表现了'五四'战斗精神。那常用'暴躁凌厉之气'来概括的'五四'战斗精神。在内容上，表现自我，张扬个性，完成所谓'人的自觉'，在形式上，摆脱旧诗格律的镣铐而趋向自由诗，这就是当时所要求于新诗的。这就是'五四'精神在文学上的爆发。在诗的魄力和独创性上，他简直是卓然独步的。"[②] 这种评价反映了郭沫若诗歌所体现出的时代特色，尤其是他的代表作《凤凰涅槃》，在某种程度上即是五四精神的复制。

两个世界：新与旧

《凤凰涅槃》体现的五四精神最突出的一点，即是反传统主义。诗的

---

① 闻一多：《〈女神〉之时代精神》，《创造周报》1923年第4号。
② 周扬：《郭沫若和他的女神》，《解放日报》1941年11月16日。

起首部分，借用天方国的神话传说，言及凤凰是一种神鸟，它的特征是"满五百岁后，集香木自焚，复从死灰中更生"，而更生后的凤凰"鲜美异常，不再死"。诗人借助这样的神话传说，把凤凰涅槃从死到生的过程隐喻为新中国从衰败到复兴的过程，凤凰涅槃前后生存的背景由此成为新旧中国的缩影。

在序曲中，诗人把凤凰自焚的时间背景放在"除夕"这一传统中国人所看重的辞旧迎新的特定时刻，有种仪式化的意义。凤凰自焚的氛围是"哀哀"的，悲壮、低沉。因为它们所处的环境太恶劣：梧桐已经枯槁，醴泉已经消歇，整个天地是一幅浩茫茫、阴森森的色调，是寒风凛冽的冰天，呈现出一派死气沉沉、没有生机与活力的图景，而这正是现实旧社会、旧世界的隐喻。诗人以除夕为界，将凤凰涅槃、死而复生的时间段，分为新旧两个世界，涅槃之前的世界属于旧中国、旧世界，涅槃之后的世界，便是充满生机与活力的新世界。

序曲中所出现的梧桐醴泉的意象，出自《庄子·秋水·惠子相梁篇》，文中如此描绘凤凰这种神鸟："夫鹓鶵发于南海，而飞于北海；非梧桐不止，非练实不食，非醴泉不饮。"即是说凤凰这种鸟的特征是：不是梧桐树不栖息，不是竹子的果实不吃，不是甜美甘甜的泉水不喝，从而展现出凤凰高洁、高贵的人格节操。有关梧桐的意象，在中国古典文学中有许多意蕴，其中之一即是高洁人格的象征。先秦典籍奠定了梧桐作为"嘉木""柔木"的基本属性，而凤凰是吉祥的神鸟瑞兽，所谓"良禽择木而栖"，即展现了凤凰的高洁品性。然而，序曲中凤凰所生存的这个世界已无良木，亦无甘泉，处处是蝇营狗苟的凡俗之辈——即是"序曲"结尾出现的一群"自天外飞来观葬"的"凡鸟"。诗人借此隐喻日趋腐朽和衰败的古老的中华民族，只有经过一场革命烈火的洗礼，才能重现光辉。所以凤凰要自焚，以获得重生。接下来的凤歌、凰歌，即是凤凰发出的对旧世界的控诉。

序曲中的丹穴山，来自《山海经》的记载："丹穴之山有鸟焉，其状如鹤，五采而文，名曰凤。首文曰德，翼文曰顺，背文曰义，膺文曰仁，腹文曰信。是鸟也饮食自然，自歌自舞。见则天下大安宁。"即是表明，凤凰是一种祥瑞之鸟，有德有义有信，它的出现，是平安瑞祥的吉兆。序曲中采用的凤凰、梧桐的这些典故，皆来自古典典籍，暗示着凤凰和传统文明的某种关联。

"凤歌""凰歌"和"凤凰同歌"是长诗的第二章，也是全诗的主曲。其主旨即是对旧社会、旧世界的控诉。

"凤歌"采用屈原《天问》的表达方式控诉了旧世界，体现了五四时期质疑一切的创造精神。凤凰自焚不仅是对旧世界的革命性推翻，同时也是重构人文价值体系的过程。诗人对宇宙起源的追问，也是对旧世界存在的价值、意义的追问，以及对终极真理的追求。正是因为具有这样的追问及质疑精神，才能清醒地意识到现实的腐败与无可救药。这样的世界"冷酷如铁""黑暗如漆""腥秽如血"，处处是"屠场""囚牢""坟墓""地狱"，没有一块净土。这样的世界为什么存在？有存在的必要吗？更可怕的是，这个世界腐蚀力量的强大："生在这样个阴秽的世界当中，就是把金刚石的宝刀也会生锈！"这个旧世界就是大染缸，一切美好的东西都会被它染成漆黑一团。如同鲁迅在《狂人日记》里所指出的，四千年来的文化皆是"吃人"的文化，传统的礼教无不导致人格的弱化、奴化，而这样吃人的文化体制已形成了天罗地网，长久地影响着人们的行为选择及人格意识，从而消解掉中国人作为鲜明个性主体的独特性、自主性。诗人把旧世界比喻为"屠场"，即是展现了旧体制的"吃人"本性，而"囚牢"的比喻无疑表明，旧社会中的任何一个人都无法逃脱被吃的命运。就是这样的文化体制把正常的人变成了鬼，变成了魔，使现实的人间成为"坟墓"及"地狱"。

如果说凤歌从空间角度展现了旧世界已经没有一片净土，那么"凰歌"即是历时性的，从时间的角度回顾中华民族从年轻时的"新鲜、甘美、光华、欢爱"走向"悲哀、烦恼、寂寞、衰败"的历程，并感慨中华民族一直以来的生存状态是"流不尽的眼泪，洗不净的污浊，浇不熄的清炎，荡不去的羞辱"，那么，"我们这缥缈的浮生，到底要向哪儿安宿"，即是曰，中国的出路在哪里呢？

诗人在这里，把现今的中华民族比喻成破船、孤舟："帆已破，樯已断，楫已飘流，柁已腐烂"，在茫茫大海中"前不见灯台、后不见海岸"，前路何在？亦即中华民族如何才能生存？展现了诗人强烈的忧患意识。所以诗人将我们"缥缈的浮生"比作"黑夜里的酣梦"，如飘风，如轻烟。只是昏睡的生活。沿袭旧传统、旧观念的一切，都只是"环绕着我们活动着的死尸"，"贯串着我们活动着的死尸"。从这种书写中可以看到诗人对旧世界强烈的控诉之情：旧的生活如同睡梦，秉承旧式价值观念生活的人如同行尸走肉，人在这样无生机活力的世界中已失去了应有价值。所以，砸碎旧世界、旧中国、旧我，创造新世界、新中国、新我，才是出路，才是希望所在。

"凤歌"和"凰歌"讴歌的主题是一致的，即对光明的寻求，对美好世界的憧憬，以及对黑暗现实的控诉。"群鸟歌"是对这个旧世界的补充。群鸟，是庸俗的众人，是鲁迅笔下自以为聪明而实际愚昧麻木的看客，是旧世界充斥着的形形色色的丑陋人群。这一章一共六节，每一节都是四行；而前三行诗句完全相同，展示了庸众共同的卑劣特性。这些群鸟只知道追逐一己私利，而全无国家、民族情怀，更谈不上有人格节操：岩鹰令人想起张扬黩武精神的军阀，孔雀隐喻专横霸道的政客，鸱枭代表一切以满足自己贪欲为主的专制者，家鸽即是人云亦云、奴性十足的庸众的代表。鹦鹉不言而喻是那些夸夸其谈、毫无创见、拾人牙慧的所谓雄辩家，而白鹤即是任凭国家危难被置于水火之中依然不闻不问却自命清高的无耻文人。诗人通过"群鸟歌"重复的依然是新与旧的话题，旧世界旧中国不仅环境恶劣，人也因为受传统文化及礼教的教化而丑陋不堪，砸碎旧世界中的一切，用新文化新思想启蒙中国人，这才是中国的希望所在。

新的世界即是凤凰更生歌中所展现的世界。"鸡鸣"即是曙光初现、新的世界即将开始的征兆，宇宙间的生机开始复苏，"一唱雄鸡天下白"。"昕潮涨了""春潮涨了""生潮涨了"，预示着鲜活的生命的诞生，于是，"死了的光明更生了""死了的宇宙更生了""死了的凤凰更生了"。在这新生的环境中，新生的凤凰开始和鸣，尽情地"翱翔""欢唱"，唱起欢乐的歌，歌颂新的世界。"凤凰和鸣"中的每一节诗开始时采用短句子，运用排比重叠，回环复沓的手法，表达欢快的情绪，如同鼓点，也如同欢乐的圆舞曲。诗人饱含激情地赞扬了烈火中更生的"凤凰"——也即是经历过浴血革命后建立的新中国的华美异常。这个新世界一派欣欣向荣的景象，和谐安乐，诗人以百余行的篇幅分别礼赞了"光明""新鲜""华美""芬芳""和谐""欢乐""热诚""雄浑""生动""自由""恍惚""神秘""悠久"等新中国的特质。

不仅是新中国具有这样的美好品质，而且新中国中的每一个人都获得了浴火重生，所以郭沫若在"凤凰更生歌"中反复地咏唱："一切的一，更生了。""一的一切，更生了。"这里，"一切的一"是指中华民族群体到个体，"一的一切"即是指个体生命遍及众生，而这一切即是和谐的整体，你中有我，我中有你——"我们便是他，他们便是我。我中也有你，你中也有我。我便是你，你便是我"，诗人由此指出，新的世界是一个众生平等如同手足的美好世界。在这个世界中，我和你、他，都融为一体，每个生命个体都布满了新鲜、净朗、华美、芬芳、热诚、挚爱、欢乐、和谐、生动、自由、雄浑、悠久的美好情怀。全新的人诞生了。

可以看出，对新中国的这种设想有"泛神论"思想的痕迹。泛神论是以反对封建专制和神权统治为特征的，是欧洲十七八世纪反对中世纪神权思想的集中体现。泛神论认为，"本体即神，神即自然"，即是说，"神"存在于自然界的一切事物中，存在于自然界的山山水水中，存在于每一个生命个体中。整个宇宙或自然是同一的，都是神的体现，而神并不凌驾于世界之上。由此，郭沫若认为："泛神便是无神，一切的自然只是神的表现，自我也只是神的表现。我即是神，一切的自然都是自我的表现。"①"我即是神"，一切的自然也是"神"，是自我的表现。由此，诗句中"一切的一"中的"一"亦可以理解为是指大自然普泛的本体（神），"一的一切"中的"一切"指由"一"的本体衍生出的自然万物。既然一切都由本体而来，都具有本体的属性，那么，"一切的一"与"一的一切"相融和，你就是我，我就是他，自然万物都是我们的同胞。在这样的哲学基础上，建立那个亲密无间、平等自由的生命与万物的大和谐世界，体现了郭沫若对乌托邦式的理想国的想象。

两种文化：传统与现代

诗人所创造的新世界与泛神论思想相关，无疑展露出诗人心中的理想世界是以西方世界为蓝本的，或者是以西方的现代性为目标的。这也是鸦

---

① 郭沫若：《〈少年维特之烦恼〉序引》，《郭沫若全集文学编》第15卷，人民文学出版社1990年版，第311页。

片战争以降，以救亡为己任的中国知识分子的共识。晚清以来，随着国外势力的入侵，中国知识分子在寻找救亡图存之方法的道路上，慢慢建立起以西方现代性为价值目标的救国模式，以至于在五四时代，西方在中国的知识分子群体中获得了前所未有的巨大的文化权力。西方的文化成了济世的良方。中国社会必须走西方的现代化道路，才能走向富强之路。而走现代之路，就是要把因袭的传统重负砸碎，引进西方文化以启蒙民众，中国社会才能有光明希望的未来。这种言论在其时占据主流。《凤凰涅槃》中的凤凰自焚，由死亡到新生，需要一段时间，作者选取的是除夕这个传统中国人的节日，辞旧迎新的时间段，从子夜到鸡鸣时刻，这个由死亡到再生的线性过程暗示着，如果中国要走向富强，走向现代，必须与传统决裂。砸碎旧世界，旧传统，是中国走向现代社会的前提条件。只有摒弃传统，"光明""新鲜""华美""芬芳"的新中国才可能在死灰中更生。

在这样的言说方式中，现代成了一个可以估量的目标。只要假以时日，付出努力，即会达到现代这一目标。正如瞿秋白所说的："东西文化的差异，其实不过是时间上的"，"是时间上的迟速，而非性质的差别"[1]，其隐含的观点即是，只要我们努力，就会赶超西方现代化国家。这种言说的基础即是达尔文主义的线性时间发展观。进化论有关生物物种进化的一个著名理论是，地球及其生活于其上的动植物都遵循一个进化规律，即不断由低级向高级、由简单向复杂的演进过程，而且这样的过程是无限的、无止境的、不断向前延伸的。进化论由此将意义和价值注入时间，过去不如现在，而将来永远比现在有价值，形成了一种线性的无限向前发展的历史观。这也是五四时期否定传统文化最重要的理论来源。《凤凰涅槃》中由旧到新的过程，正是遵循了这样的线性发展观。五四时期，受这种线性时间观的影响，形成了一种逐新意识，认为新的一定比旧的好。如《新青年》1915 年第 1 卷第 5 号载文曰："过去之中华，老辈所有之中华，历史之中华，坟墓之中华也。未来之中华，青年所有之中华，理想之中华，胎孕中之中华也。"很显然，这是据进化论观点而滋生的"反传统主义"。联系这种"反传统主义"来审视郭沫若《凤凰涅槃》中对旧中国的全然否

---

[1] 屈维它（瞿秋白）：《东方文化与世界革命》，《新青年》第 10 卷第 1 号，1923 年 6 月 15 日。

定，就可以理解其存在的合法性依据了。

《凤凰涅槃》中展示的这两个世界，还有个显著的特征，即是二元对立的。旧的绝对的坏，没有一丁点的光亮，新的绝对的好，没有一丝坏的因素。在五四时期，这种二元对立的逻辑被用于描绘传统与现代的关系。有人在对"五四"先驱者陈独秀、李大钊、瞿秋白等人的著作进行分析时，发现他们概括的传统与现代的关系如下：

中国	西方
旧	新
古老/过去	现代/现在
传统的	现代的
精神的	物质的
封建的	法治的
农业的	工业的
静的	动的
直觉的	理性的
悲观的	乐观的
宿命论的	有创造力的进步的
依赖的	独立的[①]

这样的言说方式及逻辑在其时的文人著作中随处可见，从而形成了一种来势汹汹的贬抑传统的话语体系。正如有论者所说的："'五四'以来对中国历史文本的儒家主义框架的批判和对儒学的现代形象设计，是在进化论、科学主义、唯物论等批判性话语打击之下完成的，也是用革命的暴力实现的，使中国历史形成了长达数十年甚至上百年一直到今天的空白，而其中充填了西方'现代性'话语和民族主义叙事。在这些叙事中，中国的所有灾难的根源就是文化和传统。"[②] 不只是郭沫若《凤凰涅槃》有这

---

① 参见陈崧编《五四时期东西文化问题论战文选》，中国社会科学出版社1989年版，第1—33页。

② 徐迅：《民族主义》，中国社会科学出版社2005年版，第292页。

种"反传统主义倾向",闻一多写于 1925 年的《死水》,在某种程度上也是对《凤凰涅槃》"砸碎旧世界"话题的延续。闻一多在此诗作中把旧中国比喻成一沟绝望的死水,毫无改造的可能性,只能任其腐烂:"不如多扔些破铜烂铁,爽性泼你的剩菜残羹",认为这样的社会"不如让给丑恶来开垦,看他造出个什么世界",即表明了在彻底砸碎的旧社会的废墟上才会有新中国的成立的观点。

实际上,对旧中国的这种完全否定的书写方式在其时的民国社会里,绝不是一种个案,在某种程度上成了一种集体无意识,一种全民族的自我认同。有论者说"世界上还没有哪一个民族主义像中国这样如此决绝地无情地斩断自己的传统,和自己的传统划清界限"[①],而这种话语体系,自晚清以来就开始构建了。李伯元在《文明小史》中把晚清中国比喻成"太阳要出、大雨要下"的时候,隐含的即是中国要经历一番大动荡才能存活下去,刘鹗在《老残游记》中把晚清的老大帝国比喻成需要解救的破旧的危船,即是当时知识分子所感知的中国形象的典型。曾朴《孽海花》中的晚清,也是一副要警醒的"沉陆"的形象。为了挽救这样的中国,梁启超提出了著名的"新民"说,鲁迅提出了"立人"主张,二者都遵循着进化论所说的人种强则国强的思路,其显而易见的前提观点即是承认当前中国人种的劣质。在这样的话语体系下,晚清小说中的中国人也大多是负面形象。民国时期,腐朽的中国,丑陋愚昧的中国人,此种书写模式,也出现在众多的作家笔下。而五四时期以鲁迅、王鲁彦等为代表的乡土小说作家笔下的老中国民众,只有麻木、愚昧、落后,没有些许温暖和光亮。在郁达夫那里,知识分子群体是一副哭哭啼啼、自怨自艾的零余者形象。值得强调的是,文人们在对传统文化进行批判、否定的时候,是有一个参照系的,即西方文明。如在《湖心亭》中,郭沫若写到外国人居住的租界和中国人居住的上海县城在城市形态上的天壤之别:这种差别是顶顶骇人的奇迹,是"退返几个世纪"的差别。在租界里,一切都井然有序,而在中国人居住的上海县城,却到处是"杂乱的旧式房屋的垃圾堆",街路也"崎岖不平"。更可怕的是中国人对这种状况无动于衷。"啊,我们中国人到底是超然物外的,不怕就守着有比自己好的路政市政

---

① 徐迅:《民族主义》,中国社会科学出版社 2005 年版,第 292 页。

在近旁，但总没有采仿的时候。那是值不得采仿的，那是浅薄的物质文明！"① 以外国的好，来观照中国的坏，以外国的文明、先进，来观照中国的落后，是基本的言说思路。在诗歌《西湖游记》中，郭沫若对深陷"火狱中的上海"中人们的麻木，发出了忧心如焚的疾呼，而其中的参照对象也是"西人"，和已走向富强的"东人"：

> 唉！我怪可怜的同胞们哟！
> 你们有的只拼命赌钱，
> 有的只拼命吸烟，
> 有的连倾啤酒几杯，
> 有的连翻番菜几盘，
> 有的只顾酣笑，
> 有的只顾乱谈。
> 你们请看哟！
> 那几个肃静的西人
> 一心在勘校原稿哟。
> 那几个骄慢的东人
> 在一旁嗤笑你们哟。

郭沫若在《湖心亭》中，写到湖心亭是上海市所保存着的唯一的古建筑物。但这个古建筑并不为国人所重视。作者也是以日本人对古建筑古文化艺术的尊重，反衬中国人的无知及粗鄙的精神世界。日本画家不远千里到中国来探访的古艺术品湖心亭，被中国人修改添加了"两台奇丑的新构"后，现在成了茶楼了。亭子左右的之字曲桥，成了"一个宏大的露天便所"，湖水更是"混浊得无言可喻的了"。面对这种情景，作者感慨道："——哎，颓废了的中国，堕落了的中国人，这儿不就是你的一张写照吗？古人鸿大的基业，美好的结构，被今人沦化成为混浊之场。这儿汹涌着的无限的罪恶，无限的病毒，无限的奇丑，无限的耻辱哟！"所以郭沫若说："我们后人已经成了混坑中的粪酱了"！粪酱的比喻更为形象地

---

① 郭沫若：《湖心亭》，《郭沫若全集》第9卷，人民文学出版社1982年版，第398页。

点明郭沫若对中国现状的彻底否定。所以他说："要解救中国，要解救中国人，除非有一次彻底的兵火！不把一切丑恶的垃圾烧尽，圆了寂的凤凰不能再生。"① 这种观点和《凤凰涅槃》中的观点如出一辙。

反传统话语探源

这里要探讨的问题是，为何自晚清以来，中国人对自己民族、国家贬抑的话语气势汹汹呢？

首先，这其中的主要原因，是当时中国所处的"亡国灭种"的社会现实，激发了知识分子的忧患意识，以破败的国家、愚昧的中国人形象的书写警醒中国人，突显改变中国现状及提高中国人整体素质的必要性。

其次，是晚清以降至五四时期社会的腐败引起了民众的痛恨。特别是在"庚子事变"之后，无论是市民、职员，还是文人士大夫，对政治的不满情绪与日俱增，正像鲁迅所说的："群乃知政府不足与图治，顿有掊击之意矣。"② 加之外国殖民势力的侵入，民众所受到的欺辱，使得对晚清及民国政治的痛恨之心更加强烈。因为这个原因，小说家们无形中也扩大了社会的黑暗面。

更主要的是，晚清以降以严复为代表的知识分子在输入西方思想文化、阐释近代西方思想的特质的时候，"中国"总是一个负面的形象和价值，是要改造并被拯救的对象。他们对中国的观视，是以西方的现代性价值话语为内涵标准而得出的结论。像刘鹗眼中的"破船危船"、面临灭顶之灾的老大帝国，是用代表西方科技的"望远镜"才能看见的。如果没有西式的观念对照，中国人对自己所处的现状是浑然不觉的。而梁启超笔下需要救治的中国，也是在了解了西方的话语体系后，以西方现代性立场、目光观看下的中国，是以西方现代性政治制度和民族国家观念来看视中国的政治结构和国家状况，以西方具有国家意识和民族人格意识的国民来比照懵懂无知的中国人，可想而知，梁氏及拥有此种眼光的晚清知识分子所看视的中国社会及中国国民必定是昏聩落后、丑陋不堪的。两种话语

---

① 郭沫若：《湖心亭》，《郭沫若全集》第9卷，第412页。
② 鲁迅：《中国小说史略·清末之谴责小说》，东方出版社1996年版，第231页。

交会在一起，同时看视中国社会，必定是极尽丑化之能事。

　　对社会现实的丑化也和进化论思想的影响有着密切关系，我们知道，严复译《天演论》的时代，正是晚清社会危机四伏、国势衰微的时代，严复译介此书的目的，不仅仅是介绍科学知识，更主要的是对"自强保种之事"有所助益。①《天演论》所表达的优胜劣汰、竞进不屈、自立自强的思想，正契合知识分子改造国民性的主题。晚清小说揭露国民劣根性的叙事方式正隐含着这样一种现代性的观看眼光，即在中国，单纯地引进政体方面的现代性是不行的，因为中国并没有具备民族国家思想意识的民众。即使是一些讲维新的知识分子，也并不真正是为国为家着想的，他们所注重的只是自己的私利。所以要想使中国走向现代民族国家的路途，必要的是改造国民性，树立有现代思想意识的人的观念。

反传统与文化殖民

　　值得指出的是，我们这里以西方价值体系为标准的看视，在某种程度上展示了中国文人——或曰中国知识分子被殖民的程度。叶维廉说："我们所说的现代化——第三世界国家毫不迟疑地去追求实践的——其实是被某种意识形态所宰制的变化过程——亦即是走向由西欧和北美（近世几乎全指美国）的社会、经济、政治的体系。……所以说，'现代化'只是掩饰殖民化的一种美词。"② 葛兰西称这种宰制力量为"文化霸权"。赛义德指出，正是借由文化霸权，从殖民时期开始，西方的知识分子把西方构建成"强大神话"，是世界和历史的本质，是主体性存在，代表的是文化发展的方向、标准和普遍的世界性价值——进步、文明、理性，与此同时，西方知识分子构建的东方一直被贬抑被扭曲，作为陪衬西方的虚弱的"他者"而存在，被视为是落后、野蛮和非文明、非进步、非价值、非历史的存在。在殖民文化强势话语的侵袭下，东方的一部分知识分子也认可了这种西方优越的观念："东方的学生和东方的教授到美国投奔到美

---

　　① 严复：《译〈天演论〉自序》，见《严复学术文化随笔》，中国青年出版社1999年版，第165页。

　　② 叶维廉：《殖民主义：文化工业与消费欲望》，《叶维廉文集》第5卷，安徽教育出版社2004年版，第194页。

国的东方学家的麾下,学会了'操作'东方学的话语,然后回来向本地的听众重复东方学教条的陈词滥调。"① 对中国及中国民众贬抑性的书写在某种程度上也展现了作者在内心底有意无意透露出的殖民心态。有论者曾指出,西方人看视中国文化时,只是采用中国文化所具有的特色来丰富自身的文化,而中国的知识分子,"则变成了西方的皈依者,从而在根本上改变着自己的文化"②。这是非常值得我们深思的一个现象。

一个典型的作家是李劼人。李劼人在他的大河小说里写到在中国负有救国之抱负的知识分子——维新人物,对西方的现代思想观念就经历了一个从排斥到懵懂再到自觉的毫不拒斥的接受过程。《死水微澜》中,郝达三同葛寰中在赞同洋人的器具时,还对西学不以为然:"至于人伦之重,治国大经,他们便说不上了。康有为梁启超辈,何以要提倡新学,主张变法,想把中国文物,一扫而空,完全学西洋人?可见康梁虽是号称圣人之徒,其实也与曾纪泽李鸿章一样,都是图谋不轨的东西。"③ 而到了《暴风雨前》,维新人士办起了文明合行社,推广新书报,如《申报》《沪报》等,积极在成都传播现代西方文化。维新人士还外出留学,参与了以西方现代性为架构的对中国社会的改造。如此快速地认同并接受西方的价值体系,同时放弃自己的文化,这是非常值得思考的一种现象。

晚清的知识分子对西方思想的接受展示出一种主动心态。他们很迅速地接受了以西方价值观念为先进、光明、代表人类发展方向而以中华文明为落后、低劣、应该否定的话语体系,随时准备接受西方文化而摒弃传统中华文化价值体系。李劼人《暴风雨前》中的苏星煌在去日本的途中,经过上海十里洋场,看到"洋人甚多,大都雄伟绝伦,精力弥满,即其妇孺,亦勃勃有英气,今而知东亚病夫之消,为之不虚"。苏星煌看到洋人的雄健,立刻不假思索地认同了西方对中国"东亚病夫"的讥消,表明其头脑中已有坚固的西方话语体系。传统的孝悌人伦等根深蒂固的价值观念在西方价值观的冲击下也即刻毁灭。如苏星煌等劝郝又三外出留学时,称孝顺思想为"腐败",而郝又三对自己新生儿子毫无喜悦之情,个中原

---

① [美]爱德华·W. 萨义德:《东方学》,王宇根译,三联书店2000年版,第461页。
② [美]史书美:《现代的诱惑——书写半殖民地中国的现代主义》,何恬译,江苏人民出版社2007年版,第152页。
③ 李劼人:《死水微澜》,《李劼人选集》第1卷,四川人民出版社1980年版,第214页。

由是他看了《人口论》:"我最近又看了一本新书,叫《人口论》,是一个英国人做的。据说,像我们中国这样的国家,人口越多,国家越贫越弱,争端越来越多;四万万之众,已经造乱有余,如今再添一个乱源,只有令人可悲的!"① 西方话语很轻易地击碎了中国传统思想的核心——孝悌观念、传宗接代思想,展现了西方价值体系强大的力量。此后的现代文学,莫不重复着国家昏聩无救及国民劣根性的话语,不仅是新文学中自鲁迅开启的对国民性之丑陋的刻画,及20年代的乡土小说作家笔下的农村人愚昧麻木、暗淡无光,郁达夫笔下大批的"零余者"——知识分子也总是一副凄凄惨惨、懦弱无能、"东亚病夫"的病态形象,以及老舍在《猫城记》中描绘的"一百分黑暗"的"猫国"(实指中国)的形象:政治腐败透顶、经济千疮百孔、军事力量落后软弱、文化教育瘫痪,这样的中国的国民也是愚昧不堪、顽固守旧,为了自己的利益不惜出卖国家,一盘散沙,只知道窝里斗。一直到40年代钱锺书对其笔下人物无时不在的居高临下的讽刺,——以致在现代文学史上,具有传统君子人格形象的正义之士很少见。"新民"的启蒙宣传从晚清时便形成了一个悖论:为了证明启蒙的必要性,一味丑化中国民族及民众,同时,无形中成了外国人进行殖民宣传的工具。

延伸阅读

1. 俞香顺:《中国文学中的梧桐意象》,《南京师范大学文学院学报》2005年第4期。该文用大量典籍资料,说明了中国文学中梧桐意象的意蕴。认为梧桐与美好的人格是息息相通的,后来发展成为人格象征符号。

2. [美]史书美:《现代的诱惑——书写半殖民地中国的现代主义》,何恬译,江苏人民出版社2007年版。该专著重点分析了晚清以降中国知识分子对西方现代的追逐心态,以及在文学中的表现,值得一阅。

3. 陈卫平:《新文化运动反传统之辨析》,《中国社会科学》2015年第11期。该文认为新文化运动整理国故,以科学取代经学,打开了研究传统文化的现代新天地,而并非妖魔化传统文化。新文化运动的反传统,与开创研究传统文化的现代学术基础是互为一体的,即在解构的同时进行重构。

4. 朱德发:《重探60年五四文学革命研究的误区——质疑"彻底反传统文学"

---

① 李劼人:《暴风雨前》,《李劼人选集》第1卷,四川人民出版社1980年版,第507页。

论》,《山西大学学报》2009 年第 5 期。作者认为,60 年的五四文学革命研究,存在"彻底反传统文学"的认识误区。文章通过重新解读文学革命先驱胡适、陈独秀、钱玄同、刘半农、周作人的原创文论,回到特定的历史范畴,发现他们对古代或近世文学的弊端作了批判,而对传统文学合乎新价值标准的方面则进行了不同程度的肯定,并没有"彻底反传统文学"。

5. 孙绍振:《"凤凰涅槃":一个经典话语丰富内涵的建构历程》,《中国现代文学研究丛刊》2014 年第 5 期。该文就中国现代文学中的一个具有发生学意义的经典意象"凤凰涅槃"展开分析,梳理了这个意象被建构的话语谱系,揭示出中国现代新诗如何处理词与物的关系,使诗的语言得以丰富和富有表现力。该文还通过对此一经典话语生成的分析,揭示了中国现代文学源起与西方思潮影响的关系,以及新诗自身创造的生动过程,可以一阅。

思考题

1. 你怎样看待五四新文化运动中的反封建思潮?
2.《凤凰涅槃》在诗歌形式上有什么突出特点?

第二讲

《弃妇》的多重意蕴解读

一 所谓"诗怪"

李金发的《弃妇》首发于1925年2月16日出版的《语丝》杂志第14期,署名李淑良。最早接触李金发诗歌的是周作人。当时李金发把他在巴黎创作的《微雨》和《食客与凶年》寄给了周作人。李金发说:"那时他是全国敬仰的北大教授,而我是一个名不见经传的二十余岁的青年,岂不是冒昧点吗?"两个月后,周复信说"这种诗是国内所无,别开生面的作品",决定编入新潮社丛书,由北新书局出版。①《语丝》在刊登《微雨》的广告中也说:"其体裁、风格、情调,都与现实流行的诗不同,是诗界中别开生面之作。"诗集《微雨》宣告了中国象征派诗歌的诞生,也奠定了李金发在中国象征诗派"开山祖"的地位。在创作编成第三本诗集《为幸福而歌》后,由于政治、历史及个人的原因,李金发几乎没有再进行象征主义诗歌的创作。

朱自清先生在他所编的《中国新文学大系·诗集》中,选李金发诗作19首,数量仅次于郭沫若、闻一多、徐志摩而居第四位。在该书《导言》中,朱自清先生一方面将李金发视为新诗三种流派之一——象征诗派的代表人物,另一方面又认为:"他的诗没有寻常的章法,一部分一部可以懂,合起来却没有意思。"②朱自清先生指出了李金发诗的两个特点:"象

---

① 李金发:《仰天堂随笔·从周作人谈到"文人无行"》,《异国情调》,商务印书馆1942年版。

② 朱自清:《中国新文学大系·诗集·导言》,香港文学研究社重印本,第7—8页。

征派要表现的是些微妙的情境，比喻是他们的生命，但是'远取譬'而不是'近取譬'。所谓远近不指比喻的材料而指比喻的方法，他们能在普通人以为不同的事物中间看出同来。他们发现事物间的新关系，并且用最经济的方法将这关系组织成诗。所谓'最经济'就是将一些联络的字句省掉，让读者运用自己的想象力搭起桥来。"这也就是朱先生在《导言》中所说的"省珠串"的方法，以为李诗"仿佛大大小小红红绿绿的一串珠子，他却藏起那串儿，你得自己串着瞧"。朱先生认为，这样的诗"没看惯只觉得是一盘散沙，但实在不是沙，是有机体。要看出有机体，得有相当的修养与训练"①。

对于自己诗歌的艺术渊源，李金发曾说，他所效法的正是法国象征派受"鲍特莱（波德莱尔）、魏尔伦的影响而作诗"②。李金发在逗留法国的1919年到1925年期间，正值后期象征主义诗歌运动在法国勃兴的时候，他的三本诗集均写于这一时期。法国象征派代表人物波德莱尔说："要把美与善区分开，发掘恶中美。"③另一位代表人物马拉美也说："诗写出来原是叫人一点一点地去猜想，这就是暗示，即梦幻。这就是这种神秘性的完美的运用，象征性就是由这种神秘性构成的一点一点地把对象暗示出来，用以表现一种心灵状态。"④这种推崇"恶中美"和重"暗示"的艺术追求，造就了李诗特殊的比喻方式及句式，这是人们抱怨"读不懂"的原因，同时，也正是这种特殊的比喻方式及句式，营造了"对于生命欲揶揄的神秘及悲哀的美丽"，形成一种带有象征派色彩的特殊的艺术情调。李金发的诗以神秘、怪异、晦涩、颓废而引人注目并因此受到批评，被评论界称为"诗怪"。

对此，李金发有过这样的思考："诗意的想象，似乎需要一些迷信于其中，如此它不宜于用冷酷的理性去解释其现象……夜间的无尽之美，是在其能将万物仅显露一半，贝多芬及全德国人所歌咏之月夜，是在万物之

---

① 朱自清：《新诗的进步》，《文学》1937年8月第1期。
② 李金发：《诗问答》，转引自杨匡汉《我和诗》，花城出版社1983年版，第27页。
③ 波德莱尔：《〈恶之花〉序初稿》，转引自郑克鲁《法国诗歌史》，上海外语教育出版社1996年版，第187页。
④ 马拉美：《关于文学的发展》，伍蠡甫：《西方文论选》下卷，上海译文出版社1979年版，第292页。

轮廓，恰造成一种柔弱的美，因为阴影是万物的装服。月亮的光辉，好像特用来把万物摇荡于透明的轻云中，这个轻云，就是诗人眼中所常有，他并从此云去观察大自然，解散之你便使其好梦逃遮，反之，则完成其神怪之梦及美也。"①

同时，李金发也借对五四新文化运动后兴起的白话新诗的反思，谈到了诗是否需要"易懂"的问题："我认为诗是文字经过锻炼后的结晶体，又是个人精神与心灵的精华，多少是带有贵族气息的。故一个诗人的诗，不一定人人看了能懂，才是好诗，或者只有一部分人，或有相当训练的人才能领略其好处。《离骚》的思想与智慧，恐怕许多大学毕业生还看不懂，但它仍不失为中国诗的精华大成。若说诗要大众看了都能懂，如他们所朗诵的《边区自卫军》之类，那不能算诗，只能当民歌或弹词。"②

二 《弃妇》的多重意蕴

诗歌以"弃妇"为全诗的主题意象，以此奠定诗歌的情感基调。关于"意象"之于诗歌的意义，李金发在早年并没有相关见解发表，直到写作《微雨》十年之后，他第一次强调了"意象"在诗歌创作中的极端重要性。他说："诗之须要形象、象征犹人身之需要血液。在现实中没有什么了不得的美，美是蕴藏在想象中，象征中，抽象的推敲中。"③

"弃妇"这一意象，自然并非李金发首创，中国古代文学里有众多诗人关于"弃妇"的诗歌创作。复旦大学谈蓓芳教授《由李金发的〈弃妇〉诗谈古今文学的关联》一文有详尽分析，此处不再赘述。但李金发对"弃妇"意象的再次借用，显然融入了身处异国他乡的一个现代游子的重新思考，他试图在这一意象上有更深更丰富的开掘。

    长发披遍我两眼之前
    遂隔断了一切丑恶之疾视，

---

① 引自1929年10月出版的《美育》第3版。
② 李金发：《卢森著〈疗〉序》，转引自丘立才《李金发生平及其创作》，《新文学史料》1985年第3期。
③ 李金发：《序林英强的〈凄凉之街〉》，《橄榄月刊》第35期，1933年8月。

与鲜血之急流，
枯骨之沉睡。

　　李金发之"弃妇"较之那些闺阁幽怨被弃后进退无颜仪的传统女性形象，似多了执拗与偏执，有如雕塑感的造型内蕴着灵魂挣扎的力量。"弃妇"长发散乱，且遮蔽双眼，这一形象既有癫狂之状又似民间女鬼之外形，其形象之"丑"令人顿生恐惧、怪异之感。"弃妇"以长发"隔断一切丑恶之疾视"。作为"隔断"这个动作的发出者，"弃妇"羞愧中又潜藏着自绝于他人的勇气，体现出其内心的某种主动选择。与"丑恶之疾视"一起隔断的还有"鲜血之急流，枯骨之沉睡"。这里以"之"字组成"鲜血之急流""枯骨之沉睡"两组倒置的名词偏正短语。这种组词方式在古代汉语中是十分常见的，其正常顺序实为"急流之鲜血，沉睡之枯骨"。对"之"的运用还频繁出现于诗歌的后文，如"弃妇之隐忧""夕阳之火""舟子之歌""为世界之装饰"等。从语言发展角度而言，在倡导白话文尤其是白话新诗之后，李金发的这一举动属于"后退式"的语言尝试。但于诗歌文体而言，李金发则是希望借此对日渐散文化的诗歌进行挑战与反驳。李金发说："人尽做散文/在诗里？/时光流逝着//广一代作家装饰着如野人/叫喊在群众；//刀或舞蹈/在湿润之/稻草上。'干干干，/在空间流动，/示人以'干'"（《无底底深穴》）。"深梦里全不认识事物，/仿佛空谷之底，/万众的回声/到耳际，大神背诵使命，/老旧之记忆，生沉闷之叹息。"（《作家》）这些诗句正表达了李金发对直白式抒情的初期新诗艺术粗糙的不满。借用古语"之"字，除了对日渐习惯白话文的读者在阅读上造成"陌生感"外，在诗歌语言的精炼含蓄上也起到了一定的辅助效果。李金发也曾自言有试图打通中西诗歌的愿望："余每怪异何以数年来关于中国古代诗人之作品，既无人过问，一意向外采辑，一唱百和，以为文学革命后，他们是荒唐极了的，但从无人看实批评过，其实东西作家随处有同一之思想，气息，眼光和取材，稍为留意，便不敢否认，余于他们的根本处，都不敢有所轻重，惟每欲把两家所有，试为沟通，或即调和之意。"[1]

---

[1] 李金发：《食客与凶年·自跋》，北新书局1927年版。

"鲜血之急流""枯骨之沉睡"中的名词"鲜血"与"枯骨"的前置，除了具有强调突出的效果外，更在语义上构成矛盾对立。"鲜血"暗示生命存在，而"枯骨"则是死亡的象征。即是说，于"弃妇"而言，生与死亦成为"弃绝"之对象，或者说于个体生命最本能的两种欲望——生与死都被"弃妇"所超越或升华了。因此，这里就需要进一步辨析所谓"弃妇"之"弃"，是"他弃"还是"弃妇"之"自弃"，是被迫被他人抛弃还是个体自我的主动选择，抑或在遭到他人歧视、背弃后再主动选择与这个漠视、歧视自我的世界之间的"隔断"。诗歌第一节第一句的"我"提示我们，第一节之描述都是"弃妇"内心世界所思所感的自我抒发，而非来自"他者"的窥视与探寻。结合诗句中先出现"丑恶之疾视"，然后有"隔断"之举，那么我们可以认为，所谓"弃妇"之"弃"应该是"被弃"之后"弃妇"主体自我选择弃绝于他人。

  黑夜与蚊虫联步徐来，
  越此短墙之脚，
  狂呼在我清白之耳后，
  如荒野狂风怒号
  战栗了无数游牧。

诗歌第二节仍然统领于第一节"我"的世界中，即从"弃妇"的视角集中抒写了"弃妇"对充满恶意与歧视的外部世界的心理感受。因为与感受个体的情感价值相对立，所以"外部世界"在弃妇内心引起的震动被个体在心理上夸大了。"黑夜""荒野""狂风"三个意象从视觉角度而言是庞大而荒凉的，从身体触感角度而言则是冷酷的，从心理感知角度而言则带有恐惧之感。诗人借助三个冷色调的意象暗示了令人恐惧而又席卷扫荡一切的力量，"战栗了无数游牧"则象征了这一力量的强大。"弃妇"这一单独个体与这三大意象相对，力量与体积上的强弱、大小悬殊是显而易见的。蜷缩于"短墙之脚"的"弃妇"，莫不透出单薄与孤独之意。然"清白之耳"，以"耳朵"这一身体局部象征整体，则从精神上对"弃妇"之"清白"做了再次确认。因此，虽然从外在形象与力量对比上"弃妇"都显得势单力薄，但于精神而言并不弱小。"黑夜"之

"黑"与"清白"之"清""白",不仅在色彩上形成鲜明对比,且以此暗示了周遭世界与"弃妇"个体精神上的尖锐对立与不可调和性。前文曾就"弃妇"之"弃"究竟是"他弃"对"自弃"抑或"他弃"之后的"自弃"做过讨论,分析至此,我们从"弃妇"对自我"清白"的认定上,可以更加确信地说,所谓"弃妇"在更大程度上是其主体对污浊世界的抛弃与弃绝。

如果说诗歌第一节主要通过动作"视觉"塑造"弃妇"与周遭世界的对立,颇有雕塑感,那么在第二节中诗人则集中于"听觉",呈现了外部世界对"弃妇"的围攻。"长发"能隔断充满恶意的目光,却无法阻止讪讪恶意通过听觉器官对自我的攻击。长发遮蔽的世界其实何惧黑夜,然而当无声之"黑夜""与蚊虫联步徐来"时,就变得无孔不入,直抵灵魂。"聚蚊成雷"的典故始见《汉书·中山靖王传》。单独的"蚊虫"之声可谓微弱,然而,如若汇聚在一起却具有极大的威慑力与攻击力,正如"众口铄金"也。

诗歌第一二节以"弃妇""我"在"视"与"声"两方面和周遭世界的背弃与对立,呈现了"弃妇"孤独却又执拗对峙的姿态。在这对抗中是"弃妇"对"丑""恶"之对立面"美善"卑微而势单力薄的追求。而"丑恶"与"美善"力量间不均衡的对抗则为诗歌涂抹上了浓重的悲剧色彩。

> 靠一根草儿与上帝之灵往返在空谷里。
> 我的哀戚惟游蜂之脑能深印着
> 或与山泉长泄在悬崖,
> 然后随红叶而俱去。

从备受攻击与侮辱的"短墙之脚"进入"空谷",即暗示着"弃妇"已从污浊的俗世进入纯净高雅的精神陶冶之地,开始主体精神锤炼与升华的过程。"空谷",既是"弃妇"的栖身之地,也是其高洁精神的象征。"靠一根草儿与上帝之灵往返在空谷"。与"上帝"的对话,彰显出"弃妇"被弃的原因主要在于精神的不见容于俗世,其痛苦也正源于此。俗世世界的离弃与敌视,使得"弃妇"只能向形而上的意识世界寻找精神支点。"上帝"意象的出现，使得"弃妇"这一主题意象逐渐脱离中国传统的"弃妇"形象，而具有了域外宗教文化的因子，其象征内蕴因此得到拓展。与俗世对自身的厌憎与伤害相较，上帝之宽恕与博爱恰是"弃妇"所处之人间所缺失的。而"弃妇"之所以能与"上帝之灵"对话，也正是因为"弃妇"追求或本身就具有这样的精神品质。因对"清白""美善"的追求与坚持而不见容于世，"弃妇"之"哀戚"就具有了浓重的悲剧感。然如此厚重的"哀戚"却与小小的"游蜂之脑"组合在一起，畸重与畸轻，抽象无形的意识之物与具体形象之实物并列，显示了李金发想象的奇特与创造性。"或与山泉长泄在悬崖，／然后随红叶而俱去"两句则以"长泄"与"俱去"两个动词暗示了"弃妇"希望将"哀戚"排遣、消解的渴望。或是"游蜂之脑"的"深印"，或是随波而逝，这表达了"弃妇"对自我主体意识的两种态度：留存抑或消亡。消亡自是可叹，而留存亦因"游蜂"之微小缥缈而困难重重。此亦是构成弃妇之"隐忧"的重要原因。

> 弃妇之隐忧堆积在动作上，
> 夕阳之火不能把时间之烦闷
> 化为灰烬，
> 从烟突里飞去，
> 长染在游鸦之羽，
> 将同栖止于海啸之石上，
> 静听舟子之歌。

诗歌第三四节转换了观察视角，从"弃妇"的内在视角转为"他者"的外部视角。也因为如此，诗歌从对"弃妇"内心世界的直接感知转向"弃妇"之外部"动作"的呈现。"隐忧"这一意识之物，因此化为有形，以"堆积"一词极言其多而无法排遣之状。紧接着诗歌选取了一组晦暗色调的意象表现"弃妇"深藏的哀戚与忧伤。于个体生存而言，最大的"时间之烦闷"乃是生命的终结——"死亡"。因此，诗人选择"夕阳之火"与"灰烬"这样的意象来喻示生命即将耗尽而死亡即将来临。这在意象选择与组合上显示了李金发所谓"远取譬"的特点。诗歌再由

"火"联想到"灰烬",再由"灰烬"之色联想到羽毛黑灰的"游鸦",再由"游鸦"联想迁移到同为黑色的"海啸之石"以及和大海相关的"舟子之歌"。这组意象取自平常可见之物,然而相互之间的组合却是新鲜而陌生的。最后"化""飞""染""栖"这一系列的"动作"终化为"静听"的姿态。这样的"静止"似乎隐藏着生命脚步停歇而死亡将至的讯息。

　　　　衰老的裙裾发出哀吟,
　　　　徜徉在丘墓之侧,
　　　　永无热泪,
　　　　点滴在草地
　　　　为世界之装饰。

　　以"弃妇"所穿着之"裙裾"的"衰老"暗示"弃妇"已走向生命暮年。而"徜徉在丘墓之侧",则暗示着死亡的降临。"死亡"是李金发诗歌的基本主题。他的诗中随处可见这种面对死亡的感受:"我们散步在死草上,悲愤纠缠在膝下,粉红之记忆,如道旁朽兽,发出奇臭"(《夜之歌》);"我梦想微笑多情之美人,仅有草与残花的坟墓,在我们的世界里,惟有这是真实"(《心游》);"如残叶溅血在我们脚上,生命便是死神唇边的笑"(《有感》)。这样的诗句充斥在他的三本诗集中。除了"死亡"意象的不断书写外,实际上选择"丑恶"意象进入诗歌,以丑为美也是李金发诗歌的一个特征。譬如凄冷的自然景观:荒野、枯骨、寒夜、狂风等以及一些凶险或不吉利的动物、鬼怪意象,如饿狼、蚊虫、游鸦、恶魔、夜枭、黑影、蝼蚁等。

　　于"弃妇"而言,"死亡"并不能让她与这丑恶之俗世和解,"永无热泪"正是不妥协的姿态,而不"为世界之装饰"则是对自我精神价值的自重与珍视。

　　结合李金发创作《弃妇》的时间,曾有研究者将其创作《弃妇》的原因归为"父母之弃、家国之弃、妻子之弃"[①]。这样的概括是具有一定代表

---

① 李颖:《李金发〈弃妇〉的创作背景分析》,《常州轻工职业技术学院学报》2010年第2期。

性的。从现实层面而言，这三点原因的确可能给了李金发体验"弃妇"之心理的经验基础和心灵触动。但是作为一首象征主义诗歌，"弃妇"之意象当是超越了现实生活之桎梏，而成为心灵的象征之物。一个层面，我们可以将"弃妇"视为诗人之生存体验之写照；另一个层面，经由上文之分析，我们则可将"弃妇"视为因追求精神之高洁独立而被外部世界孤立、歧视后，个体进而孤独抗争的精神写照。

延伸阅读

1. 徐肖楠：《论李金发的诗》，《文学评论》，2000年第5期。该文认为，李金发的所谓"怪异"其实代表着20世纪中国诗歌追求纯美和艺术自我化的流向。象征主义与李金发的古典文化情结之所以一拍即合，在很大程度上因为它是主观化、意象化、情绪化、浪漫化的，它的非现实性质与李金发在中国远离现实而沉醉于言情文学作品的气质相融合，它的非现实性质使李金发的非现实情绪能得到充分的挥发。象征主义的主观性倾向与他的生命倾向是一种双向创造，两者之间的互相支持和平衡，产生并维持了他的诗，但这种诗的维持不是寻求现实性的安慰，而是一种美学意义上的和生命哲学意义上的艺术与生命之间的平衡。

2. 谢冕：《中国现代象征诗第一人——论李金发兼及他的诗歌影响》，《新文学史料》2001年第2期。谢冕认为，可将李金发当作中国现代主义诗潮的先驱者。《弃妇》的出现预示了新艺术转移的萌芽。判断它的价值、艺术探索的意义尚在其次，冲破习俗的勇敢抗争比艺术的倡导也许更为重要。李金发的诗中不是没有中国情调，这些中国式的东西也许更多地表现为不适当的文言词语的使用，而未曾体现出某种沟通和调和的效果。

3. 孙玉石：《论李金发诗歌的意象构建》，《中国现代诗学丛论》，北京大学出版社2010年版。该文认为，李金发引象征与暗示入新诗意象的构建，主要贡献不在理论的阐发，而在创作的实践。李金发诗歌意象的创造大体有三种情形。第一种类型是有深层意义的象征意象。《弃妇》即属于这种。《弃妇》在一个最底层的最富悲剧性的妇女意象中，朦胧地暗示了个人命运孤立无援的痛苦。第二种类型是并无深层含义的一般象征意象。第三种类型则是并无象征意义，仅仅出于抒情比喻的需要，但因为运用了"远取譬"的方法，拉开了被比喻的本体情感、意义与用来比喻的意象之间的距离，造成一种陌生化的感觉。

4. 谈蓓芳：《由李金发的〈弃妇〉诗谈古今文学的关联》，《复旦学报》（社会科学版）2002年第1期。该文从李金发《弃妇》中之"弃妇"意象谈起，详细论述了"弃妇"意象在中国古代文学中的内蕴，以及诸如"聚蚊成雷""夕阳之火"等与中国古代文学之联系。但该文同时也指出了李金发《弃妇》与中国古代文学的不同,这体现在三方面:一是感情的尖锐性;二是根基于激烈的矛盾冲突的意象营构;三是渗透了个性特色的陌生感。

思考题

1. 你还可从《弃妇》这首诗歌中读出怎样的象征意蕴?
2. 你如何看待李金发在诗歌中打通中西诗歌传统的努力?

第三讲

《也许》：诗情的逆势处理

　　也许你真是哭得太累，
　　也许，也许你要睡一睡，
　　那么叫夜鹰不要咳嗽，
　　蛙不要号，蝙蝠不要飞。
　　不许阳光拨你的眼帘，
　　不许清风刷上你的眉，
　　无论谁都不能惊醒你，
　　撑一伞松荫庇护你睡。
　　也许你听这蚯蚓翻泥，
　　听这小草的根须吸水，
　　也许你听这般的音乐，
　　比那咒骂的人声更美。
　　那么你先把眼皮闭紧，
　　我就让你睡，我让你睡，
　　我把黄土轻轻盖着你，
　　我叫纸钱儿缓缓的飞。

　　这是闻一多的《也许》，副标题是《葬歌》。这首诗没有曲折复杂的意念，没有厚重繁难的典故，没有晦涩艰深的哲理以及奇思怪想的意象。它应该属于非常好懂的白话诗。然而这可不是一般的诗作，它体现出别样的诗情构思。要说清这诗的优长与妙处，需要调动新诗史的知识，需要反思和修正诗歌美学的一些基本原理。

诗歌的情感表现有多种多样的套路，其中不易为人注意的是情感的逆势处理或者叫反向处理。闻一多的《也许》是这方面的一个典型例证，它非常经典地体现出逆势情感处理的四个方面，即情感热度的反向处理、情感真度的反向处理、情感程度的反向处理和情感向度的反向处理。

一　新诗的第二次发现与顺势情感处理

一般而言，诗歌构思都习惯于情感的顺势处理，也就是直接表现诗歌情感，例如郭沫若《女神》中的诗篇；有爱就直接表述，如《Venus》；有恨就直接倾诉，如《凤凰涅槃》；有企盼就直接歌咏，如《湘累》；有激情就直接爆发，如《地球，我的母亲》。闻一多作为诗歌的"郭沫若时代"的诗人，这方面的表现也较为典型。他的诗歌情感爱恨分明、直抒胸臆，如《太阳吟》表现对于故国江山之爱，《发现》《死水》表现对于灾难现实的痛心疾首，《洗衣歌》表现华工的愤恨，都是直接、正面的情感抒写。这应该是汉语新诗固有的原初抒情状态。

随着诗歌表现方法和抒情途径的复杂化，原有的这种诗歌情感的顺势处理就显得较为简单、质直，于是出现了反向处理或者叫逆势处理的构思方式。闻一多的《也许》就是这种情感处理方法的集成。而中国新诗对这种处理方法的发现，则经历了一个并不顺利的过程。

汉语新诗发展过程中首先经历的是新诗应该怎么写的讨论，可以将此称为新诗的第一次发现。这次发现以胡适、康白情、沈尹默等为代表，他们是新诗的拓荒者，在没有新诗或者不知道什么叫新诗（实际上是不知道怎么写才叫新诗）的时代，是他们发现了什么样的东西可以叫做新诗。胡适在1915年9月所写的一首答任叔永的诗中提出，"诗国革命何自始？要须作诗如作文"，并以此"作文"的理念投入最初的新诗创作尝试。这样的理念强调诗歌语言的自由和自然，创立了自由体、散文体的白话诗，使得新诗打破了中国古典诗歌的形式规范，开始了自己的发展历程。胡适的《尝试集》是中国现代文学史上第一部白话诗集，虽然集中绝大多数作品作为新诗都不够高明，但它毕竟示范了新诗的理路，包括白话直接入诗，也包括将情感直接诉诸诗歌表现。

在当时的报刊如《时事新报》副刊《学灯》上面，康白情等也热衷于发表胡适体的白话新诗，郭沫若最初看到这些新诗时颇不以为然，觉得自己原先写得更加高明，他勇敢地拿出来，果然"一发而不可收"。但当时郭沫若毕竟并不能自觉地意识到，他自己所写的其实就是"新诗"。不过后来他悟出"诗是'写'出来的，不是'做'出来的"，实际上是强调新诗应表现充沛的情感，对于新诗草创时期的理论做了很重要的补充与修正。"写出来"的理论鼓励了白话新诗从旧体诗体制中的自我解放，使得新诗走上了自由发展的轨道。他的诗歌如《女神》中的大部分篇什，就是情感的无关拦的表现。这成了那时候新诗的一种通行的表现方法。闻一多、徐志摩都写过很多这种自由奔放、感情充沛的"跑野马"式的诗篇，徐志摩甚至表述过对这种情感表述的某种快感："什么半成熟的成熟的意念都在指顾间散作缤纷的花雨"。

新诗美学的第二次发现，是以周作人、朱自清、闻一多、徐志摩、王独清、穆木天为代表的新诗制约论的阐述。新诗发展到一定的阶段，人们从美学上反思新诗的过于直白而缺乏回味与余香的问题。首先是周作人发现了这个问题，他在给刘半农的诗集《扬鞭集》写序时指出：现在"一切作品都像是一个玻璃球，晶莹透彻得太厉害了，没有一点儿朦胧，因此也似乎缺少了一种余香与回味"。他明确说的是诗歌，认为新诗"正当的道路恐怕还是浪漫主义，——凡诗差不多无不是浪漫主义的，而象征实在是其精义。这是外国的新潮流，同时也是中国的旧手法；新诗如往这一路去，融合便可成功，真正的中国新诗也就可以产生出来了"。这是对新诗那种过于直白，"张口便见喉咙"现象的深刻自省。王独清、穆木天同时也在《创造月刊》上发表关于"谭诗"的通信，认为诗歌不能直说，"最忌说明"，同时徐志摩、闻一多则倡导新诗歌应该有韵律感和节奏感，追求新诗的意象化。闻一多甚至提出，新诗要像"带着镣铐跳舞"那样寻求韵律和节奏的约束。这样的新诗观念倡导构思和形式的制约意识，应该说有力地遏制了新诗自由化泛滥的倾向。

问题是，如何在构思的策略上贯彻那种避免直白性诗歌表达的美学方针？徐志摩找到了这方面的诀窍，他发现"跑野马"式的直白化的新诗可能是由于诗歌情感的顺势处理造成的：这显然与郭沫若主张的"写"

出来的观念有关：任凭情感在一种顺势而下的状态下直接表现，不经过曲折的处理，这样的诗作在接受过程中就显得过于简单，形不成周作人所说的"回味"与"余香"，缺少诗歌意象的曲折与蕴藉。徐志摩的伟大之处就是率先发明了诗歌情感的逆势处理，改变了情感顺势处理所造成的直白化效果。

徐志摩在《偶然》《再别康桥》等杰出诗歌创作中，通过抒情主体情感投向的逆势运作，甚至是反向处理，将诗歌情感表现得特别蕴藉而深有意味。一般来说，抒情主体情感投向都是趋近于情感客体的，都会设法拉近情感主体与情感客体之间的关系，都致力于缩减主体和客体之间的距离，其表现往往通过以下两种方式：一是情感主体主动趋近情感客体；二是情感的客体自然趋近情感主体。如果落实在男女情感的表达方面，则体现为两性相惜两情相悦的"黏着"状态。徐志摩一些成功的诗篇则采用了情感逆势处理的策略，尽可能营造情感主客体之间的"不黏着"状态，以此增强诗歌的内蕴力和情感张力。《偶然》让"相逢在黑夜的海上"的两个情感体"你记得也好，最好你忘掉"，《再别康桥》中"不带走一片云彩"，都是在两种感情力量之间营构了一种相间离的力，让它们的情感朝着逆势的方向运作。这样的诗歌表现出色地丰富了诗性的内涵。闻一多的《也许》与徐志摩诗歌的这种构思特征非常相像，非常充分地体现着中国新诗第二次诗学发现的成果。

二　情感逆势处理的四个维度

《也许——葬歌》是闻一多为纪念病逝的爱女立瑛而写的诗作，是一首葬歌，最早发表在1926年7月2日的《京报副刊》上，原诗题为"也许（为一个苦命的夭折的少女而作）"。全诗充盈着一个父亲痛失爱女后的痛切、深挚的情感，这种情感通过逆势处理后变得轻捷而明亮，但反而加强了背后的沉重。

闻一多在此诗中，所采用的情感逆势处理方法比徐志摩更为丰富、复杂，他一共运用了四个维度的情感逆势处理法，即情感的热度逆势、真度逆势、程度逆势和向度逆势的构思法。这首诗的所有妙处和精彩处都体现在这四维的情感逆势处理方面。

本来，一个父亲对于失去的爱女，那种情感应该非常热烈，痛切而深刻的热烈，情感的热度应至于沸腾的状态。然而，这首《也许》整个诗调却显得出奇的冷峻甚至寒冽。诗人明显地做了情感热度的逆向处理，即将热烈的情感转而以冷冽的调值作反向抒写。作为诗人的父亲消解了父女情感的温热和热烈，使得诗歌中流动着一种阴森、冰冷的情绪。诸如"烈火""火焰"之类热烈、敞亮的意象都被刻意回避，甚至提到了"纸钱"，那本该可以用来烧化的，应该有烈火的参与，但诗人偏偏不用烧化之法，而是用撒纸钱的办法让纸钱"缓缓的飞"。一朵花的凋谢应该用阳光下的温热将它晒干，或者用春江水暖将它漂送到宁静的池塘，伴随着蓬勃的春草和昏黄的油菜花。然而，面对像花一样消逝的爱女所唱的葬歌，闻一多藏起了自己本有的性情的温热，让"阳光"收敛起它本来温热的光芒，不要来拨动爱女的眼帘，让"清风"不要来吹动孩子的眉毛，让一切明亮的具有热温的意象都实施回避，太多的不舍和不忍心让诗人把这种情感的温热与人生的无奈、情感的无奈结合在一起，于是在一种情感的冷处理中，将那些稍有热度的意象都冷藏在内心最深层的角落，而将他对这个无情世界的最直观的感觉——那些冰冷的意象，环绕成一种诗性的意境，以此冷色调安葬爱女如花一般的生命如诗一般的灵魂。

退避了所有温热的意象，只用冷冽的黑暗的意象作诗兴表现，不仅符合葬歌的格调与体式，而且也使诗歌表现的情感充满张力：诗人表现的黑夜般的绝望、严冬般的冰冷与他真挚的温情形成了强烈的反差，应有的情感热度正是通过黑暗的冷度被凸显了出来；当作为父亲的诗人将全部温情投向那个冰冷且黑暗的世界时，诗人自己的诗性与灵魂也正在属于女儿的那个环境中沉溺、漫漶。

闻一多在诗歌情感和内容的真度上同样做了这样一种虚拟化的逆势处理，避开真实的写照而放任虚拟的想象。闻一多对女儿的情感，诗人在葬歌中歌哭的情感，都是那么真实深切，痛切得心如刀绞，悲切得泣血当泪，然而诗人避开了这种正面、直接的情感意象寄托，而选用虚拟化的想象，将这样痛切、深切和悲切的情感在逆势中得以呈现："无论谁都不能惊醒你/撑一伞松荫庇护你睡//也许你听这蚯蚓翻泥/听这小草的根须吸水"。小草的根须吸水居然会吱吱有声，蚯蚓翻泥的声音居然可以听到，这些无疑是诗人情感性的想象和巧思化的虚拟的结果。这种虚拟的体验，可以想象符合一个躺在坟墓里的孩子的感受,这样也许不够真实的想象恰恰体现了:作为一位亲手葬下了爱女的父亲,诗人的情感已达到一种忘我化的境界。当他进入这种无我的境界后,他直接把诗歌中的所有客体做了一种虚拟的安排,他幻想自己的女儿还有知觉,可以透过坟墓观望青蛙的叫、蝙蝠的飞、夜鹰的咳嗽……这是孩子的"观察",是逝去了的女儿的童趣与诗心的借拟,这样的虚拟性意象写得越虚,诗人情感的真实度就越是明显。这是一种反方向凸显的情绪处理法,和古代的"庄子鼓盆而歌"作为葬歌可以类比。

再者,诗人运用情感程度的逆势处理技巧,策略性地把原本沉重的情感写得较为舒淡、轻捷。诗篇开头"也许你真是哭得太累/也许,也许你要睡一睡/那么叫夜鹰不要咳嗽/蛙不要号/蝙蝠不要飞",展现了怎样的一种情感状态呢?当然有悲哀,但这种悲哀的程度被诗人用各种办法减轻了程度。诗人先让周围所有的一切都安静下来,自己的用语非常轻微,不过是让孩子"睡一睡",显得语言轻捷,"不要咳嗽、不要号、不要飞"都是比较生活化的口语表述,消除了凝重和庄严,既符合孩童的体验,又淡化了对女儿死亡这一重大事实的悲剧性强调。我们的诗文在表现对亲人的死亡这样痛切深沉的主体的时候,一般都习惯于加重情感的程度,虽不一定呼天抢地、痛不欲生,但情感烈度和程度的渲染、浓化总是难免的。闻一多却不是这样,他尽可能将自己的情感向轻盈、浅显的程度作反向推进,有意弱化诗歌的情绪分量和厚重度,从而在不给读者增加精神负担和情绪负荷的情形下接受诗歌的情绪感染。

此外,在中国传统文化中,夜间出现的动物,如蝙蝠、夜鹰等都是阴森、恐怖的意象,但诗人处理得非常轻松、安乐,没有强化它们作为黑暗意象的负面意义。面对亲人的死亡,闻一多以轻捷的文笔表现悲哀,并用生活化的方式描述出凝重的情感,娴熟地使用了反向表达情感的技巧。

最后,可以分析出他的诗歌情感向度上的逆势处理。诗人的感受本是悲痛的,但他却选择"阳光"拨眼,"清风"刷眉等词语,一般选择使用"轻抒情"的方略,使得诗歌的表现尽可能轻盈、轻松,使得情绪的基调尽可能轻捷、轻柔。面对死亡题材的表现,作者一般选用"重抒情",强烈的词语,庄重的意象,浓厚的情感,滞重的节奏。但闻一多避开了这样的诗歌表现方法,仍尽可能让情绪的表现在轻松、轻捷、轻盈、轻柔的意义上轻快地进行，那是一种不愿惊动女儿熟睡的轻手轻脚、轻言轻语、轻拿轻放、轻步轻行，面对死了的孩子，在诗人的感觉中，原不过是"你要睡一睡"。轻松吧？当然，睡一睡，十分平常的行为，睡片刻还会醒来，无须大惊小怪大惊失色：

  我就让你睡，我让你睡
  我把黄土轻轻盖着你
  我叫纸钱儿缓缓的飞

  嘘——！我们的诗人在写诗，就好像在哄爱女安稳地入眠，这时虽然有"黄土、纸钱"等死亡意象，但也被他写得温煦、绵柔而轻捷。是的，这些意象被儿童般的感觉虚拟化处理后，黄土不再生硬湿冷，而变得温情脉脉，温暖绵软，夜鹰、蛙、蝙蝠、蚯蚓等所有事物及其行为都构成了轻盈的交响，它们在冰冷黑暗的世界中完成了轻盈的合舞，为了可爱的孩子，为了孩子的葬礼。"以乐写哀"最初是戏剧的表现手法，也常用于诗歌，但闻一多没有机械地运用这种俗套手法，他有自己的艺术匠心，他用"轻抒情"减弱了所有的情绪重量，缓释了情感的负担，让一切的悲哀和不幸轻些，更轻些，在这种轻抒情中，我们才能反观诗人内心悲痛的巨大而深刻，一种无法排解索性就超越性地逆向排解的无奈！

三 诗人的创造与诗性的独步

  这里所分析的情感表现的四维逆势处理法，道出了《也许——葬歌》的魅力和奥秘。反向处理的情感表现法贯穿于全诗，产生了如下艺术和诗学的效果：
  首先是使得个人化的情感成为多数人接受的诗性情感。这是一种诗情从私人化到普遍化的提升过程。绝对私人化的体验一般较难激起读者的同情，只有将个我化的情感作普遍化的处理，才能使得作品及其所表现的情绪变成大家容易接受的对象。闻一多把需要表现的情感从热度、真度、程度和向度几方面进行加工，使之发生曲折的变异，让个我化的丧女体验变成了普遍的无奈、无助和无力感的情绪描写，具体地说就是超越了伤悼的情绪，虚拟化了痛失爱女的悲切感受，只是在一种无奈、无助和无力感的表现中让所抒写的私人化的情感变得让普通人更容易接受。

诗歌情感的反向处理或曰逆势处理，使得诗歌表现的诗情内涵和厚度得以加重。诗是表现情感的，诗歌表达的情感往往需要厚度。一个不会写诗的人，情感虽然表达了，往往很单薄，缺乏厚度，而这种厚度其实就是丰富的层次感，就是内蕴和内涵。成功的情感表达，能让人觉得字面背后有很多的意思，可以被逐步分层。这犹如一叠纸（厚重）和一张纸（单薄）的区别。同样面对一个死亡事件，所有的目睹者都会悲伤，但各个人的悲伤的厚度是不一样的，例如，死者的亲人就会比其他旁观者拥有更多的感情层次和情感内涵。质之于这首诗，如果只停留在表现父亲的悲伤、诗人的悲伤、亲人的悲伤、不断重复的悲伤上，这样，悲伤的表现即使非常浓厚，也分不出更丰富的层次，因而不可能见出厚度。这首《也许——葬歌》经过闻一多对情感做多方面的反向处理后，诗歌的情感表现自然就有了热度的对比、真度的铺垫、程度的叠加、向度的多元，这时的诗歌拓展了更多的内容，更丰富的情绪层次。

由于诗人刻意在诗歌中尽可能超越丧女者的角色，数度进入忘我的境界，不惜用情感的逆势处理和反向运作来拉大诗人与父亲之间的心理间距，诗人的想象力被自由地释放了出来，这样，诗歌就不会"黏着"于具体的悲剧，诗的表现力更强大，情感也更加丰富和细腻，诗歌情绪的表现就可能出乎意料的轻盈、柔美和优雅。

五四时期的诗人、文学家，包括闻一多、徐志摩等，通过自己的创作创造了很多足以为后人享用不尽的诗歌意象和诗句。文学史家当然应该重视徐志摩写出的"挥一挥手，不带走一片云彩……"可同样也应该注意闻一多造设的"蚯蚓翻泥、草根吸水"的不朽意境，以及那种"轻抒情"和情感的逆势处理的高妙。

延伸阅读

1. 闻一多：《诗的格律》，原载《晨报·诗镌》第7号，1926年5月13日。闻一多《诗的格律》是新诗格律化的经典文献。文章认为："越有魄力的作家，越是要戴着脚镣跳舞才跳得痛快，跳得好。只有不会跳舞的才怪脚镣碍事，只有不会作诗的才感觉得格律的缚束。对于不会作诗的，格律是表现的障碍物；对于一个作家，格律便成了表现的利器。"格律对诗歌来讲特别重要;"因为世上只有节奏比较简单的散文,决不能有没有节奏的诗"。格律可从两方面讲:一方面,属于视觉方面的;另一方面,属于听觉方面的。属于视觉方面的格律有节的匀称,有句的均齐。属于听觉方面的有格式,有音尺,有平仄,有韵脚;但是没有格式,也就没有节的匀称,没有音尺,也就没有句的均齐。

2. 孙玉石:《论闻一多的现代解诗学思想》,《文学评论》2000 年第 2 期。文章认为,闻一多的现代诗歌批评与古典诗歌阐释中包含了丰富的现代解诗学的思想。他关注诗的神秘性,揭示幻象与无意识创作活动之间的联系,重视破解诗歌语言的模糊性与游移性。他以现代人的眼光,在对于古典文本的解读中,提出了如何超越三重认知的思维困境:变革观念,实现诗的理解由神性到人性的复归;引进多种西方现代学说,努力于原初诗歌内容的还原;用"'诗'的眼光读《诗经》",获得对古典文本真正审美的体味。他在隐喻、象征、多义等方面追求诗歌本体的多重接受,试图沟通"隐"即"兴""象"与西方诗学中意象、象征之间的联系,揭示复杂文本所隐含的艺术"魔力的泉源"。闻一多在理论和实践上完成了中国古典解诗学向现代解诗学的转变。

3. 江锡铨:《闻一多诗歌艺术论》,《中国现代文学论丛》2009 年第 1 期。文章认为,闻一多的新诗活动对于中国新诗艺术发展的贡献是多方面的。他为创立新诗的诗歌观念、诗歌形式做了不懈努力。他从新诗的音节研究入手,引进音尺概念并结合现代汉语的特点加以改造,倡导诗歌节奏、音韵格律的相对匀齐、严整,并在此基础上提出了他的新诗形式美学核心理论,即新的"三美"(音乐美、绘画美、建筑美)理论。他的"充实的内容"和"天然的整齐的轮廓"的有机统一的诗集《死水》,被誉为"一本标准诗歌",对中国新诗的形式美学建设影响深远。闻一多有着深厚的中西文化及文学特别是中西诗歌文学素养。他的诗歌文学活动,比较集中地体现了英美诗歌对中国新诗的积极影响,同时又比较深入地体现了对于中国古典诗歌传统艺术精华的融会与吸收,成为一座连接古今中西的诗桥。闻一多由画而诗,他在新诗创作实践与理论思考的艺术活动中,充分运用了自己多方面的艺术积累,尤其是自己所接受的绘画训练和绘画理论方面的积累,并将其融会于新诗创作的基本艺术规律中,从而在更高也更开阔的层面上继承和发展——主要是发展——了中国古典诗歌"诗中有画"的艺术传统。

思考题

1. 闻一多在新诗发展史上有哪些贡献?
2. 什么叫诗情的逆势处理?

第四讲

《再别康桥》的因果与时间

有学者观察到，关于《再别康桥》的研究文章，在20世纪90年代每年约有三四篇，新千年开始突然增加到每年20多篇，个别年份达30多篇。[1] 一首不足230字的诗歌，为何能够引发如此众多的解释？通过对这些解释的研究，我们发现对《再别康桥》除了从形式角度出发的解释基本上能够达成相对一致的意见之外，对意义的解释则五花八门。一说咏物诗，一说爱情诗，一说政治诗，一说伤感情调，一说别离主题，一说爱，一说美，一说自由，等等。孙绍振认为，多数评论者"都在力求从机械反映论和狭隘的社会功利主义中突破，力求从诗人心理方面寻求有效阐释。但是，在我看来，许多方面，尤其是方法方面，并没有多大的提高"[2]。他的意思是说，很多研究文章其实并没有仔细检查诗歌中的矛盾并给这些矛盾以有效的解释，造成解释上的不断重复，因而很多文章不但不能切中问题的要害，而且与诗歌幽远的意蕴相去甚远。孙绍振本人对《再别康桥》的分析，从文本出发，采用现象还原的方法，结合徐志摩的经历细加分析，较有说服力。他所谓的"还原"，"就是想象出未经作者处理的原生的状态，原生的语义，然后将之与艺术形象加以对比，揭示出差异/矛盾来，就可以分析了"[3]。孙绍振的论述看似很有道理，其实也存在问题。从文本学的观点看，"未经作者处理的原生状态"是不可能被读者凭空想象出来的。从文本出发的解释，解释层面的想象只可能源自文

---

[1] 范伟：《〈再别康桥〉的双重告别主题》，《名作欣赏》2011年第16期。
[2] 孙绍振：《再谈"还原"分析方法——以〈再别康桥〉为例》，《名作欣赏》2004年第8期。
[3] 同上。

本，而"艺术形象"正是想象的出发点。换句话说，所谓的"原生状态"只不过是根据"艺术形象"想象出来的一种可能状态而已，"原生状态"是"艺术形象"派生出来的，怎么可能用本原与派生物对比，然后得出有效的文本意义解释？难道那个想象出来的"原生状态"就不是一种解释吗？我们到底应该如何解读一首诗歌？或者说，我们到底应该怎样理解诗歌的解释方法？要说清这个问题，我们得从情节分类学谈起。

一 叙述的定义和情节类型

一般的诗歌理论都不会论及叙述问题，因为诗歌一般是被视为抒情的，而不是叙述的。这是一个被自然化的误解。事实上，任何诗歌都可以理解为叙述。从绝大多数的诗歌解析文章的策略来看，谈该诗的意义，都是在谈"诗人"或"抒情主人公"表达了什么意义或情感。不论该诗本身写了什么，意义解释的落脚点是诗人写这首诗这个事件本身。卷入了"诗人"，就有了人物，卷入了"表达"，就有了事件。在解读过程中，解释者甚至会尝试还原出一个更详细的关于事件的变化。从叙述学的角度来看，虽然诗歌本身可能没有人物和情节，但是诗歌解释却常依赖于这二者。二次叙述化将诗歌解释为一个有人物和情节的叙述。那么，什么是叙述？

赵毅衡给叙述的底线定义如下："1. 某个主体把有人物参与的事件组织进一个符号文本中。2. 此文本可以被接收者理解为具有时间和意义向度。"[①] 对一个具体的叙述文本而言，我们可以暂时把叙述主体和接收者悬置，那么文本内部必然包含人物、事件、文本、时间向度、意义向度。由于时间向度和意义向度是解释层面的，所以，对一个叙述本身而言，关键问题是人物和事件。只要有了人物和事件，时间向度和意义向度是必然有的，接收者根据文本赋予人物和事件以时间向度和意义向度。在叙述文本中，只要有事件的变化，就有因果关系，而因果关系在常识中是被理解为前因后果的，所以只要理解了事件的因果关系，时间就自动生成了。所以叙述的核心，就是卷入人物的事件的变化，这就是情节。托马舍夫斯基

[①] 赵毅衡：《广义叙述学》，四川大学出版社2013年版，第7页。

认为："情节就是处在逻辑因果—时间关系中的众多细节之总和"。[①] 他强调了因果和时间。热奈特给叙事下的定义是："叙事即用语言，尤其是书面语言表现一件或一系列真实或虚构的事件。"[②] 所谓"一系列"，就是时间。通常的认识是，有了时间，就有因果。时间是非明言的因果，因果是非明言的时间。概而言之，叙述的核心要素是人物、时间、因果。只要有了这三者，叙述就可以成立。这三者又可以简化为两个，时间和因果可以综合成情节这一概念。在当今叙述学里，对于情节的理解非常混乱，本文暂不清理这种混乱状况，只直接阐明一个结论：所谓情节，就是事件的时间化和因果化。情节的时间化和因果化的内涵，是叙述层面的时间化和事件层面的因果化。就是说，对于任何事件而言，核心是因果，由于人的先验和经验定势，因果都被理解为前因后果，所以因果都是被潜在地时间化了的。然而叙述者可以灵活地安排因果顺序，所以在叙述文本中也可以先说果后说因。由于这个原因，所谓叙述中的时间，可调节部分就只在叙述层面。在显在的层面，所有情节的变化，都是叙述层的时间安排和被理解的事件层面的因果关系的变化。

自亚里士多德以来，人们就开始尝试给情节分类，但结果并不尽如人意。古今中外的叙述学，给情节分类的出发点大致有三种：第一种是依据叙述中的人物及其命运，第二种是依据叙述的功能结构，第三种是依据叙述的主题。这三种分类方式都因未涉及情节的时间和因果本质问题而失败了，至今还没有一个令人信服的分类方式产生。所以查特曼说："情节类型的区分是叙事研究领域中问题最大的领域，它很可能需要等待"，"向情节的宏观结构与类型学展开密集攻坚，我们尚未做好准备"[③]。事情可能并没有如此复杂，只要因果和时间类型可以分类，给情节分类就是可能的。就因果类型而言，可能的组合有如下七种：一因一果，一因多果，多因一果，多因多果，有因无果，有果无因，无因无

---

① [苏] 鲍·托马舍夫斯基：《情节和情节分布》，胡经之、张首映：《西方二十世纪文论选》第2卷，中国社会科学出版社1989年版，第83页。

② [法] 热拉尔·热奈特：《叙事的界限》，王文融译，胡经之、张首映：《西方二十世纪文论选》第2卷，第344页。

③ [美] 西摩·查特曼：《故事与话语：小说和电影的叙事结构》，徐强译，中国人民大学出版社2013年版，第80页。

果。对时间类型而言，可能的形态有如下三种：顺时序、倒时序、无时序（心理时序）。任一因果类型均可与任一时间类型搭配组合，从而产生21种情节类型。当然，在有因无果、有果无因和无因无果类型中，也有一些亚型，因可以是一因也可以是多因，果也一样，但这些亚型并不妨碍我们对主要类型的理解。

诗歌是叙述，其类型也必然属于上述类型中的某一种或某几种的结合。对抒情诗而言，多数都是"无因无果"的。但有些可以看作"有果无因"的叙述，例如徐志摩的诗歌《我不知道风，是在哪一个方向吹》。该诗每节以"我不知道风/是在哪一个方向吹"开头，说明"我"不能解释各小节后两句合在一起叙述的那个结果。这个结果是从"她的温存，我的迷醉"变到"她的负心，我的伤悲"，直至我"在梦的悲哀里心碎"。也有一些是有因有果的，例如艾青的长诗《大堰河，我的保姆》，本身就是一个完整的叙述，因果是很清晰的。还有一些是有因无果的。许多的古诗，写一系列意象，发一个动作，但是不讲后来的事。例如马致远的《天净沙·秋思》，写一系列意象，但不告诉我们这个"断肠人"后来到底怎样了。当然，这首散曲也可以看作无因的，我们并不知道这个"人"为什么"断肠"，所以解释就可以有两个方向：一是追问因，二是想象果。由于诗歌常常叙述一个片断，所以通常是既无因又无果，解释就有多种可能，故而"诗无达诂"。

情节并不是一成不变的，而是相对的。一个事件内部可能包含一组因果关系，但是将该事件作为一个整体，它又可能是另一个情节中的一个因或一个果。因此解释就充满变化性。诗歌的意义，不仅存在于诗歌内部，还存在于诗歌对因或果的引导之中。

二 《再别康桥》的因与果

从宏观结构观察，《再别康桥》没有叙述诗人与康桥"再别"的原因，也没有叙述诗人与康桥告别的结果，是无因无果的叙述。从微观结构观察，"再别"本身又是一个阶段性的结果。所以，对《再别康桥》的有效解释，大多是对"再别康桥"的"因"的追问。该类解释把诗中的每一个动作、每一个事件都当作一个结果，然后去追问为何有此结果。例如解释者必须回答为何要"轻轻的来",为何要"轻轻的走",后来为何要"悄悄来"又"悄悄的走"。而解释方向无外乎两种:一种是到徐志摩的经历中找原因,一种是结合文本找原因。

　　从徐志摩的经历和思想中找原因构成了《再别康桥》的主要解释方向。从这个方向找原因的主要策略如下:第一,因为康桥在徐志摩的早年梦想形成过程中扮演了重要的角色,所以徐志摩对这一个梦想极其珍惜。正是由于对康桥梦想的珍惜,所以对康桥才会如此的虔敬。论者按图索骥,于是便可以追溯到徐志摩在康桥时的一系列生活、学习、情感等经历。很多的解释几乎都是对徐志摩这段时期的经历和思想的考据。在这个思想的指导下,考据出来的结果无疑都是美好的。这里不但有与林徽因相识的浪漫,又有单纯而美好的朋友,还在政治理想上有了自由民主政治的启蒙,以及诗歌理想的建立。这一切理想形成的初因,是康桥给予的灵性和机会,因此到康桥去,就是寻找这一个理想,告别,也是与这个理想告别。第二,徐志摩告别的对象,是自己早年的一段隐秘感情。持这种论点的人,主要挖掘徐志摩与林徽因的感情经历。第三,把康桥、云彩等意象看作徐志摩的灵魂寄托,"留下的是魂,走的是形"①,把关注重点放在虚实互化的意境分析之中,其实仍然是就康桥之于徐志摩的思想情感的形成过程中的作用而言的。总而言之,康桥是徐志摩单纯信仰的象征。然而现实中的徐志摩,却处于政治理想、爱情梦想、诗歌梦想三重打击之下,现实是痛苦的,而现实越是痛苦,曾经的就越是美好。分析《再别康桥》的次要策略,是从文本出发,但是纵观从文本出发的分析,主要方向有两种。第一种是得出本诗为何如此之美的结论,这种分析是形式主义的分析,着重谈该诗的"三美"。第二种是分析该诗的意象之美,并从这些意象中分析出意义,但多数还是会回到徐志摩的早年生活与现实生活的对比之中。

　　本文认为,这些分析研究并非无益,而是恰恰相反,这些对作者层面的"因"的分析,不但可以从动机层面寻找到产生这首诗的原因,而且对我们理解该诗的意义大有帮助。这是一个非常重要的铺垫性工作,而对多个原因的分析,对我们理解该诗意义的丰富性也大有助益。但是,仅有这些分析是不够的。佛教的因果循环论认为,"第一,没有无因而生果

---

① 李铁秀:《梦境缠绕的销魂踪迹——再读〈再别康桥〉》,《北方论丛》2003年第3期。

的。第二，没有有果而无因的。第三，没有果不成因而再生果的。"[1] 简单地说，如果我们把徐志摩曾经的理想和当时的生活现实看作因，那么康桥寻梦就是果。但是康桥寻梦又是另一个因果关系中的因，它必然再产生一个果。既然"再别康桥"是一个片断性事件，那么它不但前面有因，它的后面还应有果。之前讨论的多是"因"，而不注重讨论"果"，此其一。其二，多数讨论太"实"，没有能够在抽象的层面总结出一个普遍的心理结构，从而无法在更普遍的意义上告诉我们，为何这首诗是触及人的灵魂的。或者说，即使一个读者完全不知道徐志摩的那段经历，读《再别康桥》的时候，仍然会被深深地打动，这到底是为什么？

细读法主张，文本分析应排除副文本因素，从文本出发分析意义并使意义最大化。就是说，对作者徐志摩的因素存而不论，或有意忽略徐志摩的生平因素，从诗歌的结构和语言之中得出意义。这样分析出的意义，才不会受作者的影响，也就不会把一个普遍的意义狭窄化为一个个别的意义或情感。但是，细读分析的结果可以作为对作者生平的一个解释。

三 告别与寻找情节中的因果

《再别康桥》给我们的第一个触动是该诗的标题。"再别"的意思是曾经告别了一次，这是第二次告别。既然是第二次告别，之前就必然有一个"再来"的动作。为什么再来呢？根据诗中内容的提示，是为"寻梦"。既然寻找到了梦想，为何要"再别"呢？这就是诗歌留给我们的一个思考。"寻找—告别—再寻找—再告别"组成一个情节，而首节与尾节有变化的重复组织成一个环形结构，意味着这一过程可能再次重复，但每一次重复又会有变化。就是说，人不可避免地会陷入轮回，我们总是在不断地寻找、告别、再寻找、再告别……《再别康桥》的因果是一种循环的因果结构，寻找的原因是曾经的告别，寻找的结果是再次告别，再别的结果是为了下一次寻找，所以再别就是下一次寻找的因。这样，我们就不难理解，为什么诗歌结尾的时候，诗人说要"不带走一片云彩"，原来，把云彩留在西天，就是为了下一次寻找。为什么人会陷入这样一种永恒的循环

---

[1] 周叔迦：《周叔迦大德文汇》，华夏出版社2012年版，第402页。

圈呢？大概的解释是，人总是不满足于已有，要追求生命的变化性和丰富性。即使生活于理想化的康桥，也是不满足的。诗歌写了康桥令人留恋驻足的特征："在康河的柔波里，我甘心做一条水草"，既然"甘心"，为何还是要走？因为纯粹的美与自由并不能给人的生命以丰富性。"夏虫也为我沉默，沉默是今晚的康桥"，既然满载星辉而归，放歌又是如此快乐，为何又要"沉默"？因为沉默意味着思考，思考意味着反思，反思的结果，就是不能在此独享快乐，人不能过早进入天堂，而是要去经历尘世的苦难。尘世的苦难与天堂的快乐对人而言都是必需的。

这样，《再别康桥》就给人的生命一种辩证的解释。寻找是肯定，告别是否定。人的生命是一个不断肯定和否定的过程。对每一个肯定和每一个否定，我们都不能轻率地、粗鲁地进行，我们对生命过程中的每一个变化、每一个选择、每一个放弃，都要小心翼翼、充满敬畏之心。这就不难理解为何要"轻轻的来"，又要"轻轻的走"了。这既是对生命的重视与珍惜，也是对自己的每一个选择与放弃的重视与珍惜。这样，我们也就不难理解，为何徐志摩在林徽因另嫁他人之后仍然珍惜这段感情与友谊，成为极好的朋友，选择陆小曼之后虽经"浮言"打击仍然珍惜这段婚姻，虽然与张幼仪"笑解烦恼结"却仍然将其视为亲人、朋友的人生态度了。

寻找与告别是人生的永恒主题。没有寻找，生命就没有了动力；没有告别，就不会有新的寻找。所以，《再别康桥》首先触动我们的，是关于生命和人生意义的深刻理解。它不但告诉我们人生意义的结构与获得方式，也告诉我们在追寻人生意义的过程中应持的态度。我们不必让"此情可待成追忆"，因为追忆的情境是可以重复的；更不会"只是当时已惘然"，因为每时每刻我们都是清醒的。能够有这样一种境界，关键是现代人有了"自由"。自由带给我们的，不是任性而为，而是更加沉重的责任感。正是因为"责任"，所以任何选择与放弃都必须"轻轻的"，但又是义无反顾的。恰如徐志摩在1922年写给张幼仪的信中所言："真生命必自奋斗自求得来，真幸福亦必自奋斗自求得来，真恋爱亦必自奋斗自求得来！……彼此有改良社会之心，彼此有造福人类之心，其先自做榜样，勇决自断，彼此尊重人格，自由离婚，止绝苦痛，始兆幸福，皆在此矣。"① 从这封信中的内容分析，第一，徐志摩追求的核心是"真生命"，其他几点都是"生命"的组成部分；第二，追求真生命的路径是"奋斗自求"，奋斗是变化和否定，自求是自我选择，即在自由的环境中强调行为主体的意志力；第三，强调的目的是"改良社会""造福人类"，即通过个体的行为、表率、榜样，给人类一种全新的认识生命、幸福、恋爱的态度。

与寻找、告别相对应的一组动作是"来"和"走"。我们固然可以把"来"定义为"寻找"，把"走"定义为"告别"，但是"来"和"走"又可以将意义引向更广阔的空间，它可以被理解为任何的来与走，例如生与死、爱与恨、入与出。《再别康桥》告诉我们，对所有这些，我们都要谨慎、敬畏、珍惜。但是，我们又不能留恋于任何一种状态，要果断、毅然地与之分别，不断地出入于这些状态之中。存在主义哲学以悲观的态度面对世界，把世界看成处处充满困境，就像钱锺书《围城》所揭示的那样，人生处处是围城。然而在《再别康桥》中，我们看到的一切都是美好的，对任何困境，我们只要充满敬畏地直面，它也就是美的。即使是在康桥，"天上虹"也会被"揉碎在浮藻间"，作为美的象征的"彩虹"在康河里仍然可能被撕碎、沉淀，成为一个虚幻的"梦"。但是这并不影响康河的美，也并不影响它作为美的寄存地的品质。同样的道理，尽管现实会撕碎梦想，苦难会溶解幸福，生活会限制自由，但是这并不影响现实、苦难、生活作为梦想、幸福、自由的寄存地的品质。生命的意义在于寻找，而寻找的地方，正是在生活的波涛之中，也在现实的苦难之中。这可能是徐志摩重游康桥所获得的重要启示，也是他再次告别康桥的原因之一吧。

四 康桥梦的因果与内涵

《再别康桥》的又一个关键词是"寻梦"。既然有寻梦这个动作，就应该有寻梦的原因，也应该有寻梦的过程和结果，还应有关于梦的内涵。学界一般也把这个梦叫做"理想"，康桥梦也就是康桥理想。

诗歌的中间几小节，有一个寻梦的原因、过程和结果。之所以要寻

---

① 胡适：《追悼志摩》，《胡适文集》（2），人民文学出版社1998年版，第508页。

梦,是因为有梦的失落。从诗中内容来看,因为梦"沉淀"在康河里了,所以才需要寻梦。梦是怎么沉淀在康河里的呢?答案是"揉碎"在康河里。就是说,梦想像天上的彩虹,美丽而遥远,拉近到现实中,就会被揉碎。但是再往前追溯,我们会发现,梦想其实又是在现实中培养起来的。河畔的金柳,在梦想中就是夕阳中的新娘,波光里的艳影,荡漾在心中即成梦想。这个美丽的梦想,正是在康河这个地方、这个现实中培养起来的。这样,我们就能够理解,为什么徐志摩会说"我的眼是康桥教我睁的,我的求知欲是康桥给我拨动的,我的自我的意识是康桥给我胚胎的"①了。就是说,康桥是梦想的初因,没有康桥也就没有梦想。一般的逻辑是,有了一个梦想之后又得到这个梦想,就应该满足。所以接下来一节便说"在康河的柔波里,我甘心做一条水草"。为什么我们"甘心",是因为"青荇"在招摇,"招"有招呼之意,"摇"有拒绝之意,意思是说,"康桥梦"既呼唤我,又警示我,梦想是一把双刃剑,既是诱惑,又充满了危险。但是,我仍然愿意冒这个险,我心甘情愿为梦想而献身。为了梦想,可以义无反顾,这是主动的选择。选择是自由的,献身于梦想,梦想失落而寻找梦想,都是自由的,这正是对自由内涵的解释。

  在现实中产生的梦想,其实并不在现实之中,而是像天上的彩虹那样遥不可及,像西天的云彩那样美丽而易逝。这是一个比喻,也是一个写实。梦想往往产生于现实之中,然而,一旦产生,它就会离我们很远很远。一旦将其拉近映入现实,它就是易碎的、易沉的,因此《再别康桥》又写出了理想与现实的距离。理想与现实不能互相结合,一旦结合,就会两败俱伤。清泉变成了彩虹的幻影,彩虹被清泉揉得粉碎。现实成为理想的幻象,理想被现实撕成碎片。但是,被撕碎的理想并没有消失,而是沉淀在现实深处。为什么呢?是因为彩虹、云彩仍然留在西天,任波浪如何蹂躏,也不能使之消失。这样,我们就找到了"不带走一片云彩"的原因。只要理想还在,任现实如何捉弄理想,理想也会沉淀在现实之中,现实中就包含了理想。这样,我们就理解了徐志摩在经历了陆小曼的"浮言"事件后仍然不放弃婚姻的原因,他在这段已经破碎的爱情中浇灌了

---

① 徐志摩:《吸烟与文化》,徐志摩:《想飞·巴黎的鳞爪》,复旦大学出版社2004年版,第113页。

理想主义的精神，尽管千疮百孔，但理想的碎片早已深深地浸润于爱情深处。同时，我们也就找到了徐志摩"再来康桥"的原因。再来康桥，是为了坚定理想，重温理想，是要让理想成为破碎现实的坚强支撑。应该说，徐志摩在此处为理想遭遇现实而破碎的结果之后找到了足够的坚持的理由。再做一个观察我们会发现，康河中彩虹的倒影之所以沉淀不见，其实是因为时间已晚，天上的虹消失了，西天的云彩消失了。所以，真正可怕的，可能还不是现实对理想的打击，而是那个遥远的理想本身已经不见了。一旦理想丧失，我们甚至不能在现实中找到理想的碎片，那理想就真正消失了。

然而，只要追梦的动机还在，哪怕只剩碎片或一点寻梦的精神，它也是可以寻找到的。因此"寻梦"的动机便成为理想存在的前提。虽然该诗在"寻梦"之后用了问号，似乎有所疑问，但是后面的行动是坚决的。他坚信，梦想存在于"青草更青处"。青草是生命的象征，所以更坚定的理想就存在于生命的更深处。只要我们更深地领悟了生命的意义，我们就可以有更多的理想收获，就可以找回梦想。寻梦的结果是令人满意的，"满载一船星辉"，收获的不是那个如彩虹般美丽而短暂的梦想，而是得到了更多、更持久的一船星辉。星辉与彩虹的最大不同是，星辉更丰富，数量更多，更不易消逝。失去一段彩虹，得到一船星辉，这是寻梦者的意外收获，因此更加坚定了坚持理想的信心。

如上文所述，学者们大多把徐志摩的这个康桥理想概括为政治理想、爱情理想、诗歌理想。事实上，这个理想有更抽象的内涵，所以也有不少学者根据胡适在《追悼志摩》中对徐志摩的总结将其概括为爱、自由、美的理想。可以这样说，任何太过具体化的概括都可能会使康桥梦的内涵窄化，但是爱、自由和美却是这个理想的核心。并非胡适才完全了解徐志摩，1923年，他的老师梁启超在听说徐志摩与张幼仪离婚的消息之后，给徐志摩一信，信中说，"呜呼！志摩，天下岂有圆满之宇宙？……当知吾侪以不求圆满为生活态度，斯可以领略生活之妙味矣。……若沉迷于不可必得之梦境，挫折数次，生意尽矣，郁邑佗傺以死，死为无名。"[①] 梁启超一眼就看出了徐志摩的动机与追求，但是怕他沉迷于梦境而不能自

---

① 胡适：《追悼志摩》，《胡适文集》（2），人民文学出版社1998年版，第509页。

拔，是老师对学生的关爱，但是总结却一语中的。对梦想的坚持，对"圆满之宇宙"的坚持，就是徐志摩的性格和人生哲学，也是我们从这首诗中读出的情感内涵。这也可以看作徐志摩对梁启超告诫的一个回应。他承认没有一个圆满的宇宙，但是他认为理想的碎片仍然会改变现实，而对理想的坚持不但能使现实丰富，而且可以让不圆满的现实印上理想主义的色彩。朱寿桐认为："徐志摩的诗城中没有死胡同"，"徐志摩所说的'真的理想主义者'实际上就是时刻准备'失败'的理想主义者，是经得住理想破灭的理想主义者，是一种充满理性精神和韧性气质的'理想主义者'。"他进而引用徐志摩自己的话来说明这一问题："我相信真的理想主义者是受得住眼看他往常保持着的理想煨成灰，碎成断片，烂成泥，在这灰、这断片、这泥的底里，他再来发现他更伟大、更光明的理想。"① 这个态度正是对本诗"揉碎"的最好注解。

有许多关于《再别康桥》的赏析文章，都从诗中分析出了伤感、落寞的情感，例如蓝棣之认为，《再别康桥》"通过康桥景物的抒写和暗喻，表达了诗人对旧情的眷恋和珍视，也表达了寻梦时的怅惘、落寞的情怀，在飘逸、洒脱的姿态下，蕴藏着深沉的忧郁和难言的苦闷"②。我们通过文本细读出来的情感，更多的不是伤感，而是坚定、执着，是对理想主义的坚持。不仅如此，我们还可以从中看到生命的沉思。人们常常把"夏虫也为我沉默，沉默是今晚的康桥"解释成对现实的伤感，这也是一种片面化的解释。不论是从字面看还是从经验角度看，沉默都不是伤感的代名词，悄悄也不是落寞的代名词。沉默更多的含义是沉思、领悟、成熟，"悄悄"则意味着沉思后的结果。正是因为经过"沉思"，所以思想才变得更加成熟，正是因为更加成熟，所以动作就要更轻更隐秘：当"我"悟到了上述道理之后，"我"更坚定了理想信念。不但有了"一船星辉"般的理想，而且更深地领悟了生命的内涵，还理解了把理想主义保存在内心深处的重要性。这样就更应该悄悄地让理想沉潜在心灵深处。这不是对现实的逃避，而是更加勇敢地面对痛苦的现实，并且用理想主义去改造现

---

① 朱寿桐：《新月派的绅士风情》，江苏文艺出版社 1995 年版，第 296—297 页。
② 蓝棣之：《评徐志摩的〈再别康桥〉》，林志浩：《中国现代作品选讲》（下），高等教育出版社 1987 年版，第 58 页。

实。这个理想主义精神，就是我们生存的理由。毛迅认为，徐志摩的悲剧"正是由于人道理想与中国现实的严重脱节才使徐志摩转向悲观主义"，"并非他天性倾向悲观，而是西方世纪末的悲观情绪适应了一个无路可寻者的现实需求"[①]，这个解释非常到位，徐志摩的内心深处，可能从来没有真正愿意接受过悲观主义，但是从外层看起来，却是悲观主义的。

在寻梦的因果链中，我们仍然可以发现一组否定之否定的辩证因果关系。康桥梦的第一个内涵是"波光里的艳影"似的立足于现实的理想，这是第一次来康桥发现的理想。第一次离开，现实告诉诗人，这个理想只是"西天的云彩"，美丽而遥远，完成了对第一个理想的否定。第二次到来，发现虽然云彩离我们遥远，但是却能烛照现实，改变现实，又坚定了对理想的信念。第二次到来之后的坚定寻找，理想被进一步升华为"一船星辉"，完成了否定之否定的扬弃过程。第二次告别时"不带走一片云彩"，但是可以带走"一船星辉"，所以在现实的暗夜里，就可以有更为丰富更为坚定的信念。没有带走的，可以留在西天继续烛照现实；带走的星辉，成为指导现实的理想资源。所以，寻梦是一个不断否定不断扬弃的辩证发展过程，旧梦被不断地否定扬弃，新梦在不断地丰富发展。只有当我们不断地在寻梦的过程中完善、丰富、坚定自己，真生命、真爱情、真幸福、自由、爱和美才能被赋予坚实的内涵。

上文说过，多数诗歌都是无因无果的叙述，诗歌是因果链中的一个片断，但是强烈地暗示着前面的因，也暗示着后面的果。再来与再别暗示了初来与初别，寻梦暗示着梦的初次失落，也暗示着寻找之后的选择。我们可以很容易地在徐志摩离开康桥之后的生活态度和人生选择中找到这个解释的印证。他不但更加珍惜自己的每一个理想，为之不懈地奋斗、努力、坚持，而且用理想化的态度看待每一个到来的打击。因为他坚信，只要梦想存在于心灵深处，生活永远都无法伤它丝毫。

五 《再别康桥》的时间安排

上文所论《再别康桥》的因果关系，是事件层面的因果关系，在这个

[①] 毛迅：《徐志摩论稿》，四川大学出版社1991年版，第34页。

因果链中，我们可以自然而然地得出一个时间序列。但是在文本的叙述表层，似乎又有一个封闭的时间结构。"悄悄的走"似乎就是"轻轻的走"的重复，"悄悄的来"似乎也是"轻轻的来"的重复，很多人都自然而然地认为首尾两节讲的是同一件事。这是另一个自然化的误解。很明显，"轻轻的"和"悄悄的"描述的并不是同一个动作，后者在程度上给人的感觉更轻、更隐秘。既然程度不一样，我们有什么理由认为这是同一次来与走的事件呢？进一步说，第一节说的是"轻轻的招手，作别西天的云彩"，后一节说的是"挥一挥衣袖，不带走一片云彩"，招手和挥衣袖，内涵是大不一样的。招手有呼唤之意，挥衣袖有毅然诀别之意。"作别"可能再见，"不带走"意味着放弃。就是说，这两节看似在讲述一个事件，其实讲的是两个事件。我们可以把第一节的事件看作第一次告别，把最后一节看作第二次告别，这样，告别就有了两次，所以"再别"之说也就能够在文本内成立，而不是必须到文本外去追溯徐志摩1922年离开康桥的故事，虽然在现实中也存在这个事件。细读法主张，诗歌的意义都来自于文本内部，而不是外部。如果我们必须到历史掌故中去为"再别"寻求解释，诗歌就丧失了自足性的意义，也就不可能讲述一种人所共有的经验。

　　从这个意义上讲，诗歌首节讲述的是第一次告别时的心态，尾节讲的是"再别"时的心态。第一次到来和告别，动作是轻轻的，已经对理想充满了敬畏之心。"作别西天的云彩"的时候，已经做好了理想不能融入现实的心理准备，所以他已经把这个美丽易逝的梦想留在西天加以珍惜保存，保存之地，当然是内心深处。在第二次到来和告别时，动作是悄悄的、隐秘的，是不想让人知晓的，这就与第一次告别时有所不同。这次对梦想的重提，是纯个人化的，是不再对外宣扬与表达的，所有的结果都是由自己独自承担起来的。因此，在再次告别时，情感是秘而不宣的，然而是更加成熟、更加坚定、更加执着、更有准备的。就是明明知道理想与现实的冲突，但是却要为现实注入更多的理想主义精神。理想精神的注入，是默默的、悄悄的、个人化的。理想只是心灵深处的一片净地。

　　虽然我们可以把首尾两节看作两次告别、两个事件，但是这两个事件又有一定程度的重复。来与走、相逢与告别，可能是生命的常态，任何理想主义精神的发展，都必然几经反复，找到又失去，失去再寻找，或者在反复中失落，或者在反复中坚持。《再别康桥》给我们做出的选择显然是后者。这样，我们从《再别康桥》中看到的叙述时间，就既是循环，又不是循环，是一种螺旋式的时间模型。但是在这个螺旋模型的内部，又有一个线性的时间流。

总而言之，通过细读法阅读，我们得到的意义基本上不同于传统批评所赋予该诗的意义。传统批评认为，本诗的情感是伤感与离愁；本文认为，本诗的情感是坚持与执着。传统批评从徐志摩经历出发，认为诗人在后期是消极颓废的；本文认为恰恰相反，徐志摩在各种打击面前不但没有消极颓废，而且在内心深处有了更加坚定的理想主义信仰。传统批评认为，徐志摩来康桥是和理想告别；本文认为，他不但没有与理想告别，而是找到了一个全新的、更加持久更加丰富的理想。他告别的是曾经的"云彩"般的单纯理想，带走的是更加成熟的"星辉"般的成熟理想，康桥不但是理想的象征，而且是源源不断的理想的提供者。当然，诗歌也留下了余韵，如果这个理想仍然在现实中消失不见，如果诗人没有过早地离开我们，如果他的理想仍然饱受打击，他还会再来，还会有"三别"。那个新理想将是一种什么形态，我们也就不好妄加猜测了。但有一点可以肯定：徐志摩从始至终保持了一个纯粹的理想主义者的信仰和行为，他是中国现代文学史上理想主义者的典型代表。

延伸阅读

1. 孙绍振：《再谈"还原"分析方法——以〈再别康桥〉为例》，《名作欣赏》2004年第8期。孙绍振是"朦胧诗三崛起"的作者之一，很早就开始支持西方现代文学理论并将其用于文学批评实践，是新诗批评理论的重要推动者之一。该文首先批评了当下诗歌批评界机械反映论、狭隘的社会功利论和不务实的文风，倡导用"还原"的方法解释本诗。他的主要结论是，本诗写的是"轻轻的""悄悄的"，是一种"单独的无声美"，它"不仅是情感，而且是有理性和深度的"。本诗可以视为"一个人偷偷地来重温旧梦"。

2. 朱寿桐：《新月派的绅士风情》，江苏文艺出版社1995年版。"徐志摩的诗城中没有死胡同"一节，细致地分析了徐志摩作为一个理想主义者的精神特征。"徐志摩所说的'真的理想主义者'实际上就是时刻准备'失败'的理想主义者，是经得住理想破灭的理想主义者，是一种充满理性精神和韧性气质的'理想主义者'。"书中所引徐志摩所言"我相信真的理想主义者是受得住眼看他往常保持着的理想煨成灰,碎成断片,烂成泥,在这灰、这断片、这泥的底里,他再来发现他更伟大、更光明的理想"这一理解,与本文从《再别康桥》的细读中得出的结论保持了高度一致。该书对新月派各诗人的精神内涵的解读,值得一读。

3. 徐志摩、陆小曼:《爱眉小札》,人民文学出版社1988年版。这是徐志摩和陆小曼的日记书信合集,对于了解徐志摩的人格、情感、经历等,都具有重要的史料价值。

4. 蓝棣之:《评徐志摩的〈再别康桥〉》,林志浩:《中国现代作品选讲》(下),高等教育出版社1987年版。该文的主要论点是,《再别康桥》"通过康桥景物的抒写和暗喻,表达了诗人对旧情的眷恋和珍视,也表达了寻梦时的怅惘、落寞的情怀,在飘逸、洒脱的姿态下,蕴藏着深沉的忧郁和难言的苦闷"。

思考题

1. 你怎样理解《再别康桥》中的理想主义?
2. 用情节的因果分析法赏析一首诗歌。

第五讲

《尺八》：乡愁母题的世纪回响

一

1909年的樱花时节，诗人苏曼殊在日本的古都——京都浪游，淅淅沥沥的春雨中，突然从什么地方传来了似洞箫又非洞箫的乐声，诗人听出那是日本独有的乐器——尺八的吹奏。乐曲凄清苍凉，诗人心有所感，于是写下了那首足以传世的诗作——《本事诗之九》：

　　春雨楼头尺八箫，
　　何时归看浙江潮。
　　芒鞋破钵无人识，
　　踏过樱花第几桥。

诗人在诗后自注云："日本尺八与洞箫少异，其曲名有《春雨》者，殊凄惘。日僧有专吹尺八行乞者。"日本京都大学的平田先生告诉我，这种专吹尺八行乞的僧人在日本也叫虚无僧。这个名字在中国人听来总有那么一点儿存在主义的形而上味道。

1904年出家的苏曼殊在写这首"春雨楼头尺八箫"的时候已经是一个僧人。但他也是中国近代史上有名的"不中不西，亦中亦西""不僧不俗，亦僧亦俗"的和尚。苏曼殊（1884—1918），字子谷，法号曼殊，广东香山人，出生于日本。20世纪初留学日本期间，加入了革命团体青年会和拒俄义勇队，回国后任上海《国民日报》的翻译。苏曼殊热衷于革命，却被香港兴中会拒绝，一气之下在广东惠州出家，自称"曼殊和尚"。但他在出家的当年就曾经计划刺杀保皇党康有为，幸为人所劝阻。从他的"本事诗"中还可以感觉到他剃度之后仍难免牵惹红尘。如《本事诗之六》：

  乌舍凌波肌似雪，
  亲持红叶索题诗。
  还卿一钵无情泪，
  恨不相逢未剃时。

  苏曼殊精通日语、英语、梵语，既写诗歌、小说，也擅长山水画，还翻译过《拜伦诗选》和雨果的《悲惨世界》，在当时译坛上引起了轰动。辛亥革命后，主要从事文言小说写作，著有《断鸿零雁记》《绛纱记》《焚剑记》《碎簪记》《非梦记》等。苏曼殊的诗文和小说都受好评。陈独秀即称："曼殊上人思想高洁，所为小说，描写人生真处，足为新文学之始基乎？"把苏曼殊的小说创作推溯为新文学的传统。郁达夫则说苏曼殊的诗有"一脉清新的近代味"。游国恩主编的《中国文学史》称他"别具一格，倾倒一时"。这种"倾倒一时"的文坛盛名从前引的那首《本事诗之六》就完全可以想见：苏曼殊即使当了和尚，仍不乏倾慕于他的诗才的肌肤似雪的追星族。"还卿一钵无情泪，恨不相逢未剃时"则流露了诗人身不由己的无奈与怅惘，尘缘未了凡心不净可见一斑。从《寄调筝人》中也可窥见诗人的"禅心"经常有美眉干扰：

  禅心一任蛾眉妒，
  佛说原来怨是亲。
  雨笠烟蓑归去也，
  与人无爱亦无嗔。

  诗人一心向禅，任凭蛾眉嫉恨，但美眉的"怨怼"同时又被诗人视为一种亲缘。尽管"雨笠烟蓑归去也"一句使人想到苏轼的词"归去，也无风雨也无情"，同时苏曼殊也许确然追求一种"与人无爱亦无嗔"的境界，但正面文章反面看，读者读出的反而恰恰是"蛾眉"对诗人"禅心"的骚扰，苏曼殊显然很难达到"与人无爱亦无嗔"的境界。

《过若松町有感示仲兄》也是苏曼殊的一首代表作：

> 契阔死生君莫问，
> 行云流水一孤僧。
> 无端狂笑无端哭，
> 纵有欢肠已似冰。

"契阔死生"的典故来自《诗经》："死生契阔，与子成说。执子之手，与子偕老。"闻一多解释这四句诗时说："犹言生则同居，死则同穴，永不分离也。"这四句诗也是《诗经》里张爱玲最喜欢的诗句，称"它是一首悲哀的诗，然而它的人生态度又是何等肯定"。苏曼殊这首诗同样表现出一种既"悲哀"又"肯定"的人生态度，与佛家的淡薄出世超逸静修大相径庭。"无端狂笑无端哭"，更是表达了我行我素、全无顾忌的行为方式。从中我们感受到的是一个作为性情中人的情感丰沛的苏曼殊，也正因如此，他的诗作无不具有一种撩人心魄的韵致。

"春雨楼头尺八箫"一诗或许是苏曼殊名气最大的诗作。读这首诗，我首先联想到的是苏轼的词"竹杖芒鞋轻胜马，谁怕，一蓑烟雨任平生"，苏曼殊或许也有一蓑烟雨任平生的慷慨豪放，但是一句"芒鞋破钵无人识"，勾画的却是一个多少有些落魄的僧人形象。我的眼前仿佛出现了一个在蒙蒙春雨中踽踽独行的僧人，在寂寥而空旷的心境中，突然听到从远处的楼头隐隐约约传来了酷似故国洞箫的乐声，一下子就唤醒了诗人本来就"剪不断，理还乱"的乡愁。京都多桥，此时一座座形状各具的桥被绚烂的樱花落满，景象一定可观。然而诗人的思绪却沉浸在这种如烟如雾般弥漫的乡思之中，眼前异国的秀丽景致渐渐模糊了，以致记不清走过了几座桥。而且具体的数字对诗人来说是不重要的，重要的是一个"几"字所蕴涵的不确定感，映现的正是诗人内心的恍惚与沉湎。我尤其流连于"何时归看浙江潮"的"何时"二字，它把诗人的回归化成遥遥无期的期待与向往，传达的是一种"君问归期未有期"的延宕感，"归看"变成了一种无法企及的虚拟化的想象。所以尽管诗人没有直接书写"思念故国"一类的字眼，但读起来让人更加感受到故园之思的弥漫，更使人愁肠百结。而"浙江潮"三字所象征的故国的山川风物，又使诗人的离愁别绪渗入了一缕文化乡愁的韵味。

可以想见，"春雨楼头尺八箫"这首诗所蕴涵的诸种心绪和母题，必会在后来的诗人那里激荡起悠长的回声。

二

苏曼殊吟诵"春雨楼头尺八箫"二十多年后，也是在京都，卞之琳写下了他的诗作《尺八》：

> 象候鸟衔来了异方的种子，
> 三桅船载来了一枝尺八，
> 从夕阳里，从海西头。
> 长安丸载来的海西客
> 夜半听楼下醉汉的尺八，
> 想一个孤馆寄居的番客
> 听了雁声，动了乡愁，
> 得了慰藉于邻家的尺八，
> 次朝在长安市的繁华里
> 独访取一枝凄凉的竹管……
> （为什么霓虹灯的万花间
> 还飘着一缕凄凉的古香？）
> 归去也，归去也，归去也——
> 象候鸟衔来了异方的种子，
> 三桅船载来一枝尺八，
> 尺八乃成了三岛的花草。
> （为什么霓虹灯的万花间，
> 还飘着一缕凄凉的古香？）
> 归去也，归去也，归去也——

第五讲 《尺八》：乡愁母题的世纪回响 / 71

> 海西人想带回失去的悲哀吗？
> 1935 年 6 月 19 日

1935 年春，卞之琳因为一次翻译工作，乘一艘名字叫"长安丸"的客船取道神户，抵达京都，住在京都东北郊京都大学附近的一个日本人家的两开间小楼上，三面见山，风景不错。房东是京都大学的一位物理系助手，近五十岁，听说吹得一口好尺八，但是卞之琳却一直无缘聆听。他第一次听到尺八的吹奏，是去东京游玩。三月底的一个晚上，诗人正和朋友走在早稻田附近一条街上，在若有若无的细雨中，

> 心中怏怏的时候，忽听得远远的，也许从对街一所神社吧，送来一种管乐声，如此陌生，又如此亲切，无限凄凉，而仿佛又不能形容为"如怨如慕如泣如诉"。我不问（因为有点像箫）就料定是所谓尺八了，一问他们，果然不错。在茫然不辨东西中，我油然想起了苏曼殊的绝句：
>
> > 春雨楼头尺八箫
> > 何时归看浙江潮
> > 芒鞋破钵无人识
> > 踏过樱花第几桥
>
> 这首诗虽然没有什么了不得，记得自己在初级中学的时候却读过了不知多少遍，不知道小小年纪，有什么不得了的哀愁，想起来心里真是"软和得很"。

这段回忆引自卞之琳第二年（1936）写的一篇散文《尺八夜》，追溯自己在日本与尺八结缘的过程以及《尺八》一诗的创作始末。当诗人从东京回到京都住处，在 5 月间的一个夜里，房东喝醉了酒，尺八终于在"夜深人静"时分的楼下吹起来了。音乐声依然让卞之琳感叹"啊，如此陌生，又如此亲切"，唤起的是诗人类似于当年苏曼殊的乡愁，于是就有了《尺八》，这首诗也被英美文学专家王佐良先生称为卞之琳诗歌成熟期的"最佳作"。

三

如果不了解散文《尺八夜》中所交代的卞之琳与尺八之间的本事和因缘，乍读《尺八》一诗，在语义层面上是不太容易梳理清晰的。这首诗曾经也迷惑了把卞之琳作为研究对象的专业学者。

《尺八》的复杂，主要是因为这首诗交替出现了三种时空和三重自我。

诗人一开始并没有直接抒写自己聆听尺八的经过和感受，而是先追溯历史。前三句"象候鸟衔来了异方的种子，/三桅船载来了一枝尺八，/从夕阳里，从海西头"，追溯尺八从中国本土流传到日本，并像种子一样在日本扎根发芽的历史。"夕阳里"和"海西头"就是站在日本的角度指喻中国。这三句是追溯中的历史时空。

四、五句"长安丸载来的海西客/夜半听楼下醉汉的尺八"，才开始写现实中的诗人自己在京都夜半听房东吹奏尺八的事实。但应该注意的是卞之琳并没有使用第一人称"我"，而是引入了一个人物"海西客"。"海西客"其实正是诗人自己的化身，诗中的"长安丸"也可以证明这一点，它是卞之琳来日本所乘的船的名字。这两句交代海西客在京都听尺八的事实，进入的是现实时空。

但卞之琳接下来仍没有写"海西客"听尺八的具体感受，从第六句到第十句进入的是海西客的缅想："想一个孤馆寄居的番客/听了雁声，动了乡愁，/得了慰藉于邻家的尺八，/次朝在长安市的繁华里/独访取一枝凄凉的竹管……"这五句进入的是人物海西客想象中的历史情境。海西客拟想在中国的唐朝，一个日本人（"番客"）寄居在长安城的孤馆里，听到了雁声，触动了乡愁，并在邻居的尺八声中得到了安慰，于是这位遣唐使（或许还是一位取经的僧人）便在第二天去了长安繁华的集市上买到了一支尺八，并带回了日本，尺八就这样流传到了三岛。这五句写尺八传入日本的具体情形，进入的是历史时空，但并不是严格的历史事实的考证，而是海西客想象中可能发生的情景，所以又是想象化的心理时空。从这十句诗看，前三句写历史，四五句写现实，六到十句写想象，进入的又是虚拟的历史情境和氛围，从而构成了三种时空的并置和交错。这三种时空的交错对读者梳理诗歌的语义脉络多少构成了一点障碍。有研究者就把海西客想象中唐代的长安时空当成了海西客在日本的现实时空，把海西客和番客等同为一个人，称海西客第二天到东京市上买支尺八留作纪念，他犯的错误就是没有看出从六到十句进入的是"海西客"想象中的唐代的历史情境。

《尺八》中三种时空的交错使诗的前十句含量异常丰富，短短的十行诗中容纳了繁复的联想，并沟通了现实和历史。诗人的艺术想象具有一种跳跃性，令人想到卞之琳所喜爱的李商隐。废名在《谈新诗》一书中就说卞之琳的诗"观念"跳得厉害，他引用任继愈先生的话，说卞之琳的诗作"像李义山的诗"。《锦瑟》中的"庄生晓梦迷蝴蝶，望帝春心托杜鹃。沧海月明珠有泪，蓝田日暖玉生烟"，之所以众说纷纭，从艺术想象上看，正在于联想的跳跃性，造成了观念的起伏跌宕。四句诗每一句自成境界，每一句自成语义和联想空间，而并置在一起则丧失了总体把握的语义线索，表现为从一个典故跳到另一个典故上，在时间、空间、事实和情感几方面都呈现出一种无序的状态。又如李商隐的《重过圣女祠》，"一春梦雨常飘瓦，尽日灵风不满旗"，废名称这两句诗"前不见古人，后不见来者，中国绝无仅有的一个诗品"，妙处在于"稍涉幻想，朦胧生动"。其美感正生成于现实与幻想的交融，很难辨别两者的边际。"常飘瓦"的"雨"到底是梦中的雨还是现实中的雨？"不满旗"的"风"到底是灵异界的风还是自然界的风？都是很难厘清的，诗歌的语义空间由此也就结合了现实与想象两个世界。《尺八》令人回味的地方也在于诗人设计了"海西客"对唐代可能发生的事情的想象，这样就并置了两种情境：一是现实中羁旅三岛的海西客在日本听尺八的吹奏，二是拟想中唐代的孤馆寄居的日本人在中国聆听尺八，两种相似的情境由此形成了对照，想象中唐朝的历史情境衬托出了海西客当下的处境，"乡愁"的主题由此在时间与空间的纵深中获得了历史感。诗人的想象和乡愁在遥远的时空里得到了异域羁旅者的共鸣和回响。

《尺八》因此是一首融合了叙事因素的抒情诗，在形式上最明显的特征是回避了第一人称"我"作为抒情主人公。一般来说，浪漫主义诗人喜欢以"我"来直抒胸臆，诗中的抒情主人公都可以看成是诗人自己。而卞之琳有相当一部分诗则回避"我"的出现。从诗人的性格来看，卞之琳是内敛型的，不像郭沫若、徐志摩是外向型的。卞之琳自己就说：

"我总怕出头露面,安于在人群里默默无闻,更怕公开我的私人感情。这时期我更多借景抒情,借物抒情,借人抒情,借事抒情。"在诗的形式上,则表现为"我"的隐身。而从诗歌技艺上说,卞之琳称他自己的诗"倾向于小说化,典型化,非个人化",《尺八》就是一首典型的"非个人化"的作品,也是一种小说化的诗。这种"非个人化"和"小说化"除了表现为在诗中引入人物,拟设现实和历史情境之外,还表现为诗人的主体在诗中分化为三重自我。

第一重自我是诗中的叙事者。诗人拟设了一个小说化的讲故事之人,从第一句开始,就是叙事者在说话,是一个第三人称叙事者在追溯尺八从中国传到日本的历史,交代和讲述海西客的故事。它造成的效果是使《尺八》有了故事性,读者也觉得自己在听一个讲故事之人讲一个关于尺八的故事以及一个关于海西客的故事。这样就要求读者调整自己的阅读心态,把这首诗当成一个故事来读。

第二重自我是诗中的人物海西客。尽管从卞之琳的散文《尺八夜》中可以获知海西客其实就是诗人自己的形象,但从阅读心理上说,读者只能把海西客看成诗中的一个人物。而从诗人的角度来说,卞之琳把自己外化成一个他者的形象,诗人自己则得以分身成为一个观察者,可以客观地审视这个自我的另一个形象。这种自我的对象化既与诗人总怕出头露面,安于默默无闻的性格有关,更与追求诗意呈现的客观化的诗学原则密切相关。

第三重自我则是诗人自己在诗中的显露。我们读下去会看到诗中突兀地插入了"归去也,归去也,归去也——"的呼唤,并重复了两次。我们本来已经习惯了阅读伊始的诗讲故事般叙述的调子,所以读到这种饱蘸感情的呼唤会觉得在诗中显得不和谐。但正是这种不和谐却使诗歌有了新的诗学元素的介入,出现了新的张力和诗艺空间。重复的呼唤类似于歌剧中的宣叙调,使诗歌多出了一种带有情感冲击力的声音。这是谁的声音?是叙事者的吗?诗中叙事者的声音是平静和客观的,其作用是叙述故事,营构时空,而"归去也"的喊声紧张、强烈,甚至有些焦灼,是一种充满感情的主观化的呼唤,同时它打破了此前叙事者连贯的叙述,使故事戛然中止,所以它显然不是叙事者的声音。尽管有读者可能会认为,这三句"归去也"是人物海西客的呼喊,但是更合理的解释是,这是诗人自己直接介入的声音，带着诗人的强烈感情和意识，尽管它依旧表现为匿名的方式。那么，再看括号中也重复了两次的设问"为什么霓虹灯的万花间/还飘着一缕凄凉的古香？"也可以看作是诗人自己的声音在追问，是诗人自己直接出来说话。也许可以说，尽管诗人一开始想客观地处理《尺八》这首诗，减少自己情感的流露，但是卞之琳写着写着，仍然抑制不住自己的冲动，直接喊出了"归去也"的心灵呼声。

这就是诗中的三重自我。尽管这三个自我在诗中是统一的，是诗人自己主体形象的分化和外化，但是其各自的调子却不一样。叙事者的功能在于叙述，调子相对冷静和客观。当然，这种客观也只能是相对而言的，如第十句"独访取一枝凄凉的竹管"，就不单是叙述，还有判断，"凄凉"的字眼就蕴涵着明显的感情色彩。再看人物的调子又如何呢？因为诗中海西客的形象是借想象和心理活动传达的，又是由叙事者间接描述出来的，所以人物的调子基本上受制于叙事者的调子。最后是诗人自己的调子，这是趋向于主观化、情绪化的声音，它流露了诗人的真情实感，又在重复与复沓中给读者一唱三叹的感受，直接冲击着读者的心理深处。

诗中的这三种自我和调子，借用音乐术语，产生的是一种类似于交响乐中多声部的效果，自然比单声部的诗作要复杂一些。而从总体上看，尽管诗人在诗中外化为三重自我，但无论是从诗的语义表层，还是从诗的结构形式上，都看不到诗人自己直接抛头露面，这就是《尺八》的精心之处，它努力达到的，正是卞之琳自己所说的"非个人化"的诗艺追求。

四

卞之琳在日本最初听到尺八吹奏的时候，油然想起的正是苏曼殊的绝句。那是卞之琳"读过了不知多少遍"的诗作。或许可以说，如果没有苏曼殊这首绝句的存在，如果没有卞之琳对它的"不知多少遍"的阅读，卞之琳可能不会对尺八的乐声如此敏感，也不会从尺八一下子联想到乡愁的主题。换句话说，是苏曼殊的绝句在尺八与乡愁之间建立了最初的关联，这种关联对卞之琳来说就具有了母题（motif）和原型的性质，卞之琳乃至其他任何熟悉苏曼殊的后来者再听到尺八时，就会不期然地联想到乡愁。夸张点说，直接触发卞之琳创作《尺八》一诗的动机固然是他在京都也听到了尺八的吹奏，但更内在的原因则是苏曼殊的诗留给他的深刻的文学记忆。没有苏曼殊的尺八，也就没有卞之琳的《尺八》，苏曼殊的"春雨楼头尺八箫"就构成了卞之琳领受尺八的内涵，讲述尺八故事的至关重要的前理解。

　　因此，把卞之琳《尺八》与苏曼殊的绝句对照起来看，会是很有意思的。当然，这种对比不是从美学意义上比较哪首诗更好，因为就美感而言，也许很多具有古典趣味的读者更喜欢苏曼殊的诗。我们是从现代诗和旧体诗两种形式、两种载体的意义上对比这两首诗的。

　　从审美意蕴的传达上，我们可以说，苏曼殊的诗虽短，却更有多义性和不确定性的语义空间。"春雨"到底是下着蒙蒙的细雨，还是像苏曼殊在小注中所说的尺八的乐曲名字？"芒鞋破钵无人识"描绘的到底是诗人自己的形象，还是专吹尺八行乞的日僧的形象，而诗人只是这个虚无僧的观察者？"踏过樱花第几桥"的是不是诗人本人？这都是非确定的。因此，苏曼殊诗也更值得反复吟咏和回味，更荡气回肠。而卞之琳的诗则更为繁复，包容着更复杂的时空框架和主体形态，蕴涵着更繁复的意绪，有着现代诗才能涵容的复杂性。卞之琳的诗更像是智慧的体操，更有一种智性，更引人思索。同时尽管卞之琳的诗包容着更复杂的时空和更繁复的意绪，但是其基本语义还是具有确定性的。两首诗的对读，可以让我们进一步思索旧体诗和现代诗各自的比较优势和可能性。

　　从诗人主体呈现的角度看，苏曼殊在诗中直接展示给我们一个浪游者的形象，但在卞之琳的诗中，我们却捕捉不到诗人的形象，尽管我们能感受到他的声音。我们直接看到的形象是诗中的人物海西客。而从结构上说，卞之琳的《尺八》要复杂得多。前面分析了《尺八》中的三重时空和三重自我，而构成《尺八》结构艺术核心的，则是一种卞之琳自己所谓的"非个人化"的"戏剧性处境"。

　　所谓戏剧性处境，指的是诗人在诗中所拟设的一种带有戏剧色彩的情境。它不完全是中国古典美学中崇尚的意境，而是有一种情节性，但其情节性又不同于小说戏剧等叙事文学，更指诗人虚拟和假设的境况，情节性只表现为一种诗学因素的存在，而不是小说般完满的故事情节本身。由此，卞之琳的诗有可能生成一种诗歌的"情境的美学"，而这种情境的美学的出现，堪称是对传统诗学中意象审美中心主义的拓展。

意象性是诗歌艺术最本质的规定性之一。诗句的构成往往是意象的连缀和并置。这一特征在中国古典诗歌中表现得最为突出。但是，到了以卞之琳为代表的现代诗中，仅有意象性美学，无论对于创作还是对于阐释，都会时时遭遇捉襟见肘的困境，意象性原则因此表现出了局限性。从意象性入手，有时就解释不了更复杂的诗作。譬如卞之琳的《断章》（1935）：

　　你站在桥上看风景，
　　看风景人在楼上看你。

　　明月装饰了你的窗子，
　　你装饰了别人的梦。

这首诗也充满了美好的意象，但是单纯从意象性角度着眼却无法更好地进入这首诗。虽然从桥、风景、楼、窗、明月、梦等意象中也能阐释出古典美的风格与追求，卞之琳的诗也的确像废名所说的那样"格调最新"而"风趣最古"，或者像王佐良所说的那样，是"传统的绝句律诗熏陶的结果"，但诗人把这一系列意象都编织在一个情境中，表达的也是相对主义的观念。"你"在看风景，但"你"本身也在别人的眼里成为风景。如果"你"不满足于被看，"你"也可以回过头去看"看风景人"，使他（她）也变成你眼中的风景。于是，单一的"你"和单一的"看风景人"都不是自足的，两者只有在看与被看的关系和情境中才形成一个网络和结构。这样一来，意象性就被组织进一个更高层次的结构中，意象性层面从而成为一个亚结构，而对总体情境的把握则创造了更高层次的描述，只有在这一层次上才能更好地理解卞之琳的诗歌，这就是情境的美学。《断章》一诗因此就凝聚了卞之琳"相对主义"的人生观和"非个人化"的诗学观念。诗中像《尺八》那样回避了第一人称"我"的运用，也回避了抒情主体的直接出现，而选择了第二人称"你"，使主观抒情转化为"非个人化"的对大千世界的感悟。卞之琳说他的诗作"喜爱提炼，期待结晶，期待升华"，这种追求的结果是他的诗充满了人生哲理。《断章》就是经过诗人精心淘洗，向一种象征性的哲理境界升华的结晶。因此，在卞之琳这里，中国现代诗歌的抒情性开始向哲理性转化。

必须充分估价卞之琳的这种"非个人化"以及这种戏剧性处境的诗艺在中国现代诗歌史上的地位和历史意义。如果说浪漫主义诗人注重情感，那么现代主义诗人更注重智性。卞之琳诗歌创作前期（1930—1937）受到了法国象征主义诗人波德莱尔以及后期象征主义诗人叶芝、艾略特、里尔克、瓦莱里的影响，在这些诗人的创作中，哲理与智性构成了重要的诗学原则。卞之琳的诗歌艺术也自然偏向智性一极，如果试图最笼统地概括卞之琳的核心诗艺，可以说，他倾向于追求在普通的人生世相中升华出带有普遍性的哲理情境，他营造的是一种情境诗。

卞之琳的《尺八》也正是情境诗的佳构。用《尺八夜》中的话，《尺八》这首诗在结构上最明显的特征，是"设想一个中土人在三岛夜听尺八，而想象多少年前一个三岛客在长安市夜闻尺八而动乡思，像自鉴于历史的风尘满面的镜子"。这就是诗人拟想的一种戏剧性处境，一种历史情境。它使诗歌带有一种戏剧性和情节性，表现出卞之琳所说的"小说化、典型化、非个人化"的特征。

五

卞之琳在诗集《雕虫纪历》的序言中说："这种抒情诗创作上的小说化，'非个人化'，有利于我自己在倾向上比较能跳出小我。"这种对"小我"的超越追求与卞之琳的相对主义人生观是互为表里的。

从《断章》和《尺八》可以看出，卞之琳倾向于把大千世界的一切存在都看成是相对的，任何个体化的现实情境都可以和他人的以及历史的情境形成对应和参照，个人的"小我"由此汇入由他人组成的群体性的"大我"之中。用西方人的理论来解释，这种追求表现出一种"主体间性"（inter-subjectivity，也翻译成"交互主体性"），即主体是通过其他主体构成的，主体存在于彼此的关系之中。

在西方对主体性理解的历史中，笛卡尔是重要的一环。在笛卡尔式的"我思故我在"中，主体性是由我自己的思想确立的。而现象学和存在主义则主张一种交互主体性，即把主体性理解为一种人与人的关系和境遇。在以往的哲学譬如霍布斯的思想中，人类的状态尚被描述为一种人与自然环境和社会环境之间的对抗状态，一种易卜生式的个人独自抵抗大众的主体性。而到了胡塞尔和海德格尔这里，人存在于与他人组成的关系和境遇中。存在主义的文学即把"境遇"处理为最重要的主题，而意义也产生于人的境遇，就像托多罗夫在《批评的批评》一书中所说的："意义来源于两个主体的接触。"所以主体性存在于主体之间，即所谓的"主体间性"。

在《尺八》一诗中，"非个人化"的追求以及"主体间性"的特征使诗人最终超越了一己的感伤，跳出了个人的小我，从而使诗中乡愁的寂寞，代表着一种具有民族性的"大我"的寂寞；诗歌的主题也从个体的现实性的乡愁，上升到民族、历史与文化层面。

卞之琳来日本小住的1935年，正是中华民族面临生死存亡的历史时刻，诗人刚刚在北平经历了兵临城下的危机，而两年后就爆发了"卢沟桥事变"。这种历史背景自然会在卞之琳的创作中留下痕迹。因此，卞之琳在日本体验到的乡愁，按他自己的话说，更是一种"对祖国式微的哀愁"。在《尺八夜》中卞之琳写道：他在日本所看到的世界，"不管中如何干，外总是强，虽然还没有完全达到夜不闭户、路不拾遗的一步，比较上总算是一个升平的世界，至少是一个有精神的世界"。而"回望故土，仿佛一般人都没有乐了，而也没有哀了，是哭笑不得，也是日渐麻木。想到这里，虽然明知道自己正和朋友在一起，我感到'大我'的寂寞"。正是这种"大我的寂寞"，升华了《尺八》的主题，而"大我"的主题，则与诗歌的非个人化的技巧是一致的。反过来说，也正是对非个人化的追求，使《尺八》中生成的主体，最终汇入的是民族的群体性的"大我"。

这种"大我"的主题，使卞之琳郁结的乡愁之中，除了对祖国日渐式微的悲哀外，还蕴涵着另一个重要的维度——文化的乡愁。卞之琳在日本怀念的祖国，不仅仅是现实中的中国，更是一个遥远的过去时代的中华帝国，确切地说，是盛唐时代的中国和文化。由此，他体验到了另一重悲哀：这个盛极一时的中华文明，在现时代的中国已经成为一个日渐远去的背影，而他在日本，却仿佛看到了唐代的文化完好地保存在东瀛的现代生活中。

卞之琳引用周作人的话说："我们在日本的感觉，一半是异域，一半却是古昔，而这古昔乃是健全地活在异域的，所以不是梦幻似的虚假，而亦与高丽、安南的优孟衣冠不相同也。"卞之琳产生的是同样的感觉。他在《尺八夜》中写着这样一段我喜欢一读再读的散文中的华彩文字：

说来也怪,我初到日本,常常感觉到像回到了故乡,我所不知道的故乡。其实也没有什么,在北地的风沙中打发了五、六个春天,一旦又看见修竹幽篁、板桥流水、杨梅枇杷、朝山敬香、迎神赛会、插秧采茶,能不觉得新鲜而又熟稔!……固然关西这地方颇似江南,可是江南的河山或仍依旧,人事的空气当迥非昔比,甚至于不能与二十年前相比吧。那么这大概是我们梦里的风物,线装书里的风物,古昔的风物了。尺八仿佛可以充这种风物的代表。的确,我们现在还有相仿的乐器,箫。然而现在还流行的箫,常令我生"形存实亡"的怀疑,和则和矣,没有力量,不能比"二十四桥明月夜,玉人何处教吹箫"的箫,不能比从秦楼把秦娥骗走的箫,更不能与"吹散八千军"的张良箫同日而语了。自然,从前所谓箫也许就是现在所谓笛,而笛呢,深厚似不如。果然,现在偶尔听听笛,听听昆曲,也未尝不令我兴怀古之情,不过令我想起的时代者,所谓文酒风流的时代也,高墙内,华厅上,盛筵前,一方红氍当舞台的时代也,楚楚可怜的梨园子弟,唱到伤心处,是戏是真都不自知的时代也,金陵四公子的时代也,盘马弯弓,来自北漠,来自白山黑水的"蛮"族席卷中州的时代也,总之是山河残破、民生凋敝的又一番衰败的、颓废的乱世和末世。而尺八的卷子上,如叫我学老学究下一个批语,当为写一句:犹有唐音。自然,我完全不懂音乐,完全出于一时的、主观的、直觉的判断。我也并不在乐器中如今特别爱好了尺八,更不致如此狂妄,以为天下乐器,以斯为极。我只是觉得单纯的尺八像一条钥匙,能为我,自然是无意的,开启一个忘却的故乡,悠长的声音像在旧小说书里画梦者曲曲从窗外插到床上人头边的梦之根——谁把它像无线电耳机似的引到了我的枕上了?这条根就是所谓象征吧?

卞之琳之所以闻尺八吹奏而呼"如此陌生,又如此亲切",则是因为虽然他以前并没有亲耳见识过尺八,但却仿佛与尺八神交已久了。对卞之琳而言,尺八标志了一个过去的时代,充当的是"梦里的风物,线装书里的风物,古昔的风物"的代表,代表了中国历史上鼎盛的唐朝,诗人从中感到的是"犹有唐音"。正是在这个意义上,卞之琳称"尺八像一条钥匙，能为我，自然是无意的，开启一个忘却的故乡"。而让诗人更加感叹的是，这个故乡在诗人自己的本土失却了，反而像周作人所说"健全地活在异域"。所以再回过头来看《尺八》诗中括号里的两句"为什么霓虹灯的万花间／还飘着一缕凄凉的古香？"可以说霓虹灯所象征的日本现代生活之中正包蕴着"古香"里所氤氲的过去。日本是一个善于保存自己过去的民族，许多异邦人在日本，都时时处处觉出现在与过去的一种亲密的维系。《尺八》中的"古香"正是象征了历史遗产的遗留，其中也包括中国唐宋时代的历史遗产。《尺八》一诗中很重要的一层意蕴，就是对霓虹灯中飘着的"古香"的深切体味。

同时，卞之琳感受到的古香中又蕴涵着一种"凄凉"的况味。这种凄凉，一方面透露着诗人感时忧国的心绪，透露着对故园"颓废的乱世和末世"的沉重预感。另一方面，即使在日本，尺八所维系的，似乎也是一个正面临着现代性冲击的古旧的年代。谷崎润一郎在写于20世纪30年代的文化随笔《阴翳礼赞》中就感叹说，东京和大阪的夜晚比欧洲的城市如巴黎还要明亮得多。他喜欢京都一家著名的叫"童子"的饭馆，长期以来在客房里不点电灯，只点蜡烛。但是后来也改用电灯了，谷崎就很不喜欢，他是特意为享受过去的感觉而进"童子"的。所以他一去就让侍者换成蜡烛。也许在他看来，蜡烛代表着一种传统的乡土式的生活，一种具有古旧、温馨而宁静的美感的生活。而这种生活在现代文明中是注定要失落的。因此，文化的乡愁就会成为一种永恒的主题。而卞之琳的"凄凉的古香"的感受中也正包含了对这种古旧的事物终将被现代历史淘汰出局的必然宿命的叹惋。

最后看《尺八》中的最后一句"海西人想带回失去的悲哀吗？"海西客失去的究竟是什么呢？

首先，从具体的层面看，"失去的悲哀"指的是尺八这种乐器，它在中国本土已经失传了，却成了在三岛扎根的花草。其次，失去的悲哀指尺八所代表的中国的过去，即所谓"梦里的风物，线装书里的风物，古昔的风物"。最后，失去的悲哀喻指曾经盛极一时的古代中华帝国的文明。卞之琳从尺八的吹奏中，听到的是一个极尽辉煌过的帝国日渐式微的过程。诗人可能切肤般地感到，失去的也许永远失去了，自己所能带回的只有悲哀而已。诗读到最后，读者分明感到力透纸背的正是诗人这种深沉的悲哀意绪。

读罢全诗，有读者也许会问，尺八真是从中国的唐代传到日本的吗？在散文《尺八夜》中，卞之琳自己也产生过不自信的疑问："尺八这种乐器想来是中国传来的吧。"这毕竟有臆想性，他的考证工作也止步于《辞源》上的一条："吕才制尺八，凡十二枚，长短不同，与律谐契。见唐书。"卞之琳以自己仍未能证明日本的尺八是从中国传去的这个假设为憾。1936年的春天，他写信问周作人，很快就得到了一个使他相当高兴的答复：

> 尺八据田边尚雄云起于印度，后传入中国，唐时有吕才定为一尺八寸（唐尺），故有是名。惟日本所用者尺寸较长，在宋理宗时（西历1285）有法灯和尚由宋传去云。

卞之琳说："虽然传往日本是在宋而不在唐，虽然法灯和尚或者不是日本人，已没有多大关系了。"

毕竟《尺八》是一首拟设想象情境的诗歌。

延伸阅读

1. 有关本文的补充阅读：

1996年樱花盛开的时节，我正住在卞之琳当年在京都小住的一带。在京都大学所作的一次讲座讲的也正是苏曼殊的"春雨楼头尺八箫"、卞之琳的《尺八》以及我更喜欢的他的散文《尺八夜》。每次从住处去京大的路上都能看到小巷中一所两层小楼的住宅门上挂着一个牌子，上写：尺八教室。这是教学生吹奏尺八的地方。有时会站在门边谛听一下里面传出的尺八的声音，便想起了卞之琳的形容："如此陌生，又如此亲切，无限凄凉，而仿佛又不能形容为'如怨如慕如泣如诉'"。同时又想，尺八虽也是古旧的乐器，但它与平安王朝的都城——京都的古旧感还是水乳交融的，不像中国很多地方拆了真正的旧建筑后所新建的"仿古一条街"那么不伦不类。

1996年3月，我从京都去神户看望当时正在神户大学任教的老师孙玉石先生。孙老师经历了阪神大地震，我去的时候，神户震后刚刚一年，可是震后的重建很迅速，已经很难看出地震的迹象。1995年阪神地震之后，无论是国内的亲友，还是师长和学生，都十分关切孙老师夫妇的安全，其中就有孙老师的老师，北京大学中文系的林庚先生。于是我在孙老师那里读到了林庚先生给他的信：

玉石兄如晤：

获手书，山川道远，多蒙关注，神户地震之初曾多方打听那边消息，后知你们已移居东京，吉人天相，必有后福，可恭可贺！惠赠尺八女孩贺卡，极有风味，日本尚存唐代遗风，又毕竟是异乡情调，因忆及苏曼殊诗"春雨楼头尺八箫，何时归看浙江潮。芒鞋破钵无人识，踏过樱花第几桥"。性灵之作乃能传之久远，今日之诗坛乃如过眼烟云，殊可感叹耳。相见匪遥，乐何如之。匆复并颂

双好。

林庚
1996年1月3日

林庚先生30年代与卞之琳同为现代诗派的重要一员，他本人的诗恐怕在现代派诗人群中更能称得上是"性灵之作"，在化古方面的追求尤其独树一帜。尽管我对林先生"今日之诗坛乃如过眼烟云"的判断不能完全认同，但是林先生所谓"性灵之作乃能传之久远"却是千古不易的论诗佳句。而林先生言及的尺八，从尺八女孩的风味中触发的类似于周作人和卞之琳的"日本尚存唐代遗风，又毕竟是异乡情调"的感受，以及他对苏曼殊的"春雨楼头尺八箫"一诗的援引，则使我1996年的日本之行对尺八的记忆，又加上了难忘的一笔。

京都大学的平田先生知道我对尺八情有独钟，在我回国的时候送我两盘尺八的CD。此后的几年中就断断续续地听熟了。也许时过境迁，脱离了独居异国的心绪，CD中的尺八吹奏并没有给我"凄恻"之感，更多的时候让我联想到的是"空山"雨后，是王维诗意，是东方文化特有的融汇了禅宗的顿悟的对虚空的感悟和对空寂的感悟。

今年初春时节重游京都故地，近8年过去了，京都大学附近的那所尺八教室依在，我站在路边等待了一会儿，街巷静悄悄的，没有乐声传来，但是耳际却仿佛因此弥满了尺八的吹奏，同时回响的还有苏曼殊的"春雨楼头尺八箫"以及卞之琳一唱三叹般的呼唤："归去也——"

2004年3月5日于神户六甲山麓

附记：写完这篇文章后的2004年秋天，去奈良参观正仓院国宝展，赫然发现有尺八展出，与现今日本流行的较长的尺八不同，展出的尺八很短，不足一尺。奈良正仓院展出的国宝都是奈良时代的皇室珍宝，而奈良时代大体上相当于中国的唐代，于是就有了一个疑问：尺八很可能早在唐代就已经传到了日本，而不是周作人考证的宋朝。

这篇文章的内容，我在2004年12月11日京都佛教大学组织的现代中国研究会上做了一个讲演，演讲前又专门查了一些资料，发现尺八的确早在唐代就已经到了日本，只是限于宫廷演奏。尺寸也是较短的。而日本后来在民间流行的现存尺八则很可

能是周作人所说在宋朝传进日本的，与唐代传去的宫廷尺八遵循的是两个不同的路径。

2005年春节回国休假，友人王风兄告诉我，其实尺八在中国本土并没有失传，在福建的地方戏（"南音"？）中，尺八仍是重要乐器。只是福建地方以外熟悉的人很少罢了。

2005年6月2日作者吴晓东补记

2. 罗小凤：《寻找"尺八"：卞之琳对古典诗传统的回望》，《广西师范学院学报》（哲学社会科学版）2012年第4期。此文认为，卞之琳《尺八》一诗中的"尺八"象征着传统，"寻找尺八"就是卞之琳对传统的重新寻找与发现。此诗折射出卞之琳对待传统的独特姿态，即在异域文化氛围中重新发现传统的价值和可资重新启用的资源。这种独特姿态的形成主要来源于诗人深厚的古典诗学修养、博赡的西学涉猎，以及中西文化的"对照"。没有深厚的古典功底，卞之琳无法在异域文化中发觉传统的影子；没有博赡的西学涉猎，卞之琳无法形成其独特的传统观和敏锐的现代眼光。卞之琳正是在西方诗歌风景的"对照"中重新发现了"尺八"的影迹，从而重新发现了传统诗歌的优秀质素。

3. 王攸欣：《卞之琳诗作的文化—诗学阐释》，《中国现代文学研究丛刊》，2015年第3期，此文简述了以往卞之琳研究的成绩与局限，又从卞之琳所置身的文化语境、个人诗学语境、文化诗学渊源、成长环境出发，具体分析了卞之琳诗的境界和文化意蕴，进而从融合中西诗学的总体视野，揭示了卞之琳诗作尚意好奇的艺术精神和互文性策略等艺术造诣。

思考题

1. 怎么理解卞之琳诗歌中的古典元素？
2. 尺八作为乐器与其他传统乐器有什么独特之处？

第六讲

《深闭的园子》：丰富多彩的意象世界

　　五月的园子
　　已花繁叶满了，
　　浓荫里却静无鸟喧。

　　小径已铺满苔藓，
　　而篱门的锁也锈了——
　　主人却在迢遥的太阳下。

　　在迢遥的太阳下，
　　也有璀灿的园林吗？

　　陌生人在篱边探首，
　　空想着天外的主人。

　　从《深闭的园子》这个诗歌文本构建的意象世界来看，此诗有两个画面：一个是现实中存在的画面，即是由五月、园子、花叶、浓荫、小径、苔藓、篱门、锁及陌生人这些意象构建的画面，时间是五月的白天，园子里的一切都是静态的，唯有篱笆边的陌生人是动态的。另一幅是想象中的画面：由主人、迢遥的太阳、想象中璀璨的园林构成的画面。当然，"'意象'不是一种图象式的重现，而是'一种在瞬间呈现的理智与感情的复杂经验'",是一种"各种根本不同的观念的联合"①。即是说,意象决不仅仅只是一个园子一条小径那么简单,它蕴含了诗人诸多的情感与观念。我们读诗很关键的一点是,作者构建的这些意象必须经由读者的阐释才有可能变得丰富多彩。充满意象的诗歌文本激活读者调动各自相关的知识结构和人生经验,对诗作进行各种形式的解读,形成"文本驱动原则"。不同的读者在对诗歌文本进行解读时,由于被激活的知识储备和人生阅历、感悟程度的不同,所产生的与作者之间的情感共鸣体验也不相同,由此构建出不同的文本世界,从而使诗歌主题具有了多重意涵。那么,《深闭的园子》中的这些意象,会给我们带来什么样的诗歌世界呢?

有关生存的哲学话题解读

我们先从诗歌文本出发,采用感悟式的印象主义批评的读诗方法,看看这首诗展现给我们的生存哲理。

其一,如果单纯从文本出发,这首诗表达的首先是一个永恒的存在主义式的主题,即人永不满足的天性和由此展现出的人生困境,正如米兰·昆德拉所说的:生活在别处。人永远不会满足于自己目前的生活,总是向往"彼岸"的世界,认为别处的生活才有诗意和美好。诗中"五月的园子",一片"花繁叶满"的美好景象,秀色无边。主人却将她空弃着,让原本诗意的小径"铺满苔藓",而一味地遥想着外面的世界——"在迢遥的太阳下",——外面未必有璀璨的园林的世界。这令人想起了卞之琳的《断章》所表达的主题之一:你站在桥上看风景/看风景的人在楼上看你/明月装饰了你的窗子/ 你装饰了别人的梦。即是当你不满足于现状,羡慕、仰望别人的时候,也有一部分人在羡慕、仰望你。还会想到钱锺书的《围城》所表达的主题之一:人生即是被围困的城堡,城外的人想冲进来,城里的人想逃出去。婚姻也罢,事业也罢,永远如此。人生,永远是处在这样的生存困境里的,冲进逃出,永远不会满足于自己目前的生活状态。

就是在这样的哲学思维架构中,如果具体到诗歌中拥有园子的这个人——"主人"意象,不同的解读,亦可以做出两种不同的价值评判。

---

① 韦勒克、沃伦:《文学理论》,刘象愚等译,江苏教育出版社 2005 年版,第 212 页。

一方面，可以把这个主人理解为对现实永无餍足、不知天高地厚的那种类型的人，自己的园子明明春光无限，主人却向往外面的未必灿烂的天空，表达的是对那些好高骛远之徒的讽刺，这些人不珍惜眼前的时光，不安于现状，不脚踏实地而整天想入非非。另一方面，这里的主人亦可以理解为不满足于个人安康之生活而怀有远大抱负的那种类型的人。虽然自己的园子已是春光一片，但主人不满足于这样的衣食无忧的生活，而是向往更为广阔的生活天地——走向迢遥的太阳下。展现的是一种永不懈怠、永无休止的自我追求与完善，"路漫漫其修远兮，吾将上下而求索"的求知与探索精神。

其二，如果把生存的话题再具体化为爱情的主题，那么，这首诗所展现的是爱情的某种残酷性：落花有意，流水无情。我如此爱你，而你永远心在别处。这里，"五月的园子"的意象可以理解为是爱人的心，这个爱人的心中"枝繁叶茂"——或言爱人的心似锦绣内阁，布满诗意情怀且满腹经纶，所以引我（陌生人）留连不舍。但他永远对我沉寂。我热情追寻，爱人的心扉不开，任凭情感荒芜、布满苔藓，却永对我深锁，因为爱人的心永远在远方，在云端，触不到，摸不着。我只能看着你的园子，枉自空叹。展现的也是生存残酷之一种，即爱情的残酷：对一个人的爱情，永远不是一件任凭个人的主观努力追求就能得到的事情。这是人类存在自始至终不能根除的悲剧。中国的古诗词里有那么多单相思的苦恼："多情反被无情恼""我欲将心向明月，谁知明月照他方""一寸相思一寸灰"，但明知相思苦，还要苦相思。瓦西列夫在《情爱论》中说，单恋的"种源学"在心理上是十分复杂的。这是亘古存在的人类悲剧：

> 谈论没有得到回报的爱情，就意味着进入心理问题和社会问题的深处，触及最痛苦的悲剧之一，也许是最最痛苦的个人悲剧。这种悲剧（它是抒情的叙事诗、散文作品和戏剧的取之不尽的永恒主题）深深地被织入社会生活之网中。[①]

[①] ［保］瓦西列夫：《情爱论》，赵永穆、范国恩、陈行慧译，三联书店1984年版，第439页。

俗语说："精诚所至，金石为开。""世上无难事，只要肯登攀。"但对某个人的爱情，并不是靠精诚和勤奋就能得到的。因为爱情本身蕴藏着复杂的心理和情感因素，与个人的出身及知识素养、人生阅历都有关联。卢梭说："在爱情生活中挑选和钟情于一个人决定于教养水平、信仰和习惯。而没有这些就不可能有个人的感情依恋。"① 而对爱情对象的挑选也与人类与生俱来的避害趋利的本性相关，这也是爱情之残酷的原因之一。爱情总是因为对方能带给我们美好生活而存在，爱情总是爱其强，不爱其弱。所以在所有的爱情诗文中，都是歌颂爱情对象的美好，而不是残缺。瓦西列夫在考察人们对恋爱对象的选择动机时，指出其中一种因素是："爱情对象所能提供的称心如意的生活和舒适的环境作为动机的一种因素，在男子，尤其在女子选择爱情对象的平衡表上也有某种现实的价值。爱情关系的这种依赖性是客观的，尽管也是更加隐蔽的。"②即说明了爱情的产生不是无条件的。人们总是有意无意地选择那些对自身有利的爱情对象。除了这些因素外，爱情有时也与天赋的才情及相貌等无法改变的客观因素有很大关联。如果没有灵魂上的智性交流，爱情也难以存在，就像美国著名电影《阿甘正传》中的阿甘对其女友珍妮的追求，或许在某一刻，阿甘会获取女友的温情与陪伴，但由于天生智力的缺陷，他永远无法拥有与女友的情感智性交流，由此不能满足女友的情感需求，所以也永远不能拥有女友的爱情，无论他的资产有多么丰厚。至于因相貌的局限而得不到爱人的心，这方面的例子比比皆是，不再赘言。

如果还是从爱情主题出发，我们可以把"五月的园子"的意象理解为美好的男人或女人的象征，那么就会是这样的始乱终弃的主题：主人拥有的园子如此美好，却依然遗弃了她，换言之，主人拥有的爱人无比出色，但他还是不满足，还要寻求别的爱人——未必更为优秀的爱人。如果这样理解的话，主人就是负心汉的形象，是见一个爱一个的无良浪荡子的形象。痴情女子负心汉，也是自古以来文学作品中反复出现的形象，这种现象源于人类天性的喜新厌旧。这也是无法根除的爱情悲剧之一种。

其三，诗中出现的"陌生人"意象，也是一个具有多重意蕴的形象。

---

① [保] 瓦西列夫：《情爱论》，赵永穆、范国恩、陈行慧译，第350页。
② 同上书，第401页。

值得肯定的是陌生人"在篱边探首",应该是因为喜欢这样幽静的园子,但他(或她)只能伫足空想,因为主人的身体和心灵,永远只在天外游移。

我们据此可以想象一幅场景:在万物欣欣向荣的五月,行走的陌生人到达了这样美好的花繁叶茂的园子,留连忘返,然而园子却深闭,小径长满苔藓,锁也生锈了。而拥有园子的主人也远走他方,"在迢遥的太阳下"。

这里,我们也可以把陌生人意象理解成园子主人的一个朋友,或者一个恋人——对园子来说,他是一个陌生人。这个陌生人风尘仆仆,来园子里探访旧人,结果看到的只是深闭的园子。主人因什么而离开?爱情失意?生活追求?不得而知,但确定的一点是,回到园子里的陌生人对这个枝繁叶茂的园子是充满赞赏、喜爱之情的。

或许这个园子曾经有陌生人与主人共同生活的足迹,想当初,他不懂得珍惜此处的宁静与自然的生活,舍此而去。而今回来,有种参透世事的沧桑感,归于平静、平淡,发现美好的东西竟然就在自己身边。而重新追寻时,爱人却已远走。这里展现的是伤感的逝去时光永不再来的逝者如斯夫的主题。

或许这个园子是陌生人一直神往的地方,园中的主人也是陌生人一直心仪的对象,多年来他一直想进入这样的园子,想进入园中主人的生活世界,但主人的心却在别处,在遥不可及的远方。这样,深闭的园子如同深闭的心,心仪之人一直想进入,而主人却一直在远离,这令人想起卡夫卡作品中的"城堡"意象,展现的是人与人之间永远没有办法沟通的孤独、寂寞主题。

《深闭的园子》之所以会给读者留下多种主题解读的可能,是因为其艺术创作上的"现代"特征。孙玉石曾指出,中国30年代现代派诗人群体,在艺术审美上的一个特点是,把诗视为是"一种不敢轻易公开于俗世的人生",是诗人自身"隐秘灵魂的泄露"。不过,"他们鉴于西方现代派的晦涩,尊重接受者的民族审美习惯,追求和把握一种恰如其分的'隐藏度',既不过分地怪诞晦涩,也不过分地裸露直白"[1]。这与30年代

---

[1] 孙玉石:《中国现代主义思潮史论》,北京大学出版社1999年版,第244页。

杜衡的说法不谋而合："一个人在梦里泄漏自己底潜意识，在诗作里泄漏隐秘的灵魂，然而也只是像梦一般的朦胧的。从这种情境，我们体味到诗是一种吞吞吐吐的东西，术语地来说，它底动机是在于表现自己与隐藏自己之间。"① 而因为这种适度裸露，便形成了诗歌主题的多元特征。戴望舒的《深闭的园子》可以说就是30年代现代派诗歌的一种书写典范，即主题意旨方面的隐匿多元，但形式上又具有简单明朗的特性。那么，联系到30年代那个特定的历史时期，这首诗泄露了作者哪些与时代有关的隐秘灵魂及思想呢？

历史语境中的社会主题解读

　　我们知道，诗歌文本从来不只是简单的文字，文本涵盖了诗人的心理体验、所经历的时代及所经受的文化。所以，对诗歌的解读仅仅着眼于文本层面还是不够的，还要注意到"人本"层面，即诗人所处的时代及其独特的人生经历这些层面。中国历史上孟夫子的"知人论世"说，司马迁的"悲其志……想见其为人"说，强调的都是联系诗人生平、人格境界等因素进行诗歌解读的"人本"立场。如果我们结合现实的历史语境，并联系诗人的具体生平及思想来解读《深闭的园子》，那么，我们会发现更为深广的历史文化层面的主题。

　　从这样的思路出发，我们可以发现此篇诗作中的意象具有了时代的意味，如"五月的园子""浓荫""静无鸟喧""小径""篱门"便与古典意象相结合，展现的是小桥流水人家的宁静画面，而"铺满苔藓"，"篱门的锁锈"，便同《雨巷》中"颓圮的篱墙"一样，带有"现代"的某种意绪，染上了心境的荒凉色彩。这首诗最初刊于《现代》第二卷第一期，当作于1932年11月戴望舒赴法留学前不久。联系到30年代的那个动荡不宁的时代，那么，"迢遥的太阳下"的主人，便可以理解为远走他乡寻梦的有为青年。

　　值得注意的是诗歌中出现的"迢遥"意象，这两个字在短短的诗行中竟然出现了两次，在惜墨如金的诗行中，重复出现的意象是不是一种有

---

① 杜衡（戴克崇）：《〈望舒草〉序》，梁仁编：《戴望舒诗全编》，浙江文艺出版社1989年版，第50页。

意味的形式？韦勒克、沃伦说："一个'意象'可以被转换成一个隐喻一次，但如果它作为呈现与再现不断重复，那就变成了一个象征，甚至是一个象征（或者神话）系统的一部分。"①"迢遥"让人想起远方，遥远的天地，那些有梦有诗意的世外桃源。正如鲁迅所说的"走异路，逃异地，去寻求别样的人们"。五月的园子，花繁叶茂，满目苍翠，但主人却不在这一安乐地，主人在"迢遥的太阳下"。这样，"迢遥的太阳下"就给人一种主人向往更为开阔的人生境界的感觉。那么，这里的"迢遥"便带有某种理想的意味，与远方，与梦相类似。

我们发现，"迢遥"不仅在此诗中重复运用两次，在戴望舒的其他诗作中，也是复现率很高的意象。戴氏的诗中还有一个与"迢遥"相近的意象："辽远"，"迢遥"和"辽远"成为戴望舒诗作中翻来覆去咏吟的情绪或者情感，比如：

"迢遥的牧女的羊铃，／摇落了轻的木叶"（《秋天的梦》）

"说是寂寞的秋的悒郁，／说是辽远的海的怀念"（《烦忧》）

"从一个寂寞的地方起来的，／迢遥的，寂寞的呜咽"（《印象》）

"它盘旋着，孤独地。／在迢遥的云山上"（《古神祠前》）

"做定情之花带的点缀吧，做迢遥之旅愁的凭借吧"。（《微笑》）

"在你的眼睛的微光下／迢遥的潮汐升涨"（《眼》）

更典型的如《单恋者》：

我觉得我是在单恋著，

---

① 韦勒克、沃伦：《文学理论》，刘象愚等译，江苏教育出版社2005年版，第214—215页。

但是我不知道是恋着谁：
是一个在迷茫的烟水中的国土吗，
是一枝在静默中零落的花吗，
是一位我记不起的陌路丽人吗？

诗中的意象——"烟水中的国土""静默中零落的花"，以及"记不起的陌路丽人"，都给人一种辽远而美好的感觉，让人向往却触摸不到，成为"单恋者"心目中念念不忘的美好物象。

而《印象》诗中的意象，展现的也是一种"辽远""迢遥"的感觉：

是飘落深谷去的
幽微的铃声吧，
是航到烟水去的
小小的渔船吧，
如果是青色的珍珠；
它已堕到古井的暗水里。

"飘落深谷去"的"幽微的铃声"——永远回不来的铃声是种悠远而心伤的感觉，"航到烟水去的""小小的渔船"，表达的也是一种无法挽留的远离，而堕到古井的暗水里去的珍珠，更是让人心痛而又无奈，诗人由此表达出的那个"辽远"意象，是一种飘忽的美感，一种夺人魂魄的凄美诗意。这种辽远，像美好的风铃、稀有的珍珠，成为诗人心心系念的某种象征物，如同诗人追寻的梦。

那么，为什么戴望舒诗歌中有如许多的"迢遥""辽远"意象？或者说，为什么诗人如此执着地寻求这种"迢遥"和"辽远"呢？是不是也有如韦勒克、沃伦所说的某种特定的象征意味？

联系当时的社会现实，可以窥见这"迢遥"和"辽远"的深远意涵。我们知道，晚清以降，随着外国势力的入侵，中国的知识分子一直寻求着救国之路。这表现在戴望舒的作品中，即是对辽远的国土的怀想，对迢遥的远方的追寻。远方是与此地不一样的彼岸，即是诗人所渴望的美好家园，乌托邦式的和谐社会。这样的远方正如《雨巷》中戴望舒所追寻的

第六讲 《深闭的园子》：丰富多彩的意象世界 / 93

"丁香姑娘"，诗意而美丽，是美好生活的象征。但在20世纪30年代的社会背景下，戴望舒的这种梦是多么辽远而空茫。在动荡不宁的30年代，阶级对垒、阵营分化的政治环境中，戴望舒看不到中国社会的希望所在，但出于知识分子的忧国忧民情怀，诗人又执着地相信中国会有美好的前景，所以诗人对于"迢遥""辽远"的憧憬与怀想，基于现实中美好社会的匮缺，是诗人对现实社会不满的一种体现。"辽远"是米兰·昆德拉笔下的彼岸，是永远的远方，是想象中最美好的无法企及的风景。而正是辽远的这种想象中的美好，令戴望舒长久地眷恋、执着地追寻。这些"迢遥""辽远"的事物成为戴望舒所神往的乌托邦图景，以此诉诸诗人对理想之社会的向往。正如《深闭的园子》所展示的"五月的园子"，即是现实社会的象征，这个园子虽然在五月这个万物繁盛到极致的季节也按照自然的时令"花繁叶满"，"浓荫"密布，一派繁荣景象，然而"繁荣"的表象下却布满荒凉："静无鸟喧""铺满苔藓"，"篱门的锁也锈了"，这样的意境是不是也可以理解为人性的荒凉，或者时代的荒凉呢？或者诗人内心里的荒凉呢？园子的主人走向远方，走向迢遥的太阳下，寻找更为"璀灿的园林"，——即乌托邦一样更为和谐美好的世界，即作者所渴望的那个"辽远的国土"：

　　辽远的国土的怀念者，
　　我，我是寂寞的生物。
　　　　　　——戴望舒《我的素描》

"辽远的国土的怀念者"成了戴望舒对自我的素描，展现了诗人深切的爱国激情。由此，正如有论者所说的，"辽远的国土"成为一个象征物，它使诗人笔下"庞杂的远景形象获得了一个总体指向而具有了归属感"，而作为一个象征物，"辽远的国土""使诗人编织的想象文本很轻易地转化为象征文本"，即是"一个虚拟的乌托邦，一个与现实构成参照的乐园，一个梦中的理想世界"[①]。诗人为了这一理想世界，"虽九死其犹未悔"，甘愿"攀九年的冰山""航九年的旱海"，最终实现自己美好的民族

---

① 吴晓东：《辽远的国土的怀念者》，《读书》2009年第5期。

强盛之梦。由此，诗人诗歌中出现了众多的"寻梦者"形象。

但是，梦毕竟是超越于现实的东西，要付出终生的代价才能实现。当梦"开出娇艳的花来"的时候，也即是"在你已衰老了的时候"（《寻梦者》）。正如卡之琳的追问："你不会迷失吗/在梦中的水烟？"（《入梦》）戴望舒对梦是否能实现也持某种犹移心态。他在《深闭的园子》里追问："在迢遥的太阳下，也有璀灿的园林吗？"在某种程度上表达了对是否有期望中的乌托邦世界的质疑。而"陌生人在篱边探首，空想着天外的主人"，这里的"空想"，即暗含着对主人所追求的理想世界及追求行为本身的诸种探究心理。这种探问心理在某种程度上透露了20世纪30年代动荡时期诗人们的迷茫情绪。

三 "空想"中的情绪节奏

> 陌生人在篱边探首，
> 空想着天外的主人。

诗句中这种缓慢的"空想"或者是"沉想"的姿态，决定了诗歌中缓慢而犹疑的情绪流动方式，而这样的沉想姿态，在戴望舒的诗作中也是处处可见的，如《独自的时候》：

> 人在满积着梦的灰尘中抽烟，/沉想着凋残了的音乐。
> 在心头飘来飘去的是什么啊，/像白云一样的无定，/象白云一样的沉郁？

"飘来飘去"挥之难弃的情绪，是戴望舒诗歌旋律整体上给人的节奏感觉。这种翻来覆去的空想、沉想，构成了他诗歌中的情绪流动方式。在他著名的《雨巷》中，主人公"撑着油纸伞，/独自彷徨在悠长，/悠长又寂寥的雨巷"，"希望逢着一个丁香一样的/结着愁怨的姑娘"，而这种沉想，或者缅想的情绪周而复始，一遍遍地出现在诗人的幻想世界中，展现出戴望舒诗歌在总体诗学风格上的"缅想"特征。

这种"沉想""缅想"周而复始，形成一种回环美的结构。戴望舒的不少诗篇在诗歌结构上具有精心安排的回环的特色,这种出现在首尾或中间段落的反复、回环形式,与"空想""沉想""缅想"的诗歌情绪相应,有助于情感的进一步深化表达。如他的《烦忧》第一节:"说是辽远的海的相思,/说是寂寞的秋的清愁,/如果有人问我的烦忧,/我不敢说出你的名字"。第二节四句顺序完全相反,却构成了更为强烈的感情回环:"我不敢说出你的名字,/假如有人问我的烦忧,/说是辽远的海的相思,/说是寂寞的秋的清愁"。表现了情感时时缠绕,无法摆脱,"无计可消除""才下眉头,却上心头"的相思情绪。

如果说这种"空想""沉想""缅想"特质在《雨巷》中,体现在作者用复沓、反复等手法,借用语言音节方面的韵律,表达一种飘来飘去、无法摆脱的情绪,而在戴望舒厌倦了《雨巷》中太强的音乐性之后,这种"缅想"展现出情绪的诗化特征。《雨巷》被叶圣陶誉为"替新诗底音节开了一个新的纪元",而在《雨巷》之后,戴望舒在诗歌艺术观念上发生了转变。他认为,"诗不能借助于音乐,它应该去了音乐的成分",因为音乐只是一种外在形式的韵律,而诗歌真正的韵律应该是情绪上的。《望舒诗论》第五、六条这样说道:"诗的韵律不在字的抑扬顿挫上,而在诗的情绪的抑扬顿挫上,即在诗情的程度上。""新诗最重要的是诗情上的 nuance,而不是字句上的 nuance(变异)。"[①] 后来他更强化了这一理论,《诗论零札》第五条借用昂德莱·纪德的话表达自己对韵律的态度,认为"句子的韵律,绝对不是在于只由铿锵的字眼之连续的形成的外表和浮面,但它却是依着那被一种微妙的交叉关系所合着调子的思想之曲线而起着波纹的"[②]。即是对诗歌情绪内在律的一种追求。

一般认为,从《我的记忆》开始,戴望舒不再采用音与色的外在语言形式来构建诗歌的韵律美,而是注重把内心的情感转化为诗的感觉和情绪,由此构建感觉的诗意。戴望舒从此摆脱了音乐的束缚,运用日常生活中的常见口语,依内心情绪的需求,创造了具有散文美的现代自由体诗。这是戴望舒在 20 世纪新诗发展史上的重要贡献。卞之琳评价这种诗说:"在亲切的日常说话调子里舒卷自如,锐敏、精确,而又不失它的风姿,

---

① 戴望舒:《望舒诗论》,《现代》杂志第 2 卷第 1 期,1932 年 11 月。
② 戴望舒:《谈林庚的诗见和"四行诗"》,《新诗》第 1 卷第 2 期,1936 年 11 月。

有节制的潇洒和有功力的淳朴。日常语言的自然流动，使一种远较有韧性因而远较适应于表达复杂化、精微化的现代感应性的艺术手段，得到充分的发挥。"①

《深闭的园子》即是这种散文化诗歌的完美展现。该诗用简单的日常生活中常见的意象，用自然进展的散文化的口语，服从于诗人情绪流露的内在节奏，表现了一种并不简单的诗歌情绪和感觉，比格律诗更有张力和弹性。

延伸阅读

1. 赵毅衡：《重访新批评》，百花文艺出版社2009年版。本书全面而详细地介绍了英美新批评：新批评派关于文学基本性质的理论，新批评派的批评方法论，并附录了近年来应用新批评的佳例，是了解英美新批评的重要著作。该论著指出，新批评的特点之一是：他们在批评方法上持一种绝对的文本中心态度，从而把文学作品所产生的社会历史原因和作者心理原因，把读者反映的问题，文学的社会效果问题，文学作品群体的特征及文类演变等全部推到文学研究的门外。

2. 孙玉石主编：《中国现代诗导读》，北京大学出版社2008年版。孙玉石先生"导读"说，《深闭的园子》是一个唤起寂寞与渴求的荒芜性意象，失落和追怀的潜台词构成这意象背后的内在声音。诗人以静观的视角来描述深闭的园子的荒凉情景——一种现实图景，并推想出荒芜原因，即遥远的主人与家园的脱离与弃走。"诗人在否定现实的荒芜之后，由现实进入幻象：'在迢遥的太阳下/也有璀灿的园林吗？'设问远天的太阳下有'璀灿的园林'，反问的语气中当然潜藏着对没有'璀灿的园林'而只剩下'深闭的园子'的现实的强烈不满。这设问中有渴望、有不平，但却带有一种倔强的味道。即使有，也是太遥远了。"由此，"一个青年诗人清醒的荒原意识与热烈的寻梦者心态，在这幅淡素的水墨人物画里得到深层的显现"。这种解读值得注意的是把"深闭的园子"当成现实社会，而"璀灿的园林"是诗人要追寻的理想社会。

3. 孙玉石：《中国现代主义思潮史论》，北京大学出版社1999年版。该书对20世纪的现代诗歌发展史及其理论作了详细论析，是了解现代主义诗歌的重要参考资料

4. 吴晓东：《二十世纪的诗心——中国新诗论集》，北京大学出版社2010年版。该书提供了对现代派诗歌解读的多种方法。在诗歌观念上，该书作者把诗歌研究理解为对"文学性"的探索、对诗人精神的怀想以及对千载"诗心"的领悟。在具体的文本细读方面，作者注重对诗歌艺术佳构的精细阅读以及诗人心灵世界的深入解析，

---

① 卞之琳：《戴望舒诗集·序》，《戴望舒诗集》，四川人民出版社1981年版，第5页。

力求捕捉和传达内在的诗性，并试图展示中国新诗百年历程中的诗学轨迹与精神侧影。

5. 温儒敏：《中国现代批评史》，北京大学出版社1993年版。本书第六章在谈到李健吾的印象主义批评时，追溯了西方印象主义批评的源流，认为印象主义作为整套完整的批评理论与方法，是从国外传入的。印象主义批评流派在西方兴起是20世纪头30年，印象主义其实是唯美主义的余波。印象主义的哲学基础是相对主义和怀疑论，认为宇宙万物永远都处于变动的状态，不可能真正把握客观真实，一切所谓"真实"都无非是一种感觉，是相对的、主观的。人们只能相对地把握客观世界变动中的某一瞬间，这一瞬间的"真实"也还只是个人的主观感觉或印象，一切概念推理无非是感觉的作用，因此无论诗、音乐还是哲学，都只有遵循个人的趣味与感觉。

由此出发，印象主义者就特别强调以个人的感觉和印象去取代外在的既定的批评标准。印象主义的批评观有三点最引人注目：一是否定批评的任何理性标准和美的定义，以个人的"情操"作为批评的唯一"工具"，因而强调批评家要具有敏于感受的气质；二是认为批评与创造是一回事，只有艺术家本身才是合格的批评家；三是认为批评不担负任何外加的任务，按照"为艺术而艺术"的逻辑，可以提出"为批评而批评"，或者说，批评只为批评家在自我创造力的发抒中"自我完善"。

6. 王一川主编：《文学批评教程》，高等教育出版社2013年版。本书介绍了20世纪中西方的各种批评理论，并附以具体的批评实践文本，值得细读。

思考题

1. 对《深闭的园子》这首诗，你还能谈谈自己的其他看法吗？
2. 怎么评价戴望舒在20世纪新诗发展史上的地位？

第七讲

《雪落在中国的土地上》：
自我与时代的心史

  长期以来，在文学史界存在着所谓的"大我"与"小我"之争，也就是文学究竟应该属于个人书写还是时代书写。诗歌界的表现最为典型。如在20世纪50年代至70年代末的近三十年间，是积极揄扬"大我"而对"小我"横加挞伐的时代，徐志摩、李金发、冯至等以表现个人感情为主的诗人都被贬到边缘，郭沫若、贺敬之这样与时代关系密切的诗人则受到大力推崇，《凤凰涅槃》《雷锋之歌》等几乎成为诗歌的代名词。但是，80年代之后，情况发生了颠覆性的变化，诗歌几乎成了"个人"和"自我"的代名词，曾经被推至诗坛峰顶的郭沫若、贺敬之、郭小川等时代性诗人遭受普遍的质疑和批评，完全远离诗坛中心。

  然而，这种略显简单化的变换也许不应该是诗歌（文学）评价的正常方式。也就是说，无论是片面的张扬时代和集体，还是极力地回归自我和个人，都存在极端化的缺陷。究竟以自我还是以时代为中心，只能是诗人（作家）的个人选择，而不同的选择也完全可能呈现出各自的特色，达到相应的高度。事实上，更普遍的情况是将个人与时代特征予以结合。特别是那些受到广泛好评的优秀作品，大都熔铸了自我与时代的双重因素。这些作品中既有真实的自我，又不局限于个人，它们能够在个人基础上透射出更广泛的关怀，呈现出更宽广的视野。

  艾青的著名诗歌《雪落在中国的土地上》就是如此。这首广为人们传诵的诗歌，真切地传达了个人对民族、国家的深厚感情，又展现了抗战时期中国土地的艰辛、苦难和奋争，可以说，诗歌所抒发的既是自我的诚挚

第七讲 《雪落在中国的土地上》：自我与时代的心史 / 99

心灵，也是时代的沉重心史。这首诗歌虽然不被时下许多诗歌评论家所重视，但正如其中的名句"雪落在中国的土地上，寒冷在封锁着中国呀"一直为人所传诵，作品的价值值得我们更深入探讨和认定。

一

《雪落在中国的土地上》创作于 1937 年 12 月 28 日，正是中国的抗战局势急剧恶化的时候。"七七事变"拉开了全国抗战的序幕，此后，上海、南京先后失守，特别是南京发生的残酷大屠杀，更是极大地震惊了国人，也迫使越来越多的人踏上了颠沛流离的流亡之路。艾青就是如此。为了逃避战乱，初为人父的他带着弱妻稚女，从家乡浙江逃亡，先后流落到湖北、山西和湖南等地。混迹于难民与伤兵的流亡征途使二十来岁的诗人更加深重地感受着家庭的重荷和民族的苦难。同时，艾青由于诗集《大堰河》受到胡风等评论家的青睐而备受鼓舞，正焦灼地期待着文学创作再上新高。[①] 诗歌《雪落在中国的土地上》创作于其逃难途中。当时艾青刚落脚于湖北的武汉，一个寒冷而带着雪意的冬夜[②]，寒冷萧瑟的天气，家园沦丧和困顿生活的悲愤，凝成了喷涌的诗情，也造就了文学史上的这首名作。诗歌发表在 1938 年 1 月出版的、胡风主编的《七月》杂志上，1939 年 1 月收录在诗集《北方》中。

诗歌以"我"想象中的视角，细致地展现了一个中国北方的冬天的雪夜，那些被日寇侵凌下的百姓生活场景。诗歌描述了多个生活图景，其中，有"那丛林间出现的/赶着马车的/你中国的农夫"，有"沿着雪夜的河流，/一盏小油灯在徐缓地移行，/那破烂的乌篷船里/映着灯光，垂着头/坐着的……""蓬发垢面的少妇"，有"就在如此寒冷的今夜，/无数的/我们的年老的母亲，/都蜷伏在不是自己的家里，/就像异邦人/不知明天的车轮/要滚上怎样的路程……"尽管年龄、身份有别，然而他们或者漂泊无依，或者颠沛流离，无一例外都遭受着侵略者的杀戮和凌辱，都处在生存的艰难和苦痛当中。正如评论家所说："诗人对古国的黑暗和冷酷

[①] 参见程光炜《艾青》，中国华侨出版社 1999 年版，第 52—65 页。
[②] 参见叶锦编著《艾青年谱长编》，人民文学出版社 2010 年版，第 46—56 页。

有深刻的感受,他唱的挽歌是非常深沉的。他对人民的苦难有深刻的同情,他描述的穷人的形象,是使人禁不住感到伤痛的。"① 诗歌中的这些百姓,既是真实的个体,也象征和代表着更广大的中国老百姓,代表着灾难深重的中华民族。

除了人的生存之外,诗歌还展现了更广阔的自然世界。在战争的阴影下,大自然也同样是阴暗而沉重的。除了"阴暗的天",还有同样冷酷而无情的"风","像一个太悲哀的老妇,/紧紧地跟随着/伸出寒冷的指爪/拉扯着行人的衣襟,/用像土地一样古老的话/一刻也不停地絮聒着……"以及更辽远而抽象的生活画面:"透过雪夜的草原/那些被烽火所啮啃着的地域,/无数的,土地的垦殖者/失去了他们所饲养的家畜/失去了他们肥沃的田地/拥挤在/社会的绝望的污巷里,/饥馑的大地/朝向阴暗的天/伸出乞援的/颤抖着的双臂"。这些画面与前面描述的那些人物形象一道,共同构成了北方雪夜的整体图景,也折射出中国社会的沉重现实。这一切就如同诗歌的中心意象"雪夜",既寒冷又沉重,静寂无声,却压在每一个中国人的心上,让人苦闷、忧郁又无奈。诗歌中反复吟唱的主题诗句"雪落在中国的土地上,寒冷在封锁着中国呀……"更淋漓尽致地展现了这一主题。

这样寒冷的冬夜,这样艰辛的百姓生活,诗歌的基调自然忧郁而沉重,它蕴含着诗人强烈的民族忧患意识,也体现了诗人的独特敏感。因为在这时候,抗战爆发还不到半年的时间,国民党政府内部"和"与"战"的权力斗争还在继续,而社会上却流行着盲目的"速胜论",文学界也正兴盛着肤浅而简单的"街头诗""抗战剧",但是诗人深刻地洞悉到了战争中的苦难和沉重,认识到"中国的路/是如此的崎岖/是如此的泥泞呀",更传达出时代性的恐惧和迷茫,包含着对民族和未来的深深忧虑。这正如诗人对创作缘由的自我表白:"于是我在战争中看见了阴影,看见了危机。……我以悲哀浸融在那些冰凉的碎片一起,写下了《雪落在中国的土地上》。"②

---

① 胡风:《回忆参加左联前后》(五),《新文学史料》1985 年第 2 期。
② 艾青:《为了胜利——三年来创作的一个报告》,《艾青专集》,江苏人民出版社 1982 年版,第 167 页。

第七讲 《雪落在中国的土地上》：自我与时代的心史 / 101

尽管如此，诗歌却并不给人以绝望感。它忧郁沉重，但更促人思考和关注现实的艰难处境，以唤起更坚毅的勇气。而且，诗歌还蕴含着内在的向前的力量，让人产生对未来光明和希望的期待。这源于诗歌背后强烈的爱的情感基础。诗歌在描述雪夜中那些孤独无助的漂泊者和奔劳者的时候，不是置身事外，而是完全把自己当做其中的一员，把自己所经历的苦难进行坦诚的展示，表示出与他们同命运共患难的态度。"告诉你／我也是农人的后裔"，"而我／也并不比你们快乐啊／——躺在时间的河流上／苦难的浪涛／曾经几次把我吞没而又卷起——／流浪与监禁／已失去了我的青春的／最可贵的日子，／我的生命也像你们的生命／一样的憔悴呀"。诗歌的结尾，诗人更将自己的写作与时代的苦难直接相联，进一步传达了对时代的深切关怀：

中国，
我的在没有灯光的晚上
所写的无力的诗句
能给你些许的温暖么？

所以，人们在诗歌中，除了读到时代的苦痛外，还可以感受诗人的温暖和关爱——也许有人会说，相比于时代的艰难，这种爱显得缺乏现实的力量。但其实这正显示了诗歌的独特价值。要求诗人像战士一样去冲锋陷阵是不现实的，要求诗歌一味做"子弹"和"投枪"也是得不偿失的短时功利。诗歌的意义正在于在苦难中表达温情，在痛苦中传达希望，以爱和希望的方式激励人们走出困境、走向希望。所以，虽然它不如稍后创作的《北方》那样在对历史英雄的歌吟中表达信心和希望，更不如更晚的《向太阳》《黎明的通知》一样以太阳、黎明等明丽的意象来传达对胜利的期盼，但是，这种将自己融入社会大众的感情更为具体切实，也更有感染力——对于这首诗歌所传达的感情和希望色彩，诗人显然感受很深，也是颇为自信的。正如此，当诗人写完这首诗的时候，天气也很巧，真的下起雪来了，于是，他骄傲地对同行的友人说："今天这场雪是为我下的。"[①]

[①] 叶锦编著：《艾青年谱长编》，人民文学出版社2010年版，第45页。

艾青是一个深爱祖国的人。他说:"如果一个诗人还有着与平常人相同的心的话(更不必说他的心是应该比平常人更善感触的),如果他的血还温热,他的呼吸还不曾断绝,他还有憎与爱,羞耻与尊严,他生活在中国,是应该被这与民族命运相联结的事件所激动的。"① 他的早期诗作《大堰河——我的保姆》真切地传达了诗人对待乡人的深厚感情,对待自己身份卑微的保姆,对待与自己没有丝毫血缘关系的保姆的子女们,诗人都充满着真诚的关切,抒发了对故乡土地和土地上人们的真挚感情。抗战时期的艾青,颠沛流离,耳闻目睹了许多家破人亡的惨痛事情,以及惨不忍睹的人寰悲剧,强烈地感受着时代的压抑和压力,更强化了对故土、百姓的关切之情。在《雪落在中国的土地上》创作前的几天,当听到家乡杭州沦陷时,他陷入极度悲愤的境地,以散文形式表达了自己热爱家乡和悲痛的心情:"今天,我想念着杭州,我想念着,眼前就浮起了它(少时)的凄凉,我是极度的悲痛着,但我却不再流泪了。"② 而在距离诗歌创作四十多年后的1983年,艾青在回答南斯拉夫记者采访时还说:"我对土地、家乡、穷苦人,总是充满同情。我写的《我爱这土地》,我把自己比作一只鸟,即使我死了,羽毛也要腐烂在故土上面。诗的最后,我说'为什么我的眼里常含泪水?因为我对这土地爱得深沉。'这前一句也许有些夸张;这后一句,的确是发自灵魂的真音。"③

正是这种真实而强烈的个人感情,使诗歌的时代抒写不是空泛的口号而显得特别的真切,诗歌中的"我"也同时具有了真实的艾青个体和时代抒情者的双重身份。从深层次上看,诗歌在思想情感上所具有的忧郁沉重和激人奋进的效果,正来源于个人与集体、自我与时代和谐共振的关系。真实的自我感情赋予诗歌以强烈的关爱,而对时代的内在关切,又是真实自我情感的源泉。所以,诗歌既充盈着真实深切的自我情感,又传达出时代的现实和精神状况,兼具真情的感染力和时代感召力。

正因为如此,著名诗人牛汉这样评价这首诗:"他的诗是艺术生命形态的生成和创造。语言不是简单的情绪的外化,而是与内在生命不可分割

---

① 艾青:《诗与时代》,艾青:《诗论》,江苏文艺出版社2010年版,第42页。
② 艾青:《忆杭州》,《艾青全集》第5卷,花山文艺出版社1991年版,第6页。
③ 叶锦编著:《艾青年谱长编》,第54页。

的，它整体地形成了诗的有声有色有形的搏动着的生命体。"[1] 确实，诗人的喉咙不能只为一己的哀乐而歌唱，如果这样，他的诗歌也就不能拥有更广泛的意义，不能被更广泛的读者所接受和喜爱。读者只有在他的诗歌里读到了自己的真实生活，或者在其中发现了自己的匮乏，才可能对之产生兴趣，被其所吸引。在这个意义上，诗人既应是真实的自我——只有真实的诗人才能具有真情，才能感动人，同时又要超越时代——只有这样，才会有更广泛的读者在诗歌中发现自己的生活，感受自己的时代。所谓的"诗史"，都是如此！

二

艾青的诗歌艺术被很多人认为是中国新诗的集大成者，它融合了前人的浪漫主义和象征主义，也凝聚了"自由诗"和"格律诗"的某些因素。但也有批评家认为，艾青的诗歌过于"散文化"，忽略了诗歌的音乐性特征。这一点，就像很多人对倡导"自由诗"的郭沫若的评价一样，认为他们对新诗发展的方向有不好的引导。在这些人看来，诗歌离不开歌的韵味和音乐美的特征，如果失去了这些，就难以称得上是诗歌。

如何看待中国新诗的形式，特别是关于自由与格律，确实是仁者见仁、智者见智，很难有截然的定论。就上面从音乐性角度对新诗和诗人的批评而言，也不能说完全没有道理。但是，我以为，诗歌确实不应该离开音乐性，但是音乐性内涵不应僵化固定，而是发展变化的。也就是说，在现代汉语时代，已经绝对不可能再像古典诗歌一样严格的押韵和对仗，它必须有所变化，在变化中体现出新的音乐美。

《雪落在中国的土地上》在诗歌的韵律上也给予我们以启发。它虽然是散文的形式，但却绝对不同于一般的散文化。艾青的每一首优秀诗歌都有一种贯穿性的情感，这种情感主导了作品的语言和节奏，也形成了一种内在的韵律。它们拥有内在的韵律——这正是我们许多自由诗所缺乏的——如《大堰河，我的保姆》的句式排比；如《雪落在中国的土地上》等对核心诗句的反复。它们都以强烈的主体情绪将诗歌联结为一个整体，具

---

[1] 牛汉、郭宝臣主编：《艾青名作欣赏》，中国和平出版社1993年版，第133页。

有强烈的整体感。就像牛汉先生对艾青诗歌韵律的评价："读艾青的诗（不仅指《北方》），我们仍能自然地读出它内在的有撼动感的深沉的节奏。艾青的自由诗，其实是有着高度的控制的诗，它的自由，并非散漫，它必须有真情，有艺术的个性，有诗人创造的只属于这首诗的情韵……"① 诗歌的音乐性既表现为外在的押韵回环，更应体现为内在意核、节律的贯通。

《雪落在中国的土地上》的这种音乐美，不只是技术上的原因，它更是思想和情感上的结果。也就是说，艾青诗歌散文化的形式特征和内在的节奏韵律美，从根本上来自于诗人对自我与时代关系的巧妙处理。

从时代角度考虑，为了再现时代的纷繁和复杂，以现代汉语的形式，是不可能采用那么机械的形式的，只有散文体的形式才能更充分地展示时代的状貌。《雪落在中国的土地上》采用了异于古典意蕴却又非常典型的诗歌意象，它们完全来自于生活。如赶车的农夫、孤苦的少妇和老人……都具有鲜活的生活气息，又蕴含着丰富的象征意义，描画了"像这雪夜一样广阔而又漫长"的"中国的苦痛与灾难"。从中我们可以看到时代的具体景象——也是诗人感受到的真实现实，还可以透过其背后去洞察更深远的大的背景。

但是，艾青的诗歌又不是一味地让时代来主宰作品，诗歌始终以内在的主体感情为主导，统率着整个诗歌，因此，诗歌能够拥有内在的节奏和韵律。这一点，就像著名诗人牛汉对艾青《北方》的理解："只能一口气读下去，不能喘息和停顿，读者的心只能与诗人坦诚的情感一起搏动。诗的语调是沉缓的，有力的，不但没有分行的感觉，吟读时，还深深体会到这些起伏的诗行正是起伏的情感的律动。"② 其实，读《雪落在中国的土地上》也是一样的，整首诗歌的情感是完全的整体，对诗歌的朗诵，必须有贯穿性的情感，才能准确传达出诗人的思绪。

所以，在诗歌音乐性上，《雪落在中国的土地上》可以说是为中国新诗提供的一个突出的个案典范。关于新诗的形式，关于自由与格律的争论虽然各执一词、永无休止，但我想，大部分人能够形成共识的是，新诗确

---

① 牛汉、郭宝臣主编：《艾青名作欣赏》，第145页。
② 同上。

实不能完全"自由",也不可能真正以僵化的格律来规范它。闻一多"新格律诗"的实验失败,已经意味着表面格律化道路的终结。艾青的诗歌貌似无格律,实则有内在的韵律和节奏,并且与内容融合在一起,既不生硬勉强,又富有变化。他这种音乐美的效果其实并不逊色于各种新格律诗。比如,闻一多的《死水》、戴望舒的《雨巷》、徐志摩的《雪花的快乐》等,算是新诗史上比较有名的格律化诗歌,它们也确实显示了格律化的特色:或者一韵到底,或者每段用韵,都体现了对旋律化和节奏化的追求,也都因其音乐性特质而流传久远。艾青对诗歌音乐美的理解和实践方式与闻一多等人不同,但却殊途同归,都具有生动灵活的艺术效果。而且相比之下,艾青诗歌的韵律可以根据诗歌内容、情绪的需要而进行自动的调整,更为自然多样,方法也更灵活,富有变化。这不是说艾青的诗歌形式就一定可以作为新诗典范和方向,但是,它的成功至少能够为新诗形式探索提供很好的启迪。

三

在今天的文学背景下谈论艾青的诗,似乎有些逆时代潮流的意思。当前诗歌界流行的是奥登、艾略特以及其他的欧美现代诗人,即使偶尔谈到中国新诗,主流也是穆旦、冯至、李金发,最多还有一个戴望舒。曾经在文学史上很辉煌的郭沫若、徐志摩,已经早被弃之如履了。艾青的遭遇也基本相似,自20世纪80年代与一些朦胧诗人闹翻之后,主流诗歌群就基本上将艾青作为落伍者的代表了,最近30年间,艾青在诗坛上的地位呈现出明显下降的趋势。

这其中有因为政治或文学观念所导致的情绪化因素,但更重要的是诗歌观念方面的变化。其一是前面谈到的个人与时代的关系。近年来,个人写作成为潮流,艾青、郭沫若等诗歌中较强的时代气息不符合这一潮流,自然难以被人青睐。其二是对诗歌主旨由抒情到哲理的偏重。在传统诗歌观念方面,抒情是诗歌最重要的因素,但是近年来,在西方现代诗歌观念的影响下,人们对诗歌主旨的侧重有很大的变化,抒情受到贬斥,思想成为诗歌的首要因素。传统的浪漫主义诗人基本上退出了人们的视野,取而代之的是以哲思见长的诗人,知性诗歌成为最受推崇的类型。在中国现代诗歌方面，穆旦、冯至、卞之琳的地位已经远远超过了曾经辉煌的郭沫若、徐志摩和艾青等。

从诗歌观念看，随时尚的发展而有所变动是很正常的事，或者说，这是文学经典化的一个必需过程，只有经过时间和风尚的反复淘洗，才能留下真正的珍宝。但是，完全以时尚作为文学的评判标准，也难以沉淀真正的经典，它们更需要客观全面的辨析。

其一，需要对个人感情与时代感情有所区分。诗歌当然要以个人真情实感为基础，只有情感真挚，才能具有感人的力量。但是，如果仅仅局限于一己之情感，不能将之升华与拓展，诗歌的境界、格局始终会受到局限。只有将个人情感与更广泛的社会关怀结合起来，才可能达到更高的文学境界，实现更高的价值意义。一个诗人在创作中需要思考：诗歌究竟是为什么而写作？也许存在着一些为自己写作或为未来写作的诗人，他们也会在一定的潮流中被认可、被追捧，但是任何在诗歌史、文学史上留下名字的诗人，都必须在自己的时代深深地刻下印迹，在自己的民族文化中拥有一席之地，这样，他才有可能真正进入历史的空间。与时代的紧密联系，铸就了艾青诗歌的内在魅力，使其诗歌成为抗战时期文学的宝贵遗产。

我以为，只有将个人和时代和谐统一、将个人情感予以时代性和人类性升华的诗歌，才是最有价值的诗歌。艾青说过："最伟大的诗人，永远是他所生活的时代的最忠实的代言人；最高的艺术品，永远是产生它的时代的情感、风尚、趣味等等之最真实的记录。"[①] 显然，他也是以之作为他诗歌创作的追求目标的。《雪落在中国的土地上》虽然是从"小我"的真诚和深切出发的，却蕴含着强烈的时代创痛，表达了难以排遣的民族苦难和生存苦闷，以及对未来、对自由难以遏制的渴求，它是将自我与时代融合和升华的杰出作品。这样的诗歌和诗人值得人们永远记住。

其二，对诗歌中思想和情感的地位问题也应该作更全面的分析。的确，在中国现当代诗歌界，存在着抒情泛滥、虚假的情况，而思想的厚度也会增加诗歌的深度意义。但是也不能一概而论，对于诗歌而言，情感的力量从来都不应该缺失。事实上，真诚、坦率、质朴的感情，特别是蕴含

[①] 艾青：《诗与时代》，艾青：《诗论》，江苏文艺出版社2010年版，第45页。

了更广泛内涵的感情,也是有感染力、穿透力的。建立在真实生活感受基础上的抒情诗歌自有其魅力。因为说到底,诗歌针对的主要还是人的情感世界,情感往往与具体的人、具体的生活密切联系。所以,我们不宜将抒情或思想作为诗歌发展中相互割裂的两种方向,而是应该以更宽容和丰富的态度对待它们,促进诗歌风格的多样化发展。

特别是就中国诗歌传统来说,保持自己的抒情个性,使其往深远处发展,而不是简单地按照西方文学的标准亦步亦趋,盲目追随西方的思想理念,也许更有意义。《雪落在中国的土地上》就充分体现了抒情的真诚和质朴。它没有丝毫的炫耀和玄虚,而是将自己与农民等同,心灵相连,感情朴素而真切。在诗集《北方》的序言中,艾青写道:"我是酷爱朴素的,这种爱好,使我的情感毫无遮蔽,而我又对自己这种毫无遮蔽的情感激起了愉悦。很久了,我就在这样的境况中写着诗。"[①]

为了更好地比较诗歌的个人与时代、知性诗歌与抒情诗歌的特色和意义,我们可以选择冯至的著名作品《我们准备着深深地领受》来与《雪落在中国的土地上》进行比较。冯至同样是抗战时期的著名诗人,他的诗歌重视哲理性和个人性,他的诗集《十四行诗》近年来广受推崇,《我们准备着深深地领受》是其中流传最广泛的一首。全诗是这样的:"我们准备着深深地领受/那些意想不到的奇迹,/在漫长的岁月里忽然有/彗星的出现,狂风乍起;/它们的生命在这一瞬间,/仿佛在第一次的拥抱里/过去的悲欢忽然在眼前/凝结成屹然不动的形体。/我们赞颂那些小昆虫,/它们经过了一次交媾/或是抵御了一次危险,/便结束它们美妙的一生。/我们整个的生命在承受/狂风乍起,彗星的出现。"

我们可以看到,冯至的这首诗歌确实意蕴深沉,它致力于对抽象的生命和哲学意义问题的深邃思索,富有思想的穿透力和洞察力,而且,其诗风内敛,感情深藏在意象和思想的背后。不过,就与时代的关系看,这首诗歌体现得不是很明确,诗歌几乎完全融化在个人的思想世界里,与时代几乎没有什么明显的关联,也难以在诗歌中感受到当时的战争背景和时代氛围。艾青的《雪落在中国的土地上》风格与之完全不一样,其沉重深切、浓烈的时代气息和个人感情传达,体现的是另一种诗歌趣味和艺术追求,

---

[①] 艾青:《〈北方〉序》,《艾青专集》,江苏人民出版社1982年版,第82页。

它更容易为人所理解、接受，也更容易产生社会性的感染力。这两首诗歌属于知性诗歌与抒情诗歌的不同典型，其思想艺术魅力和社会影响也存在着较大差异。

所以，虽然我们不能要求所有的诗人都关注时代，但可以期待所有诗歌都真诚，都有比自我更深远的关怀。同样，我们可以喜欢艾略特、穆旦、冯至那种充满知性和理性光辉的诗歌，但也不会忘记普希金、聂鲁达和艾青这样优秀的抒情诗人。诗歌的殿堂本来就应该是丰富的、多元的，而不应该是单一的、狭隘的。特别是从抗战的特殊时代背景上看，我们更应该看到艾青诗歌方向的意义，在民族危难的时期，沉湎于个人世界显然是对于自我责任的逃避，关注时代也正是关注自我。所以，在这个意义上，艾青的《雪落在中国的土地上》从深重的民族危难中走来，也必将更长久地融化在我们民族的历史、文学中。无论在任何时代，这样的作品都不会失去其经典意义，也不会丧失其深广的感染力。

延伸阅读

1. 如果你想更深入地了解艾青的诗歌，可以阅读三卷本的《艾青诗全编》（人民文学出版社 2003 年版）。它收录了艾青所有的诗歌作品，可以让我们清晰地认识艾青诗歌创作的全貌，了解其创作的历史和变迁。

2. 叶锦编著的《艾青年谱长编》（人民文学出版社 2010 年版），以年代为序，翔实地记录了艾青的生平和创作，是了解艾青一生经历和创作道路的很好参考。

3. 艾青早期诗歌深受比利时著名诗人凡尔哈伦的影响，大家也可以阅读《凡尔哈伦诗选》（杨松河译，上海译文出版社 1986 年版），了解艾青如何对他人诗歌进行学习，又如何展示自己的创造性。

4. 如要对抗战时期中国诗歌加以了解、对艾青有更全面的比照，可以参看穆旦和冯至的诗歌或诗人传记。《穆旦诗文集》（人民文学出版社 2006 年版），易彬《穆旦年谱》（中国社会科学出版社 2010 年版），《冯至全集》（河北教育出版社 1999 年版），张辉《冯至：未完成的自我》（文津出版社 2005 年版）是其中可以选择的著作。

5. 如果你希望更深入地关注诗歌的个人性与时代性，以及诗歌与传统的关系等问题，可以阅读艾略特的《传统与个人才能》（卞之琳、李赋宁等译，上海译文出版社 2012 年版），梁宗岱的《诗与真》（中央编译出版社 2006 年版）等。

6. 瑞士心理学家荣格有一句名言："不是歌德创作了《浮士德》，而是《浮士德》创作了歌德。"意思是由于歌德深刻地把握住了德国民族独特的文化精神，才得以创作出《浮士德》这样蕴含着独特德国民族气质的作品。荣格还认为，文学是一个民族集体意识的反映，优秀的文学作品必须表现出民族文化的独特和深邃。荣格的心理学理论同时也是一种有深刻影响的文学理论。虽然对我们来说，要准确理解荣格的理论有一定的难度。但了解各种文学思想，并努力超越文学学科，因而更广泛地阅读相关学科的著作，还是非常有意义的。

思考题

1. 将艾青的《雪落在中国的土地上》与郭沫若的《凤凰涅槃》、徐志摩的《再别康桥》比照阅读，谈谈你对诗歌的自我与时代关系的理解，并对这三首诗歌做出自己的价值评判。

2. 艾青在1958年被打成"右派"，中断了诗歌创作20余年，"文化大革命"结束后，艾青重回诗坛，创作了诗集《归来的歌》。选择性地阅读《归来的歌》中的作品，将其与艾青抗战时期的诗作进行比较，理解其创作风格的变化并思考其原因。

第八讲

从异文角度读解《春》及穆旦的诗歌特质

对一位写作者而言，修改是一种非常常见的行为。现代中国作家之中，诗人穆旦算是非常勤于修改的一位。从目前所掌握的信息来看，穆旦诗歌总数为150余首，存在异文的即达到140首左右，其中部分或与誊录、排印等技术性因素有关，大部分是穆旦本人反复修改所致。修改力度之大、范围之广可见一斑。修改往往能为认识作家的写作行为提供新的维度。不过，与学界关注的热点不尽相同的是，穆旦的修改行为基本上发生在20世纪40年代，而不是在新中国成立之后——并不具备时代典型性。相关修改行为所激活的主要也不是时代语境方面的诸多话题，[①] 而是更多地凸显出穆旦的个人经验、诗学视域等方面的动向。透视这种动向，实际上也能归结出穆旦诗歌写作的某些特质。

一 异文：解读新路径

1942年2月，穆旦写下了一首12行的短诗《春》——"春"是"春天"的"春"，也是"青春"的"春"：

> 绿色的火焰在草上摇曳，
> 他渴求着拥抱你，花朵。
> 一团花朵挣出了土地，

[①] 参见金宏宇《中国现代长篇小说名著版本校评》，人民文学出版社2004年版。

第八讲　从异文角度读解《春》及穆旦的诗歌特质　/　111

　　当暖风吹来烦恼，或者欢乐。
　　如果你是女郎，把脸仰起，
　　看你鲜红的欲望多么美丽。

　　蓝天下，为关紧的世界迷惑着
　　是一株廿岁的燃烧的肉体，
　　一如那泥土做成的鸟底歌，
　　你们是火焰卷曲又卷曲。
　　呵光，影，声，色，现在已经赤裸，
　　痛苦着；等待伸入新的组合。

从一般意义上看，穆旦同时代人郑敏的评价是恰切的：

　　青春对诗人的诱惑是异常强烈的。绿茵因此也能吐出火焰，在春天里满园是美丽的欲望，20岁的肉体要突破紧闭，只有反抗土地的花朵才能开在地上。矛盾是生命的表现，因此青春是痛苦和幸福的矛盾的结合。在这个阶段强烈的肉体敏感是幸福也是痛苦，哭和笑在片刻里转化。穆旦的爱情诗最直接地传达了这种感觉：爱的痛苦，爱的幸福。[①]

　　《春》现已被公认为是穆旦的代表作之一，被选入各种选本之中，相关评论自是多有出现。在穆旦诗歌修改的谱册之中，《春》的被关注度也是较高的。[②] 前面所录用的为1942年5月26日《贵州日报·革命军诗刊》第9期所刊，是目前所见的初刊本——敏锐的读者可能已经发现了不少重要的异文。1947年3月，此诗再次发表于天津版《大公报·星期文艺》，

---

　　① 郑敏：《诗人与矛盾》，杜运燮等编：《一个民族已经起来》，江苏人民出版社1987年版，第33页。
　　② 主要讨论有姚丹《"第三条抒情的路"——新发现的几篇穆旦诗文》，《中国现代文学研究丛刊》1999年第3期；李章斌《〈丘特切夫诗选〉译后记》与穆旦诗歌的隐喻》，《南京理工大学学报》2009年第4期；李章斌《现行几种穆旦作品集的出处与版本问题》，《中山大学学报》2009年第5期。

此即目前所见的再刊本；后又收入穆旦本人编订的诗集《穆旦诗集》里，这个诗集本可视为定本，穆旦稍后编订但未能出版的一本诗集，① 已基本无异文。现行穆旦诗歌最为通行的版本《穆旦诗文集》②所采信的也是这个版本。

初刊本、再刊本与诗集本之间多有异文。比照之，异文包括标点、字词，也包括整个诗行。如下所标记的即是再刊本、诗集本与前述初刊本的主要异文之所在。

再刊本	诗集本
绿色的火焰在草上摇曳， 它渴求着拥抱你，花朵。 反抗着土地，花朵伸出来， 当暖风吹来烦恼，或者快乐。 如果你寂寞了，推开窗子， 看这满园的欲望多么美丽。 蓝天下，为永远的谜迷惑着 是人们二十岁的紧闭的肉体， 一如那泥土做成的鸟的歌， 你们燃烧着，却无处归依。 呵，光，影，声，色，都已经赤裸， 痛苦着，等待伸入新的组合。	绿色的火焰在草上摇曳， 他渴求着拥抱你，花朵。 反抗着土地，花朵伸出来， 当暖风吹来烦恼，或者欢乐。 如果你是醒了，推开窗子， 看这满园的欲望多么美丽。 蓝天下，为永远的谜迷惑着 是我们二十岁的紧闭的肉体， 一如那泥土做成的鸟的歌， 你们被点燃，却无处归依。 呵，光，影，声，色，都已经赤裸， 痛苦着，等待伸入新的组合。

从表象上看，不同版本有数年的时间间距，可见青春的情绪（"火焰""欲望""肉体""痛苦"）一直在穆旦的内心涌动。也不妨说，穆旦一直在寻找合适的语言来表达关于青春的情绪。从修改的角度看，一些核心词汇的变更显示了诗人对于诗歌与现实关系的调整，而修改本身也可能包含了诗人对于现实的某种隐匿——考察异文及相关词汇，不仅可说是进入《春》的一条新的路径，也可借此窥见穆旦诗歌的某些特质。

---

① 即查明传等编《穆旦自选诗集》，天津人民出版社2010年版。
② 李方编：《穆旦诗文集》（修订版），人民文学出版社2014年版。

二 从"女郎"到"你":视线的移换

《春》之初刊本的核心词汇是:"女郎"—"鲜红"—"一株"—"燃烧",这近于一种实写,看起来像是针对某一个具体的对象("女郎"),若此,则可以认为《春》的最初写作可能和现实之中的一次恋情有关——随后讨论将显示,诗人的爱情故事多少总会是一个话题。

稍后的两个版本,再刊本和诗集本,孰先孰后其实并不能确断,① 这两个版本也有差异,但大致上可以说是同一视线之下的细微变动。何谓同一视线呢?是因为在稍后的这两个版本里,"一团花朵挣出了土地"都改为了"反抗着土地,花朵伸出来"——"挣出了"与"伸出来"有着细微的情态差别,"反抗着土地",则是平添了几分文化的内涵。"女郎"也消失了,取而代之的是一个普泛意义上的"你","鲜红"则随之移换为"满园"。大致而言,这一修改意味着视线的移换:从"女郎"的视线看,是一种对于青春的肯定——在相当程度上,也可以说是一种对于自我的发见或认定,《我歌颂肉体》(1947)中有一个说法:

> 我歌颂那被压迫的,和被踩躏的,
> 有些人的吝啬和有些人的浪费:
> 那和神一样高,和蛆一样低的肉体。
>
> 我们从来没有触到它,
> 我们畏惧它而且给它封以一种律条,
> 但它原是自由的和那远山的花一样,丰富如同
> 蕴藏的煤一样,把平凡的轮廓露在外面,

---

① 《穆旦诗集》版虽较《大公报》版晚,但王佐良《一个中国诗人》中的一些说法,如穆旦还是军队的一个中校,八年未见到母亲等,表明此文最迟当在 1945 年底写成;而穆旦"已经有了二个集子,第三个快要出了","二个集子"指的应该就是已经出版的《探险队》和编好但尚未出版的《穆旦诗集》。此文初刊于伦敦 Life and Letters(《文学与生活》)杂志 1946 年 6 月号,后作为附录随《穆旦诗集》出版,并刊载于《文学杂志》第 2 卷第 2 期(1947 年 7 月)。而从发表的角度看,也存在发表周期(如交稿较早、发表较迟)等方面的情况。

它原是一颗种子而不是我们的掩蔽。①

循此，"看你鲜红的欲望多么美丽"，也就是以一种骄傲的语气在肯定自己，"欲望"不仅存在，而且有着"鲜红"的颜色，是"美丽"的，是"一颗种子"，已经"挣出了土地"，这般青春喜悦是值得正面书写、值得"歌颂"的事实。

"满园的欲望"呢？虽然也"美丽"而夺目，但从"你鲜红的"到"这满园的"这一视线转移，青春的热力却呈削弱之势。不嫌比附，"满园的欲望"就如同《牡丹亭》的经典辞句所唱的："原来姹紫嫣红开遍，似这般都付与断井颓垣。良辰美景奈何天，赏心乐事谁家院！朝飞暮卷，云霞翠轩；雨丝风片，烟波画船——锦屏人忒看的这韶光贱！"②青春"欲望"似乎并不是内在的，不是有着自觉的内在感知，而是被"姹紫嫣红"的满园美景所激发出来的，美好韶光，不能辜负啊。这种主观的发见与外在的激发之间终究还是有所差别的。

从词汇的选用来看，《春》之再刊本里的"寂寞"与"欲望"的搭配，《穆旦诗集》版里"醒了"与"欲望"的搭配，似乎都显得不够贴切，前者有点轻浮（"欲望"源自"寂寞"），后者则略显慵懒——若以"花朵"作喻，那都可说是以一种外在的视线在观看，而不是青春花朵的绽开或怒放，都缺乏一重内在的力量。

而从诗歌的空间感来看，"把脸仰起"和"推开窗子"也意味着主体处于不同的位置，不同的空间层次——不同的生命关系之中："推开窗子"意味着人物处于室内，是一种由内向外式的观望或远眺，它标识了人与物的距离；"把脸仰起"则是一种近距离的、没有阻隔的、直接的仰望，它与"蓝天下"的、"挣出了土地"的"花朵"处于同一水平层次，这样的层次建构直接外化了青春、生命与欲望之间的同构关系："花朵"并非"青春"的陪衬，它本身就是"青春"！

---

① 穆旦：《我歌颂肉体》，天津版《益世报·文学周刊》第67期，1947年11月22日。按，本文所引穆旦诗歌，均据初刊本，与现行穆旦诗歌通行本会有少许差异，限于篇幅，这些异文不一一说明。

② 汤显祖著，徐朔方、杨笑梅校注：《牡丹亭》，人民文学出版社1998年版，第53—54页。

三　由个人经验的表述到青春本身的书写

要言之，经由修改，第一节的视线发生了重要的转移，个人经验的表述逐步让位于青春本身的书写。在第二节中，修改继续进行。前两行的修改主要涉及三处：

"关紧的世界"与"永远的谜"
"一株"—"人们"／"我们"
"燃烧"与"紧闭"

"一株"仍然关涉着某个具体的存在，对象被物化；"人们"看起来则仍像是那种普泛式写法的延续；"我们"呢，这个第一人称称谓试图拉近作者和读者的距离，并给出了一种青春的承诺：这里所描绘的不是某一个具体的人，不是他人，而是"我们"自己，是每一个青春年少的人，是"青春"本身。

"燃烧"呢？《春》之初刊本里跃动着的这个词也出现在同期所作的《诗》（后改题为《诗八首》／《诗八章》）的开头——

你底眼睛看见这一场火灾，
你看不见我，虽然我为你点燃；
唉，那燃烧着的不过是成熟的年代，
你底，我底。我们相隔如重山！①

"相隔如重山"标识了"我们"之间的距离，"那燃烧着的不过是成熟的年代"与"燃烧的肉体""为关紧的世界迷惑着"大抵也相类似，这种直接的、对照式的写法，再一次外化了《我歌颂肉体》里所书写的肉体被蔑视的命运。在后两个版本之中，"燃烧的肉体"移换为"紧闭的肉体"，"关紧的世界"移换为"永远的谜"，结合前一行的变化来看，这大

---

① 穆旦：《诗》，《文聚》第 1 卷第 3 期，1942 年 6 月 10 日。

致仍是从具体到抽象的路数——也可以说是显示了诗人视域的扩大,即从个人经验而衍化为对于青春和肉体本身的拷问与书写。

最后四行也有一些修改,但诗歌内核看起来并没有发生变化。内核是什么?自然是"青春的痛苦"!那又是何种意义上的"青春的痛苦"呢?

> 一如那泥土做成的鸟底歌,
> 你们是火焰卷曲又卷曲。
> 呵光,影,声,色,现在已经赤裸,
> 痛苦着;等待伸入新的组合。

"那泥土做成的鸟底歌"无疑是一个比喻的说法,"鸟"在穆旦诗歌之中多有出现,一些相通的用法如《玫瑰的故事》中有"她年轻,美丽,有如春天的鸟/她黄莺般的喉咙会给我歌唱"[1];1948年4月所作《诗》中有"当春天的花和春天的鸟/还在传递我们的情话绵绵"[2];及到1976年的另一首《春》之中,亦有"春天的花和鸟,又在我眼前喧闹"[3]。这些句子基本上都是"春天"和"鸟"连用,显示了"春天"和"鸟"的某种同构关系。此外,《自然底梦》(1942)之中也有句"鸟底歌,水底歌,正绵绵地回忆",标出"回忆",无疑也外化了"鸟"之于心灵的效应,即对于"鸟底歌"的回忆。

那何以又是"泥土做成的"呢?"泥土"在穆旦诗歌中也是多有出现,大多数用的是本义,但也有一些卓特的用法,如《潮汐》中有"是在自己的废墟上,以卑贱的泥土,/他们匍匐着竖起了异教的神"[4];《线上》中有"八小时离开了阳光和泥土"[5];《诞辰有作》(后改题为《三十诞辰有感》)之中也有被较多引述的诗行:

> 在过去和未来死寂的黑暗间,以危险的

---

[1] 慕旦:《玫瑰的故事》,《清华周刊》第45卷第12期,1937年1月25日。
[2] 穆旦:《诗》,《中国新诗》第4集《生命被审判》,1948年9月。
[3] 穆旦:《春》,《诗刊》1980年第2期。
[4] 穆旦:《潮汐》,《贵州日报·革命军诗刊》第6期,1941年11月27日。
[5] 穆旦:《线上》,《文聚》第2卷第3期,1945年6月。

第八讲　从异文角度读解《春》及穆旦的诗歌特质 / 117

　　　　现在，举起了泥土，思想，和荣耀，
　　　　你和我，和这可憎的一切的分野，①

　　"泥土"被充满主观兴味的词汇加以修饰，与"阳光""思想"等词汇并列，这都显示了"泥土"被赋予了某种思想的特性。以此来看，"一如那泥土做成的鸟的歌"并非一个轻浮的说法，而是循着"绿色的火焰""花朵"，继续取喻于"泥土""鸟"这般自然风物，以突出青春生命的自然本性。
　　接下来，从"你们是火焰卷曲又卷曲"到"你们燃烧着（被点燃）却无处归依"，前者近于一种比喻修辞，"卷曲又卷曲"，仍是包含了带有肉欲色彩的私性经验；后两者则着意强化了一种生命状态。什么样的生命状态呢？"燃烧着"/"被点燃"仍可说是自然本性，是生命的勃发；但"无处归依"意味着阻遏，即所谓"性别""思想"一类社会与文化的属性依然紧紧地压在"肉体"之上，或如后来的《我歌颂肉体》所写——

　　　　性别是我们给它的僵死的符咒，

　　　　那压制着它的是它的敌人：思想，②

　　"青春"或"肉体"或"欲望"依然是"卑贱"的，是不可言说的。若具体到个人，则成为灵与肉的一场交战。
　　再往下，不说"肉体"已经赤裸，而是说"呵，光，影，声，色，都已经赤裸"，这是再一次对"自然"本性或者说感官效应的借重，避免了与前文"肉体"的重复，却也可能是出于某种文化上的考虑，即避免"肉体赤裸"这一表述所带有的敏感或争议。
　　"痛苦着，等待伸入新的组合"，或许是全诗最难理解的一句，"痛苦"是显在的，那"新的组合"之"新"又是从哪里来的呢？而且还是

----

　　① 穆旦：《诞辰有作》，天津版《大公报·星期文艺》第38期，1947年6月29日。
　　② 穆旦：《我歌颂肉体》，天津版《益世报·文学周刊》第67期，1947年11月22日。

"组合"？若前面的思路大致合乎情理的话，那么，这最末一句所表达的也就是一种期待：打破旧有的关于肉体的种种偏见，而确立一种全新的生命模式。"春"已"降临"，勇敢地面对"肉体"（的诱惑），也就是勇敢地面对自我。

四 自我隐匿或主体分裂：穆旦诗歌的重要特质

经由这般细致剥索，《春》的修改轨迹大致是循着一条从具体到抽象的路数，个人的经验色彩逐渐减弱，诗学与文化的视域则得以强化，"青春"本身的痛苦由此也更加凸显。但从传记角度看，穆旦与某个"女郎"（"女友"[①]）可能具有的关系则被隐匿起来，而穆旦所遭遇或者所幻想的爱情故事则始终没有真正现形。诗人的爱情故事，历来都会是一个或隐或显的话题。外表清俊、才华出众的穆旦在青年时代自然也不乏爱情故事，只是很长一段时间之内并不大为人所熟知罢了。[②] 而剥索穆旦其他涉及爱情的诗篇，如《玫瑰的故事》《诗》（《诗八章》/《诗八首》）、《记忆底都城》《重庆居》（后改题为《流吧，长江的水》）、《风沙行》《我歌颂肉体》[③]、《诗》（1948），等等，那种理性的思考与肉体的感觉，看起来非亲身经历者是无法写出来的。从传记批评的角度看，其中一些章节无疑都应该有一个未出场的女主角。从个人行踪看，写《诗》（《诗八章》/《诗八首》）时，穆旦应是在昆明；《记忆底都城》完成之时，穆旦应是在印度；《重庆居》的背景则应如题目所示，是在重庆。看起来，在不同的地域，爱情的体验（其中有着比较强烈的挫折感）都纠缠着穆旦，落实在写作上，"女主角"却始终被隐匿起来——隐匿对象实际上也就是隐匿自我，穆旦显然无意于让一般读者窥见其情感世界，所谓"用理性给自己搭了一个高台"，"并不回避一切，但是

[①] 穆旦本人在新中国成立之后所写的多篇"交代材料"，在提及女性朋友时，多直接用"女友"一词。相关材料可参见易彬《穆旦评传》，南京大学出版社2012年版。

[②] 易彬：《穆旦评传》之第十章《"愤怒"、"安憩"与"被点燃"的青春》，南京大学出版社2012年版，第250—269页。

[③] 初看之下，《我歌颂肉体》似难说是一首爱情诗，但如顺着《春》的思路来看，其中应该也熔铸了爱情或肉体的体验。

又从来不把自己交出来"①。

穆旦晚年在谈到《诗八首》时曾说:"那是写在我二十三四岁的时期,那里也充满爱情的绝望之感。什么事情都有它的时期,过了那个时期,迫切感就消失了。"② 好事者自然希望从这种充满"迫切感"的诗句之中掘出"背后的隐情"③ 或"隐秘的情人"④,但无论是诗歌中的暗示,还是现实中的传记材料,确实都过于单薄,无法建构出一条明晰的、确切的线索。因此不妨说,这种"隐匿"乃是穆旦爱情诗的基本特质之所在——上述穆旦的所谓爱情诗,是冷静的、思辨的,而非浪漫的、热烈的,即如论者对于《春》的评价:"诗思不是外向投射型而是反思式的内敛,也没有把未来当做显示进行肤浅的讴歌而是感受生命的幽晦、复杂和矛盾","褪尽柔弱浮泛的字眼而代之以硬朗的日常口语,传达出深刻的哲思,抽象中有肉感,情绪中有思辨"⑤。

廓大来看,也并非仅仅是爱情诗,在穆旦的整体写作之中,自我的"隐匿"始终是一个非常突出的现象。一般性的写作姑且不论,那些明显带有个人经验色彩与生存体验的诗篇,无论是较早时候以"迁徙经历"为背景的诗篇如《出发——三千里步行之一》《原野上走路——三千里步行之二》《中国在哪里》《赞美》等,还是关于战争经历,特别是缅甸战场生死经历的诗篇如《隐现》《森林之歌——祭野人山死难的兵士》(后改题为《森林之魅——祭胡康河上的白骨》)等,抑或是40年代后期书写"饥饿的中国"的诗篇如《时感》《饥饿的中国》《我想要走》《诞辰有作》等,几乎

---

① 殷国明:《中国现代文学流派发展史》,广东高等教育出版社1989年版,第528页。按,从20世纪80年代的这段文字里可以看出,在比较早的时候,评论者就已注意到了穆旦诗歌的这一特点。
② 穆旦:《致郭保卫》(1975年9月9日),《穆旦诗文集(增订版)》第2卷,人民文学出版社2014年版,第209页。
③ 高波认为,"隐情"和萧珊有关,见《穆旦〈诗八章〉后的"隐情"》,《楚雄师范学院学报》2007年第7期。
④ 关于穆旦诗歌中的爱情故事,近期讨论有林建刚的《穆旦情诗中的隐秘情人》("腾讯·大家专栏",2015年11月25日),主要依据是本人所作《穆旦年谱》或《穆旦评传》中的穆旦本人档案以及穆旦友人口述,其摘要为:"穆旦与曾淑昭,两个曾经相爱的人最终劳燕分飞,一个娶妻周与良,一个嫁夫胡祖望,一个留在大陆,一个远赴美国。"
⑤ 张松建:《现代诗的再出发:中国四十年代现代主义诗潮新探》,北京大学出版社2009年版,第119—120页。

无不具有自我隐匿的特质——更确切地说,是五四新诗中"以理想主义和乐观主义为特征"、带有"浪漫主义的文化英雄"色彩的"自我"的隐匿,取而代之的是身处 40 年代这样一个"分裂的时代""陷于历史性的自我分裂状态"的主体。这种穆旦诗歌中"自我"的讨论自然早已不是新的话题,① 而且,在今日学界看来,这种"主体的历史分裂"及其在语言、文类等层面的探索与表现,所显示的是中国现代主义诗潮发展到 40 年代以来的新趋向,② 但由多有异文的《春》引出来,进而扩展到传记形象、写作主体、诗歌特质等不同侧面,正显示了穆旦诗歌文本所具有的多重效应。

延伸阅读

1. 穆旦作品集

(1) 通行本《穆旦作品新编》,李怡编,人民文学出版社 2011 年版。此书列入了"中国现代作家作品新编丛书",收入穆旦代表性的诗歌以及散文、评论、书信、日记和译文。

(2) 文集本《穆旦诗文集(增订本)》,李方编,人民文学出版社 2014 年版;《穆旦译文集》,人民文学出版社 2005 年版,这两套书收录了穆旦绝大部分诗文作品和译作,是目前最为齐全的穆旦作品集。

2. 研究论著

(1)《穆旦研究资料》(上、下册),李怡、易彬编,知识产权出版社 2013 年版,该书收录了穆旦生平资料、谈创作与翻译、各时期穆旦研究论文选,是非常齐全的穆旦研究资料集。

(2)《穆旦评传》,易彬著,南京大学出版社 2012 年版,"中国现代文化名人评传丛书"之一。资料翔实、笔法严谨,对穆旦的生平与写作进行了非常深入、细致的评述,"讲述了一位中国诗人并不顺畅的一生,也展现了一个风云变幻莫测的时代"。

(3)《穆旦的精神结构与现代性问题》,段从学著,人民出版社 2014 年版,该书以穆旦的创作历程为纵向线索,以作品细读和论析为基本构架,在深入剖析诗人的精神结构与诗歌艺术之历史关联的基础上,试图以穆旦为个案,探讨中国新诗乃至新文

---

① 最初的讨论见梁秉钧《穆旦与现代的"我"》,杜运燮等编:《一个民族已经起来》,江苏人民出版社 1987 年版,第 43—54 页。

② 张松建:《现代诗的再出发:中国四十年代现代主义诗潮新探》,北京大学出版社 2009 年版,第 96—129 页。

学的"现代"特质。

思考题
(1) 你如何看待诗歌的不同版本问题?
(2) 怎么理解穆旦诗歌的重要特质?

第九讲

《红旗歌谣》的修辞与元文化

一　什么是元文化

　　元文化也可称为意识形态。意识形态的定义据说有几十种之多。我们知道，人存在于世，必然要面对两个世界：一个是实在世界，一个是我们对实在世界的感知和想象的世界。我们在处理自身与实在世界的关系的时候，往往只需要直觉。在处理自身与感知世界的关系的时候，就需要有一个处理感知的方式和情感态度。处理感知的方式和情感态度决定了人的意识的方式，他愿意以何种方式去理解这种感知，这就是意向性。因为具有不同的意向性，人就会据此产生不同的符号、意义乃至文化。文化不是由单个人创造的，而是由一个社会群体成员共同创造的，文化是一个社会相关表意活动的总集合。一个社会群体之所以会创造出具有相同倾向的符号、文本、文化，就是因为其元文化的一致性。所以，元文化不是某个人所具有的思维方式与形态，而是一个社群的思维方式与形态。曼海姆认为："我们所说的意识形态是指一个时代或者一个具体的社会历史集团（比如阶级）的意识形态，我们关心的是这个时代或这个集团的思维的总体结构的特征和构成。"[①] 所以，元文化指的是一个社会历史集团的思维方式、思维结构、思维习惯、思维倾向性。

　　那么，元文化与文化、文学是一个什么样的关系呢？赵毅衡有一个清楚明白的判断："意识形态是文化的元语言"[②]。说得更明白一点，意识形

[①] 卡尔·曼海姆：《意识形态与乌托邦》，姚仁权译，商务印书馆 2002 年版，第 115 页。
[②] 赵毅衡：《符号学：原理与推演》，南京大学出版社 2011 年版，第 242 页。

态就是关于文化的文化，就是文化的组织规则、产生原因，一切的文化都可以在意识形态中得到解释，意识形态也是文化意义活动的评价体系，所以又可称为"元文化"。文学是文化的体现形式之一，自然也不可摆脱元文化的控制，一切文学都是在某种元文化的框架之中产生和被解释的。元文化是文学的元元语言。

任何一个社会都具有多种元文化，元文化因阶级、社群、民族、地域、时代的不同而不同。在某一个地域、某一个时代占统治地位的元文化叫做主流元文化。主流元文化可能影响到该区域内所有成员的认知方式，使该社群的所有人都按此元文化的要求去感知、理解、思考问题，他者的思维方式因而成为个体自己的思维方式。但是任何一个社会历史集团都不可能只存在一种元文化，各种不同的元文化在对文化进行评价的时候发生冲突，便形成评价旋涡，特别是现代社会，不得不面临各种层面的评价旋涡，元文化冲突成为常态。在主流元文化占绝对优势的历史时期，我们更容易从文化、文学作品中发现控制文化、文学的元文化之手。《红旗歌谣》为我们提供了一个分析元文化的范本。

二 《红旗歌谣》产生的历史背景

因为元文化是文学的元元语言，因此解释文学作品的元文化（评价体系）就不得不考察作品产生与解释的时代因素。

20世纪50年代末60年代初，中国兴起了新民歌运动。新民歌运动是以"大跃进"为背景的，与毛泽东的文艺思想相关联，由毛泽东提倡，各级党委政府组织、发动的一场群众性诗歌运动。

1958年3月22日，毛泽东在成都会议讲话中提出了搞"新民歌"的设想："请各位同志负个责任，回去以后搜集点民歌。各阶层的人，青年，小孩都有许多民歌，搞几个点试办，每人发三五张纸，写写民歌，不能写的找人代写，限期十天搜集。""中国诗的出路，第一条，民歌，第二条，古典。在这个基础上，两者结婚产生出第三个新东西来，形式是民族的，内容应当是现实主义和浪漫主义的对立统一。太现实了就不能写诗了。现在的新诗不成形，没有人读；我反正不读新诗，除非给一百块大洋。搜集民歌的工作，北京大学做了很多。我们来搞，可能找到几百万成千万首的民歌。"① 随后，在汉口会议期间，毛泽东又说："各省搞民歌，下次开会各省至少要交一百首。大中小学生，发动他们写，每人发三张纸，没有任务，军队也要写，从士兵中搜集。"② 接着，在中共八大二次会议上周扬作《新民歌开拓了诗歌的新道路》的报告，"新民歌"以及"两结合"的创作由此推展开来。

徐迟在《一九五八年诗选》序言中做了如下描述："到处成了诗海。中国成了诗的国家。工农兵自己写的诗，大放光芒。出现了无数诗歌的厂矿、车间；到处皆是万诗乡和百万首诗的地区；许多兵营成为万首诗的兵营。几乎每一个县，从县委书记到群众，全都动手写诗；全都举办民歌展览会。到处赛诗，以致全省通过无线电广播来赛诗。各地出版的油印和铅印的诗集、诗选和诗歌刊物，不可计数。诗写在街头上，刻在石碑上，贴在车间、工地和高炉上。诗传单在全国飞舞。"③

1958年上半年，湖北省著名"诗歌县"红安县县委宣传部做过一次摸底工作，得出的结论是"搞不清"；呼和浩特市决定在3—5年内生产50万吨钢，收集50万首民歌，把收集民歌和生产钢并列在一起；河南省据96个县的统计，有创作组30571个，创作量是几百万上千万首。仅许昌一个专区，光有组织的业余作者就有57000多人，"大跃进"以来，已创作作品316万件；河北省委曾发起1000万首的民歌收集计划，结果被保定地区包了。山西省提出一年要产生30万个"李有才"，30万个"郭兰英"，"村村要有李有才，社社要有王老九，县县要有郭沫若"④。据《星星诗刊》1958年12月统计，四川省一年出版各种民歌选集共3723种。单是只有300多人的叙永县鱼凫乡五星社，就创作诗歌40000多首。⑤

贺敬之评价这次诗歌运动时说："大跃进民歌的出现，及它在整个诗歌创作上的影响，已经使我们看到，前无古人的诗的黄金时代揭幕了。这

---

① 转引自李锐《酝酿总路线的成都会议》，《"大跃进"亲历记》，上海远东出版社1996年版，第233页。
② 陈晋：《文人毛泽东》，上海人民出版社2005年版，第450页。
③ 徐迟：《〈一九五八年诗选〉序》，徐迟：《诗与生活》，北京出版社1959年版，第61页。
④ 参见谢保杰《1958年新民歌运动的历史描述》，刘守华、白庚胜：《中国民间文艺学年鉴2005》，华中师范大学出版社2007年版，第329页。
⑤ 彭放：《大跃进民歌与新诗道路》，全国当代诗歌讨论会编：《新诗的现状与展望》，广西人民出版社1981年版，第238页。

个诗的时代，将会使'风''骚'失色，'建安'低头；使'盛唐'诸公不能望其项背，'五四'光辉不能比美。"①

在这些数不清的"新民歌"中，以中宣部副部长、中央分管文艺工作的周扬和诗坛泰斗郭沫若共同编选的《红旗歌谣》影响最大。这个1959年由红旗杂志社出版的"官方钦定本"共选了300首歌，其中《党的颂歌》48首，《农业大跃进之歌》172首，《工业大跃进之歌》51首，《保卫祖国之歌》29首。编者的编辑理念是向中国古代文化典籍《诗经》看齐。《红旗歌谣》是新民歌运动取得的最高成就。1979年再版时有增删，共存256首，其中《党的颂歌》59首，《农业大跃进之歌》133首，《工业大跃进之歌》40首，《保卫祖国之歌》24首。《农业大跃进之歌》删得最多，适当增加了《党的颂歌》。正如"编者的话"所言：这部诗集是"大跃进形势下的产物"，是一个主流元文化的产物。

三 《红旗歌谣》的主要修辞风格与元文化之间的关系

《红旗歌谣》收录的新民歌，是新民歌运动期间不计其数的民歌的精选本，本文的讨论以1959年版本为依据。

《红旗歌谣》具有非常鲜明的时代思想特征和艺术特征。1959年，现代汉语研究班新民歌研究小组的研究认为，《红旗歌谣》的修辞手法有简练的概括力、比喻、比较、拟人、夸张、含蓄幽默、双关、排比。② 1961年出版的《新民歌的语言艺术》一书将新民歌的常用修辞手法概括为四种：夸张、比兴、重叠、白描。③ 前者可看作是逐一寻找诗集中使用过的手法，后者是精炼出的四种修辞特点的概括。以今天的眼光来看《红旗歌谣》，它在修辞上的特点更加突出，概括起来，其艺术特征有如下几点：

第一，表达直白，拒绝象征与隐喻。《红旗歌谣》并不拒绝使用比喻，但是比喻一般为明喻或暗喻，本体与喻体均需出现。例如，诗集中的第一

---

① 贺敬之：《关于民歌和"开一代诗风"》，王宗法、张器友编：《贺敬之专集》，江苏人民出版社1982年版，第7页。
② 北京师范大学学报编辑委员会：《科学论文选集》（社会科学第2卷），北京师范大学出版社1959年版，第27—34页。
③ 胡奇光等：《新民歌的语言艺术》，上海教育出版社1961年版，第22—45页。

首《毛主席象红太阳》的前两节：

> 毛主席象红太阳，
> 明明亮亮照四方。
>
> 春天有你百花香，
> 小麦青青油菜黄；

第二首《歌唱毛泽东》：

> 毛泽东，
> 毛泽东，
> 插秧的雨，
> 三伏的风，
> 不落的红太阳，
> 行船的顺帆风，
> 要想永世不受穷，
> 永远跟着毛泽东。

隐喻起头的诗也要变成明喻或暗喻来总结，第三首《山歌向着青天唱》第一节：

> 山歌向着青天唱，
> 东方升起红太阳。
> 太阳就是毛主席，
> 太阳就是共产党。

明喻与暗喻几乎充塞了整部《红旗歌谣》，歌颂不能含蓄，对象应该明确，不能让任何人对歌颂对象产生其他联想。一方面，简单化的修辞方式更容易培养单纯的情感倾向，明确的歌颂对象排除了其他阐释的可能。修辞风格的固定化是元文化一元化的鲜明体现。另一方面，之所以非用明喻或暗喻不可，是因为本体和喻体之间还没有足够丰富的文化积淀，整个社会还不能仅仅通过喻体来判断本体的内容，所以必须将本体呈现出来。例如，《农业大跃进之歌》中的第一首《合作化道路通天堂》：

　　胡麻麻开花一色色蓝，
　　合作化的好处说不完。

　　种地要种压青地，
　　合作化就是上天的梯。

"合作化"与"上天的梯"不是一个中国文化中固有的东西，用借喻、象征、隐喻等手法不可能将其说清楚。从中我们可以看出：一种元文化处于初创期的时候，文学作品的修辞手法的选用是很受限制的。当一种喻体可以被社群中的大多数人自然化地识别出本体的时候，明喻也就没有必要，该认识即进入隐喻期，再往后便进入象征期。反过来看也成立，如果我们从某时代的作品中只能看到明喻或暗喻，我们即可判断该时代正在努力建构一种新的元文化体系。又例如《小农经济象根草》：

　　小农经济象根草，
　　微风一吹它就倒。

　　小农经济象小船，
　　波浪一推它就翻。

　　小农经济象孤墙，
　　风吹雨打倒路旁。

　　小农经济象灯火，
　　一阵狂风就熄灭。

　　小农经济象小桥，

水大桥漂站不牢。

本诗一连用了五个明喻，反复说明的问题是小农经济靠不住，只有社会主义合作化道路才是可靠的。若农民大众都相信小农经济如此不可靠，哪里还需要用那么多的明喻来说明呢？所以它暗示出一个现实中的思想状况：当时许多农民都还没有建立起合作化生产的思想，需要用符号反复说明，反复比喻——农民的思维方式需要改造。从修辞中我们可以看到改造农民大众的迫切需要。

第二，大量使用夸张。夸张的表达在《红旗歌谣》中比比皆是，充分体现了"大跃进"时代的思维特点。夸张既使这种诗歌充满浮夸色彩，又使诗歌带上浪漫主义的特点，同时还使诗歌具有幽默乐观的特点。例如四川仁寿的《铺天盖地不透风》：

玉米稻子密又浓，
铺天盖地不透风，
就是卫星掉下来，
也要弹回半空中。

又如四川仁寿的《稻田开在云中间》：

哪怕山高高过天，
稻田开在云中间；
红旗插在梯田上，
把天映红大半边。

安徽庐江的《端起巢湖当水瓢》：

大红旗下逞英豪，
端起巢湖当水瓢。
不怕老天不下雨，
哪方干旱哪方浇。

为什么《红旗歌谣》中有如此多不切合实际的夸张呢？主要是由于其创作思想基础是证明当时的政策方针的正确性。只要有了正确的政策方针的指引，人们就没有做不到的事，只有想不到的事，因此，元文化担心的不是实际做不做得到，而是担心敢不敢想。所谓"人有多大胆，地有多大产"，"没有做不到，只有想不到"，想象力才是元文化工作的重点。从《红旗歌谣》所选的民歌来看，夸张的着力点主要选取在如下几个方面：

一是将粮食产量进行夸张。例如云南的《白云擦着谷堆尖》：

蓝天底下白云飞，
飞来飞去擦着天，
社员笑着抬头望，
白云擦着谷堆尖。

二是对人民的力量进行夸张。比如河北兴隆的《燕山歌》：

燕山峰，穿九霄，
燕山水，波浪高，
搬来燕山当大坝，
手提燕水挂山腰。

也有将二者结合在一起的。如安徽枞阳的《社员堆稻上了天》：

稻堆堆得圆又圆，
社员堆稻上了天，
撕片白云揩揩汗，
凑上太阳吸袋烟。

那么，为什么元文化会选择想象力作为其工作的重点呢？我们知道，所有的元文化，其本质是社群成员看待世界的思维方式，有怎样的世界观，世界在他们眼中就会成为什么样子。从对粮食产量和人民力量这两方面的夸张来看，我们可以发现本期元文化的两个希望：一是迫切需要大力发展生产力，二是迫切需要广大劳动人民的支持。发展生产力是当时国家面临的最重大的问题，也是树立新政权威信的根本保障；人民的支持是政权稳定的基础，也让人民拥有主人翁意识，从而兑现赋予人民的基本权力。劳动人民依旧是劳动人民，他们在社会上的基本存在方式就是劳动，那么为何还要大力赞美、夸张人民一直以来都在进行的工作呢？这是因为：以前劳动，是为地主劳动，现在劳动，是为作为国家主人的自己今后的幸福而劳动。因此这是两种不同性质的劳动，以前的劳动是不幸的根源，现在的劳动是幸福的保障。所以我们不仅要爱劳动，更要爱这来之不易的改变。劳动人民只有在建立了这个基本的认同感之后，才可能将劳动的力量进行无限的夸张。反过来说也一样，正是因为人民对以前一直从事的工作进行了夸张化的赞美，才可以证明他们对新社会有高度的认同感和信心。这种认同感与民族认同感掺和在一起，体现了元文化需要建立一个高度团结的人民同盟军的诉求。例如，《工业大跃进之歌》的第一首《万人齐唱东方红》：

> 今年"五一"大不同，
> 捷报频传喜事重，
> 乘风破浪赶英国，
> 万人齐唱东方红。

第二首《红钢好似火龙翻》：

> 红钢好似火龙翻，
> 围着圆盘两边窜。
> 银盔金甲如闪电，
> 超过英国老约翰。

本来想说人民力量大，生产力极度提高，却硬要把英国拉进来，就是为了要增强民族情感。这里的民族情感是在与世界上最强大的工业国的对比之中被认同的，而且需要把工业强国加以讥讽嘲笑。同样，在1959年编的《新民歌三百首》中有一首《美国卫星象雀蛋》①，就是这样的典型例子：

> 美国卫星上了天，
> 麻雀乌鸦紧追赶，
> 乌鸦要抢回窝里孵小鸟，
> 麻雀说是它的蛋。

综上所述，夸张的修辞手法，透露出元文化的需要：需要人民团结一致，需要政权得到人民的认同，需要增强民族自信心与自豪感，也需要人民对未来的幸福生活充满信心与乐观主义情感。因为新民歌可能大部分来自民间，所以我们也可以看到人民的思维方式与思想观念确实在新民歌这种体裁的规范之下逐渐走向了同一。

第三，农民式的幽默。《红旗歌谣》不乏农民式的幽默，表现出一种农民式的审美趣味。农民式的幽默是一个比喻的说法，至今无人给予其一个准确的定义，但多数评论者都认为，赵树理式的幽默就是农民式的幽默。简单说来，农民式的幽默是指缺乏哲学智慧的幽默，一般寓意较为简单，带有奚落与嘲讽的口吻，以突出幽默者的小聪明为特色，还常常带有比较生活化和泥土气息的词汇。上文提到的《美国卫星象雀蛋》的幽默建立在对美国卫星嘲弄的基础之上，寓意简单明了。又如来自陕西的民歌《一挖挖到水晶殿》：

> 铁锨头，二斤半，
> 一挖挖到水晶殿。
> 龙王见了直打颤，
> 就作揖，就许愿：
> "缴水，缴水，我照办。"

这首诗的幽默建立在对龙王的奚落嘲笑的基础之上，突出显示了幽默

---

① 诗刊社：《新民歌三百首》，中国青年出版社1959年版，第316页。

者的小智慧，意思简单明了，语言充满乡土气息。又如下面这首《歌成海洋诗成山》：

　　　　跃进歌声飞满天，
　　　　歌成海洋诗成山。
　　　　太白斗酒诗百篇，
　　　　农民只需半杆烟。

　　本诗同时具有比喻、夸张、幽默的特点，"半杆烟"是有泥土气息的词汇，显示出其"土"气，李白的才华被蔑视、嘲弄，为的是突出农民的聪明才智，寓意简单，是典型的农民式幽默。为什么农民式幽默被如此重视呢？可能是因为农民式的幽默可以起到如下几方面的作用：其一，可以证明新民歌是真正的农民之歌，来自民间，为农民之心声，具有更强的教育作用；其二，农民式的幽默更容易唤起农民的亲切感，从而可以更好地实现说服目的；其三，这种幽默简单明白，因而更易被农民理解。与农民式的幽默作用相似的是民歌体裁。

　　第四，大量借用民歌体裁。民歌体裁可以证明诗歌来自民间，既然来自民间，自然是发自人民心底的声音，这种体裁本身就具有极强的说服力，它说明元文化所具有的世界观已经同化为人民的世界观，人民的需要与元文化的需要已经高度合一。新民歌所用的民歌体裁，主要有如下几种：打油诗、山歌、信天游、花儿、童谣、民谣。事实上，新民歌并没有照搬民歌的格式，而是化用、借鉴了民歌的形式，主要目标是做到顺口、有韵、易记、能唱。但这些要求也不是绝对的，最基本的要求是要有民歌的风格和韵味，至于是不是严格的民歌体已经不重要了，毕竟这是"新民歌"，而不是民歌。只有少数诗歌仍然标注了属于某种民歌体裁。如陕西民歌《南来大雁北去风》就标明体裁为"信天游"：

　　　　南来的大雁北去的风，
　　　　信天游捎给毛主席听。

　　　　山丹丹开花满山坡，

咱陕北变成金银窝。

修起水渠打起埝,
一群群牛羊满山窜。

跃进歌声飞满山,
人力定要战胜天。

信天游,不断头,
如今生活不发愁。

宝塔山高延水长,
共产党是我们亲爹娘。

还有《毛主席来到我家》《好姑姑》标明是"儿歌"。大多数新民歌并无特别的体裁标注,只是在某种程度上借用了民歌的体裁或风格。例如,四川民歌《三过黄泥坡》借用的是"山歌体":

前天路过黄泥坡,
黄泥坡上草成窝。
草窝窝里跑野兔,
黄泥坡上多寂寞。

昨天路过黄泥坡,
黄泥坡上人马多。
千军万马齐开荒,
梯田块块遍山坡。

今天路过黄泥坡,
坡上姑娘唱山歌。
合作社里力量大,

荒坡要变米粮坡。

回族的《擎天的柱毛泽东》，有的选集中有标注，但在《红旗歌谣》中没有标注其体裁是"花儿"：

太阳一出满天下红，
顶天的松，
一年四季常青。
擎天的柱毛泽东，
灯塔的灯，
万寿无疆日月长明。

还有许多可以辨认的，例如《百草万物也心欢》是快板，很多新民歌是"打油诗"或"顺口溜"，用的是古诗的体裁，其实是诗意浅白的打油诗。四川威远的《夜里有太阳》：

山歌遍地唱，
火龙爬上岗。
姑娘高声笑：
"这里有太阳。"

打油诗传统使新民歌显出其"土"气，而元文化的期望也是如此，越土越好，最好是"土得掉渣"。如山西黎城的《找替工》：

社员跟太阳比赛跑，
累得太阳把替工找。
月亮露面心里跳：
"啊，我替不了来替不了！"

所以，用不用民歌体并不是新民歌所要求的，"土"还是"洋"，才是新民歌所关注的。有了民歌味，显得"土"，就符合要求了。

蔡其矫是当时很有艺术个性的诗人。但是他的诗歌在当时经常受到批判。蔡其矫在农村生活了一段时间之后，也开始写起民歌来。1958年4月，他在《人民文学》上发表了《水利建设山歌十首》，其中一首《为啥唱山歌》中写道："改了洋腔用土调，改了新诗唱山歌，唱起山歌长干劲，一人歌唱大家和。"蔡其矫看到了"土调"才是符合时代潮流的创作方法。

李季在新中国成立后的一段时间里放弃了民歌形式，写起了五四时期的新诗。后来他反省自己道："过去我写的《王贵与李香香》，在不识字的人中间都很流传，这几年写的却有人看不懂。后来我检查了一下，感到的确太洋气了，自己下决心要改，要恢复我原来的风格。"[①] 李季在新民歌运动之前就已经意识到，只有回到"土"的传统，才算是不忘本。

新民歌对"土气"的要求非常清楚地显示了本时代元文化的特征，文化、文学的农民化、民间化是正确的，而知识分子化、世界化是错误的。这就显示出本时期拒绝国际化思想、倾向关门保守，拒绝知识分子式的思想独立，倾向培养简单劳工的需求。这个时期需要更多朴素、乐观、勤劳、简单的劳动者。

四 《红旗歌谣》歌颂主题与元文化的关系

《红旗歌谣》分为四个部分，这四个部分分别代表了该时期元文化认为最重要的依靠力量，需要培养全国人民对这四种力量的美好情感。这四种力量按其重要性顺序依次为：党、农、工、兵。

党的颂歌都是突出党和领袖的伟大、正确，是人民的依靠，着重点在于培养人民对党和领袖的感恩之情。这部分内容的主要目的是巩固党和伟大领袖的权威地位，让人民以真诚的感情热爱党热爱领袖。如广东丰顺的《海水磨墨写不赢》：

毛主席来恩情深，
万首山歌唱不尽。

---

① 李季：《要为更广大的人民群众所接受》，《李季文集》第4卷，上海文艺出版社1986年版，第547页。

树林当笔天当纸，
海水磨墨写不赢。

　　这首新民歌将党与领袖的地位摆在第一位，说明此时有树立党和领袖的绝对领导地位的需要。除了歌颂毛泽东和共产党的民歌之外，党的颂歌还包括歌颂合作化的、歌颂"四十条"的、歌颂总路线的、歌颂人民公社的，它们的程式基本一致。有一位叫谢宝杰的评论者认为："真诚的盲从，盲从的真诚，这就是当时中国人民与中国诗歌共同面临的尴尬境遇。"[①] 如果《红旗歌谣》的诗歌真正是劳动人民的作品，我们就可以从中看到元文化的工作成效。

　　在四个部分中，《农业大跃进之歌》是数量最多的，这样的现象一是体现了农民数量众多的现实；二是体现了当时以农业为本的国民经济路线。《农业大跃进之歌》的主题很多，包括歌颂合作化、人民公社、集体的力量、热爱劳动、人定胜天、知青下乡、丰收和高产、通电、农民学文化、讲卫生除四害、"大跃进"，表现今夕对比等。其中的内容基本囊括了当时党在农村中的主要政策。本部分并非仅仅是对"大跃进"的歌颂，而是对党的政策的正确性的肯定。

　　《工业大跃进之歌》的内容虽不如《农业大跃进之歌》丰富，数量少，但主题相对集中。基本主题包括对处于各条工业战线上的工作者的劳动热情的歌颂，例如炼钢工人、采矿工人、机械工人、筑路工人、石油工人、运输工人等，内容主要集中在对高效率生产的期待、三反五反大字报、领导参加劳动、工人的自豪感等上。这一部分缺乏《农业大跃进之歌》中的幽默，更多一些豪迈之气。例如山东青岛的《收徒弟》：

做了一辈子工
想都没敢想
收了个徒弟是厂长

[①] 谢宝杰：《在政治的屋檐下——〈红旗歌谣〉之意识形态分析》，《汕头大学学报》（人文社会科学版）2010 年第 3 期。

工人阶级的自豪感、光荣感其实很单纯，领导深入基层，与工人一起劳动，既表扬了党的群众路线，又让工人阶级感到亲切和满足。

《保卫祖国之歌》数量只有29首，涵盖海、陆、空军，兵种包括水兵、步兵、炮兵、航空兵、雷达兵、骑兵、工程兵等。《保卫祖国之歌》的主题是表现士兵的忠诚、勇敢、坚强、乐观、团结、勤劳等品质，同时也体现了士兵对总路线的支持、对党的其他政策的拥护等。第一首军队民歌《战士的心》大约最能体现本部分的基本期待：

歌好听，
诗有情，
战士的心呵，
最忠诚。

我们再反过头来看整部《红旗歌谣》，就可以发现这样一个统一的主题——正如这首诗所宣传的——要求各条战线上的人对党和国家忠诚，这才是在《红旗歌谣》中没有明确说出来的要求。没有明确说明，是因为元文化是元语言，只有在对诗歌进行评价的时候才会起作用，不符合这条标准的诗，根本就不可能入选《红旗歌谣》。入选标准，就是元文化在控制。这些诗如此步调统一，意味着当时全国人民的思想空前统一，社会可能有的多元文化最终趋向一元。正如《红旗歌谣》"编者的话"所言："这些民歌正是表达了我国劳动人民要与天公比高，要向地球开战的壮志雄心。他们唾弃一切妨碍他们前进的旧传统、旧习惯。诗歌和劳动在社会主义、共产主义新思想的基础上重新结合起来，正是在这个意义上，新民歌可以说是群众共产主义文艺的萌芽。"仔细考察这段文字，我们可以发现元文化的几个要求：赋予劳动人民强大的力量，与天公比高，是战胜自然；向地球开战，是民族认同感；唾弃旧传统、旧习惯，是否定旧历史；诗歌和劳动整合，是要赋予劳动至高无上的地位，发展生产力，是社会主义初级阶段的工作中心；强调社会主义、共产主义理想，是给予人民以希望和力量。此期元文化的指向，通过这段文字鲜明地呈现出来。

五 《红旗歌谣》的劳动与爱情

因为发展生产力是当时元文化中的重点，所以劳动就被赋予了不可取代的崇高地位，《农业大跃进之歌》和《工业大跃进之歌》中的多数民歌都与生产劳动相关。《红旗歌谣》中的劳动很有特点，高强度劳动非但不会给人带来任何辛苦的感受，反而成为幸福的直接来源，爱情也没有了浪漫与神圣，而是以劳动的数量与质量加以配给。劳动被美化，爱情被现实化，是《红旗歌谣》中劳动与爱情的基本特点。

农业劳动给人的第一印象是累和脏。累是从两个维度展开的：一是劳动时间长，二是劳动强度大。《红旗歌谣》给人的感受是劳动时间越长越符合规范，劳动强度越大越符合规范，越不怕脏越符合规范。

表现高强度劳动给人带来快乐的，例如宿县的《扁担是我的好伙伴》：

> 扁担是我的好伙伴，
> 一天到晚担在肩，
> 走起路来鸟展翅，
> 飞过大河和高山。
> ……
> "加油干呀加油干，
> 红旗永远插沟沿，
> 今天排土挖长沟，
> 明天挑粮堆成山！"

之所以再大的劳动强度也不怕，是因为他们认为生活在一个新时代，这个时代给人鼓干劲，给予人劳动的权力，而旧时代是"蒋匪统治天阴暗，担着儿女去讨饭"，现在兴修水利，是为自己的幸福生活而劳动。

表现劳动时间长的诗歌更多。例如《帽子落在脚后跟》中的描写："要问原因莫奇怪，社员修堤夜点灯。石硪打得震天响，吓得星星闭眼睛。"又如《仰头看，满天星》：

仰头看，满天星，
地上看，万盏灯，
水里看，星星动，
堤上看，是长城。

挑灯夜战，早出晚归，是"大跃进"时期的现实景象，而且这一现象已经内化为人民的真实追求。前文列举过的《向太阳挑战》《找替工》都是这种豪情的写照，《春景》"鸡啼出工日未醒，黄昏车水一池星"则是生活的常态，劳动挤占亲人团聚的时间，甚至挤占正常人伦之乐的时间也是常事。例如安徽肥西的《想娘》：

久不见娘心想娘，
回家见娘也平常。
睡到半夜心又急，
明日社里要挑塘。

湖南《新嫂嫂》（节选）讲刚结婚的夫妻第二天即下地劳动：

第二天，大清早，
她和哥哥把地刨。
乐得妈妈咧嘴笑，
夸我哥哥娶了好嫂嫂。

不但年轻人爱劳动是最高品质，而且对于老年人而言，也是如此。如辽宁的《老汉今年七十九》：

老汉今年七十九，
钢打的膀子铁打的手。
鼓足干劲加上油，
力量赛过火车头。

歌颂老年人劳动的民歌还有《老头对老头》《我和爷爷数第一》等。男、女、老、幼全部包含，是否爱劳动成为评价一个人好坏的最基本的标准，湖北民歌《人人说她脏》是典型代表：

>   头发梳得光，
>   脸上搽得香，
>   只因不生产，
>   人人说她脏。

脏的标准被彻底改写。打扮得漂亮因不生产而被称为"脏"，但是几乎所有的粪尿都因与劳动有关而被视为"洁"和"美"。例如河北的《一车粪肥一车歌》：

>   东方白，月儿落，
>   车轮滚动地哆嗦。
>   长鞭甩碎空中雾，
>   一车粪肥一车歌。

又如浙江民歌《小篷船》：

>   小篷船，装粪来，
>   惊飞水鸟一大片。
>   摇碎满河星，
>   摇出满卤烟。

如果姑娘挑粪尿，也就美了。如山东民歌《歌声唤醒红太阳》：

>   小姑娘，辫子长，
>   穿着一身花衣裳。
>   每天早起挑尿肥，
>   歌声唤醒红太阳。

大学生拉粪,受到鼓励。如陕西民歌《大学生拉粪》:

> 树枝上喜鹊叫喳喳,
> 前埝上人儿笑哈哈,
> 我当是谁家迎新人,
> 原来是女学生把粪拉。

屎尿入诗,本为不雅,但是在新民歌中屎尿代表的是生产力,因此既不脏又不丑,粪尿都变成了审美的对象,人物也因对粪尿的亲近而变美了。爱粪尿就是爱劳动的体现,爱劳动是爱情的基础与条件。在《红旗歌谣》中,爱情的条件是劳动的能力和对劳动的态度。女孩子因能劳动而增加了魅力,对他们的审美标准是"唯劳动化"。如江西的《我愿变只多情鸟》:

> 辫儿跳动脸绯红,
> 百斤担子快如风。
> 我愿变只多情鸟,
> 随风飞到妹家中。

男人是否有劳动能力是姑娘选郎的唯一条件,如拉祜族的《口弦吹得再响也无用》:

> 尽管你把口弦吹得再响,
> 姑娘的心呵,一点不变样;
> 生产大跃进中你得了第一,
> 我的荷包自然能送上。

生产是否达到需要是结婚的基本条件,如甘肃的对唱民歌《引水上山再结婚》。山东民歌《问姑娘》也是代表:

大树底下问姑娘，
为啥还不配情郎？
姑娘脸上红霞染，
笑语过后把话讲：
"封不好山不出嫁，
治不服水不出庄！
青山绿水当花轿，
满山花果当嫁妆。"

结婚还是不结婚，是否有劳动成果是基本条件。劳动成果是最重要的，人与人的关系简单成最简单的劳动关系，自然也就省出许多时间，可以更好地劳动。如江苏海门的《锄麦草》：

喜鹊高叫尾巴翘，
全社社员锄麦草。
我俩锄在最前头，
情哥连连把我瞧；
低低叫声好哥哥，
谢谢你呀不要瞧；
莫为瞧我失了手，
漏了杂草伤了苗。

再如上海北郊的《妹把红旗当嫁妆》：

春耕播种比蜂忙，
哪有闲空把镇上，
哥成模范要入党，
妹把红旗当嫁妆。

爱情的标准、爱情的条件、爱情的过程、爱情的结果、爱情的快乐全都在劳动之中，标准统一，人也因此在唯一尚可能保持个人好恶的领域失去了个人性，所有人的价值标准、善恶标准、审美标准一致。爱情同一化正是元文化对社会整体关系简单化、同一化意图的清晰显现。谢宝杰认为，在新民歌中，"我们从中既难以见到爱，也难以见到情"，正是因为情与爱都被生产劳动之情所取代，男女私情被对社会的公共情感挤占了。

　　元文化并不是不能关心私人情感，元文化本身可以是丰富而多元的。但是在特殊的历史阶段，政治元文化如果不能收敛自身，而去挤占其他领域的元文化空间，那么多元文化一定会被一元文化所取代。这样，我们就能够理解为什么劳动会侵入爱情的空间：劳动是创造利益的社会活动，劳动类型与劳动成果分配也是区分阶级的基础，所以劳动就是元文化的基础，对劳动的情感就是对元文化的情感。既然元文化无孔不入地制约着文化形态，同时也制约着爱情的方式与观念，因而爱情也就必然以劳动为基础。《红旗歌谣》只不过将元文化的利益性与阶级性转化为更朴素、更容易理解、更为隐蔽的劳动实践而已。

　　元文化是文化的元语言，一切文化最终都必须在元文化的领域之中得到评价、制约与指导。只有从文本中分析出控制文化与文学形态的元文化之手，我们才能理解"一时代有一时代之文学"的真正内涵，也才能理解为什么我们现在以此种方式，而不是以另外的方式思考。

延伸阅读

　　1. 谢宝杰：《在政治的屋檐下——〈红旗歌谣〉之意识形态分析》，《汕头大学学报》（人文社会科学版）2010年第3期。该文从领袖神话、劳动神话、爱情神话三个方面分析了《红旗歌谣》与政治之间的互动关系，揭示了该时期的意识形态性质、时代情绪与中国人的精神。

　　2. 赵毅衡：《重读〈红旗歌谣〉：试看"全民合一"文化》，赵毅衡：《言不尽意：文学的形式—文化论》，南京大学出版社2009年版。该文主要从口头文学与书面文学的区别入手展开论辩，讨论的是中国文化史上的重要问题：雅俗关系的死结。该文旁征博引，从俗文学的发展史展开，讨论至《红旗歌谣》时，作者认为，《红旗歌谣》其实是一种假口头文学，是一种伪造的"大众化"表述方式，是一种"貌视天真无邪地强借大众名义的作伪手段"。以《红旗歌谣》为代表的新民歌是一种为特定政治—文化目的而制造的俗文学，一方面扫除了口头文学，另一方面整肃了上层文学，破坏了中国传统文化中一直存在的，也是中国文化立足之基础的上层/下层—书面/口头文学之对立。该文非常具有论辩性与说服力，从中我们可以找到新的元文化在破坏传统文化与传统元文化方面的强大力量与隐蔽策略。

3. 薛祖清、席扬：《"符号"与"歧义"——〈红旗歌谣〉"情诗"解读》，《文艺评论》2005年第5期。该文从当时的爱情与政治的关系、爱情诗的独特体式两个方面展开分析，认为《红旗歌谣》中"爱情表达"的超越性，并非因为"爱情"的永恒性所致，恰恰在于爱情在表达上对时代政治的假借与改造，这些爱情诗表现了时代民众心灵历史的某些真实。

思考题

1. 你还能从《红旗歌谣》中的哪些地方看出元文化影响的痕迹？

2.《红旗歌谣》中描写的爱情到底是真情还是假情？是政治假借了爱情还是爱情假借了政治？

3. 请自选一首诗歌，用元文化分析方法对其进行分析。

第十讲

《回答》中的中外诗歌因子

《回答》是北岛诗歌的处女作。诗歌原题为《告诉你吧，世界》："卑鄙是卑鄙者的护心镜/高尚是高尚人的墓志铭/在这疯狂疯狂的世界里/这就是圣经//冰川纪过去了/为什么到处都是冰凌/好望角已经发现/为什么死海里千帆相竞//哼，告诉你吧，世界/我——不——相——信！//也许你脚下有一千个挑战者/那就把我算作第一千零一名！//我不相信天是蓝的/我不相信雷的回声/我不相信梦是假的/我不相信影子无形//我憎恶卑鄙，也不稀罕高尚/疯狂既然不容沉静/我会说：我不想杀人/请记住：但我有刀柄"。1976年4月发生"天安门事件"，诗人在内心的哀恸和义愤中，修改了此诗，即为我们后来见到的《回答》定稿。这首诗于1979年《诗刊》3月号刊发，即以它振聋发聩之势撞击开了沉闷萧条的主流诗歌世界，成为新时期"朦胧诗"的重要代表作。但《回答》毕竟诞生于特定的政治文化年代，其诗歌内部亦不可避免地打上了时代的烙印。

一 "伤痕化"的政治书写

诗歌伊始，北岛就在诗歌内部构筑起了典型的二元对立世界——旧世界与新世界，黑白颠倒的世界与新大陆。而诗人的价值情感判断也随之形成憎与爱、诅咒与希冀的分野。

诗歌第一节正是对非正常历史时期的集中描写。

　　卑鄙是卑鄙者的通行证，

高尚是高尚者的墓志铭。

格言警句式的诗句是高度抽象的概括。"卑鄙"与"高尚"将社会分为道德的两极,而这两极却悖谬式地分别与"通行证""墓志铭"组合,揭示出颠倒世界的荒谬与不公。在同一诗句中相同词语的反复出现,不但未造成语词单调之感,反倒在重复修辞的使用中进一步加强了"卑鄙"与"高尚"二词的情感浓度,似接踵而至的两记重拳打在读者内心。接下来两句,"看吧,在那镀金的天空中,/飘满了死者弯曲的倒影"则以印象派似的画面从感性角度再次呈现了非正常社会末世般的死亡图景。无尽的天空涂以金色,似有天堂般的神圣与庄严,然而一"镀"字,顿时让这金色透着虚幻与绝望的基调。"弯曲"这一富有张力感的躯体姿势与"死者"相连,则在"死者"沉默的身体里嵌入了悲壮与愤怒、冤屈与抗争的情感。

诗歌第二节以两组疑问句的排比句式向新的历史时期发出呼告,同时也是对旧世界的弃绝。

冰川纪过去了,
为什么到处都是冰凌?
好望角发现了,
为什么死海里千帆相竞?

"冰川纪""冰凌""死海"都是旧世界的象征,"好望角"则是新世界的象征。连续两个"为什么"的发问,抒发了主体对旧世界的厌弃。紧接着四个否定句"我不相信天是蓝的/我不相信雷的回声/我不相信梦是假的/我不相信死无报应",则强烈表达出诗人对旧世界的怀疑与否定,以及"重估一切价值"之后确立新价值坐标的渴望。而诗人对新世界的呼唤更集中体现在诗歌的最后一节。"新的转机""闪闪的星斗""没有遮拦的天空""未来"这些词语在诗歌结尾集中出现,营造出光明新世界的图景。"没有遮拦的天空"替代了"镀金的天空","闪闪的星斗"驱走了"死者弯曲的倒影",这都预示着新世界、新未来、新的民族正在从历史的废墟里升起。

第十讲 《回答》中的中外诗歌因子 / 147

《回答》创作于20世纪70年代中后期，诗歌中的政治意识形态色彩是显而易见的，旧世界、非正常的社会都指向癫狂的十年"文化大革命"，对历史的清算与对正常的"人的世界"的渴望成为诗歌内在厚实的情感基础。将《回答》放置于历史语境之中，我们也不难发现诗歌与当时国内文学的精神联系。可以说《回答》前承"天安门诗歌运动"，而后与"伤痕文学"有着相似的精神结构模式。如果暂且将"文化大革命"时期甚至"文化大革命"前的地下诗歌搁置一旁不论，那么"文化大革命"时期较大规模对历史进行清算与批判的文学运动当是"天安门诗歌运动"。这场诗歌运动于现代新诗而言虽无诗艺上的推动，然而其对社会历史的政治性判断则在思想上震动了更多的普通大众，清浊、忠奸、贤良与宵小等二元对立式的政治道德划分，重置了混沌颠倒的社会价值坐标。这场运动最大的贡献即在于从道德心理上扭转并抚慰了广大群众因价值颠倒而产生的迷茫与荒诞感。

稍后于《回答》，"伤痕小说"成为新时期文学之发端，掀起了对历史的大规模清算。"人道主义大讨论"后社会思潮形成了"非人世界"与"人的世界"的观念对立。这样的对立同时与具体历史时期如"文化大革命"相关联，因此，在历史时间轴上自然划分出了旧与新、恶与善、丑与美的界限。历史在这种逻辑结构中变得泾渭分明，二元对立的思维模式也因此得到强化并被情感合理化。与此同时，身体与精神在荒诞历史中留下的累累伤痕成为"新时期"重新出发前首先需要抚平的创伤。这样在民众淤积过长而急需泄洪的情感需求下，文学表达不由自主地走向泛滥的情感化和自恋化。而二元对立的结构模式因为没有情感判断上的犹豫、没有价值身份感的模糊，因此也就成了宣泄情感最直接与便利的方式。

作为一首有着明显政治抒情诗特征的诗歌，《回答》从人道主义思想出发，对政治道德的判断显然也采用了类似的二元对立模式，且以社会进化论的时间观念，赋予新的历史时期价值上的优越性。《回答》在其结构模式、价值判断上都与"伤痕文学"有着极大的相似性，因此本文谓其为"伤痕化"的政治书写。这样的二元分野在特定政治环境下具有情感上的合理性，却在形而上的哲理思考层面有所欠缺。这一点在北岛稍后的诗歌中很快得到了矫正，如诗歌《履历》。

二 英雄浪漫主义的抒情方式

如果说20世纪五六十年代郭小川、贺敬之的政治抒情诗是"红色颂歌",那么北岛的《回答》则是将"歌颂"转为"情感式的批判"。虽然在情感判断上出现了截然相反的走向,但在情感表达方式上仍有相似性。首先是意象的选择。"红日""天空""大海""黄河""田野"等是经常出现于贺敬之、郭小川诗歌中的意象,这些意象与诗人"革命战士"型抒情主体的定位密切相关。抒情主体正是借助这些"庞大"的意象营造气势磅礴的诗歌世界,抒发豪情万丈的革命激情。同样作为政治抒情诗,《回答》的"意象"在体积、视觉效果、心理感受等方面仍有趋向于"大"的特点。譬如诗歌中出现的"天空""冰川纪""死海""海洋""陆地""人类"等意象。北岛借天空、海洋、陆地、人类这些构建世界的几大元素建构起了一个阔大的诗歌世界。其次是英雄浪漫主义的抒情方式。郭小川、贺敬之的政治抒情诗因为在诗歌中消亡了个体"自我",抒情主体以阶级代言人的身份发出对时代与社会的歌颂。这样的抒情主人公因为获得了政治上的合法性而具有道德上的优越感,其"情"自然充满了积极乐观的革命浪漫主义内涵。而《回答》与此不同,诗歌中的抒情主体"我"从阶级、社会中割裂出来,不再是阶级的代言人,相反,"我"以觉醒之个体出现在了体积庞大的"旧世界"面前,发出"我"注定"被审判"的声音。这样的抒情主体必然打上了浓浓的悲壮色彩。

> 如果海洋注定要决堤,
> 就让所有的苦水都注入我心中,
> 如果陆地注定要上升,
> 就让人类重新选择生存的峰顶。

诗人运用两个排比的假设句式"如果……就"道出"我"义无反顾的献祭心理和救世主式的英雄主义情结。虽然从情感内容而言,《回答》与五六十年代贺敬之、郭小川政治抒情诗所释放的情感是相悖的,但在方式上却是相似的。

三　北岛诗歌中的外来文学因子

北岛在创作诗歌《回答》之前，其实已经开始小说《波动》的写作。《波动》是"文化大革命"时期具有启蒙精神的地下小说代表之一。作品中浓烈而明显的存在主义色彩在当时已极具先锋性，那么何以稍后的诗歌《回答》却呈现出相对传统的诗歌面貌，除了新中国成立以来自身的诗歌传统影响外，北岛还受到了怎样的外来诗歌的启发？

实际上，考察北岛创作《回答》之前的文学阅读与接受史，我们会发现来自苏联的两位诗人给予了北岛极大的影响。

北岛在"文化大革命"期间就曾和"白洋淀诗歌群落"有过交往与交流，并与其中"三剑客"之一的芒克一起创办了民间刊物《今天》。"白洋淀诗歌群落"成员之一宋海泉是这样回忆当时的赵振开的："当时（笔者注：1972年底1973年初）正是大家思想激烈转变的时期，大家比较推崇思想力度更强的作品，振开的作品以其清新秀丽而别开生面。……振开早期比较喜欢叶甫图申科的作品，他曾向我背诵过叶的诗作《〈娘子谷〉及其他》的片段。叶是苏联20世纪60年代最有才华的青年诗人，他的创作涉及极广，最有影响的是他的政治抒情诗。这一点可能也深深地影响了振开，在《今天》上发表的《回答》、《一切》、《宣告》等就其内容而言是对非人道的政治的抗议，是争取人的基本生存权利的呐喊。"[①]

北岛背诵的叶甫图申科的《〈娘子谷〉及其他》应出自1963年作家出版社出版的《〈娘子谷〉及其他——苏联青年诗人诗选》。该书共选了叶甫图申科、沃兹涅先斯基、阿赫玛杜林娜三位诗人的诗作。他们当时被通称为"苏共二十大、二十二大的诗人"[②]。

在《〈娘子谷〉及其他》中，叶甫图申科的诗歌可分为两类：一是对斯大林主义及其恶果的批评；二是对国际政治的关注并由此表达其国际主义

[①] 宋海泉：《白洋淀琐忆》，廖亦武主编：《沉沦的圣殿——中国20世纪70年代地下诗歌遗照》，新疆青少年出版社1999年版，第262页。
[②] 叶甫图申科等著：《〈娘子谷〉及其他——苏联青年诗人诗选》，苏杭等译，作家出版社1963年版，第106页。

精神和人道主义精神。第一类诗歌中的代表性作品如《斯大林的继承者》《恐怖》等，直指斯大林主义，并揭示其给人民思想带来的伤害与禁锢。第二类诗歌则有《娘子谷》《古巴和美国》等作品。

在著名的《娘子谷》一诗中，叶甫图申科写道：

> 这时我觉得——/我是犹大，/我徘徊在古老的埃及。/我也被钉死在十字架上，/如今身上还有钉子的痕迹。/我觉得——/我是德莱福斯。/市侩/是我的法官和告密者。/我关在铁窗。/我陷身缧绁。/我被迫害，/受屈辱，/遭到污蔑。/而穿绸边围裙的贵妇人，/高声尖叫，拿阳伞把我指指。……①

诗人将自己比作犹大，比作被诬告的法国犹太军官德莱福斯，比作波兰东北部城市别洛斯托克的小孩——他们因其犹太人的身份而被污蔑和杀戮。诗人慷慨地在诗歌结尾处写道：

> 我，/是被枪杀在这里的每一个老人，/我，/是被枪杀在这里的每一个婴孩。/我无论如何，/不能把这事忘怀！……/我的血液里没有犹太血液，/但我深深憎恨，/一切反犹分子，/像犹太人一样。/因此，/我是一个真正的俄罗斯人！②

诗人在抨击历史上反犹主义的同时，也大胆地将目光聚焦到诗人身处的国度，并对俄罗斯的反犹运动给予批评。

> "多么卑鄙啊！/反犹分子不感觉脸红，/冠冕堂皇管自己叫/'俄罗斯人民同盟'！"因此诗人呼吁："我要爱。/我不需要词句。/……/我们看不见树叶，/望不见蓝天。/但我们可以不断/彼此亲热地拥抱/在这阴暗的屋里。/……"③

---

① 叶甫图申科等著：《〈娘子谷〉及其他——苏联青年诗人诗选》，苏杭等译，作家出版社1963年版，第22—23页。
② 同上书，第26—27页。
③ 同上书，第24页。

当我们翻开北岛早期的诗歌，不难看出"政治抒情诗"这一诗歌类型是其运用得最多的。对现实社会的不满，尤其是对十年"文化大革命"的质疑与反思，其锋芒和勇气丝毫不亚于叶甫图申科。譬如其名篇《回答》中的开篇两句——"卑鄙是卑鄙者的通行证，/高尚是高尚者的墓志铭"，正是对黑白颠倒、文明倒置的"文化大革命"社会现实的高度概括。而诗歌最后却又重新燃起希望："新的转机和闪闪的星斗，/正在缀满没有遮拦的天空，/那是五千年的象形文字，/那是未来人们凝视的眼睛。"[①]

这种爱恨交织的情感状态正如叶甫图申科在《娘子谷》里坚定地说的"我是一个真正的俄罗斯人"一样，理性，深沉而宽广。而在《结局或开始》里，我们甚至可以看到北岛对叶甫图申科诗句的某种直接借用。叶甫图申科的《娘子谷》里曾有这样的诗句："我，/是被枪杀在这里的每一个老人，/我，/是被枪杀在这里的每一个婴孩。"[②] 而在《结局或开始》的开篇中，北岛写道："我，站在这里/代替另一个被杀害的人。"在结尾，诗人再次重复道："我，站在这里/代替另一个被杀害的人/没有别的选择/在我倒下的地方/将会有另一个人站起。"而《结局或开始》中的那句著名的诗句——"以太阳名义/黑暗在公开地掠夺"[③]，似乎也能让人联想到叶甫图申科《"把我当成共产党人吧！"——纪念马雅科夫斯基》中同样著名的诗句："以革命的名义/枪杀着革命。"[④]

除了叶甫图申科外，我们还看到立陶宛诗人梅热拉伊蒂斯及其诗集《人》对北岛早期诗歌的影响。

梅热拉伊蒂斯的诗集《人》共收入了31首诗歌，均为哲理抒情诗，主题紧紧围绕"人"，从多方面对"人"进行歌颂。正如诗人所言："我觉得，诗的使命正在于唤醒人身上的人，培养积极的善和高尚精神的感情，同一切妨碍人们称之为人，使人们受奴役——物质上的和精神上的——东

---

① 北岛：《回答》，阎月君、高岩、梁云、顾芳编选：《朦胧诗选》，春风文艺出版社1988年版，第1—2页。
② 叶甫图申科等著：《〈娘子谷〉及其他——苏联青年诗人诗选》，苏杭等译，第26—27页。
③ 北岛：《结局或开始》，阎月君、高岩、梁云、顾芳编选：《朦胧诗选》，第20—22页。
④ 叶甫杜申科等著：《〈娘子谷〉及其他——苏联青年诗人诗选》，苏杭等译，第61页。

西斗争,同一切唤起迟钝的兽性、对人的憎恨、玷污人的灵魂的意象的东西进行斗争。"① 而老诗人苏尔科夫在《人的颂歌》一文中说:"……诗集《人》里面的抒情诗是不同寻常的,是近年来我们诗歌中很少听到的。这种抒情诗的源泉就是一个社会性的人对于世界和自己的思考。"② 库兹米契夫则指出:"……梅热拉伊蒂斯热爱一切地上的东西,他属于那些用农民的方式感受到大地的肉体之美的诗人之列。……他的诗歌号召人保卫自己的精神自由。"③

在著名的诗作《人》中,诗人这样写道:

> 我双脚踏住地球,/手托着太阳。/我就是这样站着,站在太阳和地球两个球体之间。……我的头就是太阳球,/他放射出光和幸福,使大地上的万物复活,使大地上住满了人。//没有我地球会怎么样?死亡、干瘪、发皱的地球 将在无边的空间徘徊,/它会从月亮里像从镜子里一样看见,/它是多么的没有生气,多么的丑陋。//……大地创造了我,/我也改造了大地——改造成新的大地,/它从来也没有这样美好!//我双脚踏住地球,/手托着太阳。/我像地球和太阳之间的桥梁。/太阳顺着我的身体 向大地落下,/而大地又顺着我的身体升向太阳。//……④

这是一个顶天立地的大写的"人",这个"人"拥有改造大地的伟力,可以贯通地球和太阳。这样的"人"可以"放射出光和幸福,/使大地上的万物复活",为大地带来生机,同时也为大地上的人争取自由。——"我以自由的双手的名义/接受/挑战!/它们认为最最贵重的是:/耕作与种植的自由,/播种与收割的自由,/还有在手掌上托着/自由

---

① 梅热拉伊蒂斯:《自传片段》,梅热拉伊蒂斯:《人·译后记》,孙玮译,作家出版社1964年版,第119页。
② 苏尔科夫:《人的颂歌》,《新世界》1962年第4期,转引自梅热拉伊蒂斯《人·译后记》,孙玮译,第115—116页。
③ 库兹米契夫:《人和太阳》,《星》1962年第5期,转引自梅热拉伊蒂斯《人·译后记》,孙玮译,第117页。
④ 梅热拉伊蒂斯:《人》,孙玮译,作家出版社1964年版,第5—7页。

人民自由地培育的/一片面包的自由。"①

这个"人"同样也愿意与阻挠"人"的肉体和精神自由的一切事物作斗争,甚至是献祭般的牺牲。

> 不论在哪里枪毙人,
> 子弹——所有的子弹!——
> 都落在我的心上。
> ……
> 眼泪的河流流遍世界,
> 它们统统
> 流进
> 我的
> 心里。
> ……
> 我甘愿接受任何的死亡,
> 只要在未来的时代里能响起
> 未来幸福的歌曲,像一阵回声。
>
> ——《心》②

这个"人"也可以如英雄一般承担起所有苦难:

> 但是,人站起来了。他耸耸肩膀。
> 他用双手托住浅灰色的天空。
> 乌云因为水分而膨胀,恶狠狠地望着——
> 抛出像眼睛一样的火花,用拳头吓人。
> 但是他站着,用双手托着天。
> 雷声震聋了他,他站着,支持着天空。
> 天空把海洋倾倒在他的头上,

---

① 梅热拉伊蒂斯:《人》,孙玮译,作家出版社1964年版,第8页。
② 同上书,第20页。

从所有的海岸上抛出巨块。
抛在疲倦的、困乏的手上。
但是，他站着，举起了最后的力量。
……
洒下弹雨吧，使天空倒塌吧，
使那布满飞机的天空
塌在我的身上，塌在整个世界上吧！
但我不允许枪弹，风暴，火焰统治大地！
我要倒在地上，用自己的身体遮掩住宝贵的大地。

——《音乐》①

争取民主、自由的"社会性"大我与追求个人解放、个人自由的"小我"在性质上是有所不同的，"大我"承担着巨大的社会责任和使命，理性的力量超越了个体的浪漫情怀。如果说"大我"的那个"人"铸就的是英雄般的、殉难式的拯救者形象，那么"小我"的"人"则散发出天马行空般浪漫骑士的魅力。也正是如此的区别，让我们辨识出北岛与梅热拉伊蒂斯诗中"大我"的渊源关系。《回答》中的诗句："如果海洋注定要决堤，/让所有的苦水注入我心中；/如果陆地注定要上升，/就让人类重新选择生存的峰顶。"②与梅热拉伊蒂斯在精神取向上是何其相似，那种英雄主义的激情，舍我其谁的悲壮情怀，以及给人心灵上的震撼是何其相当。

除了对"大我"的"人"的塑造外，在梅热拉伊蒂斯和北岛的诗中，还有部分诗作是通过对"普通人"权利的诉求来呼唤正义、理性和对人的尊重与关怀的。

梅热拉伊蒂斯的《声音》这样写道：

母亲们，让你们的孩子迎着太阳抬起头吧，不要害怕这样就会永远失去太阳。

---

① 梅热拉伊蒂斯：《音乐》，梅热拉伊蒂斯：《人》，孙玮译，第69—72页。
② 北岛：《回答》，阎月君、高岩、梁云、顾芳编选：《朦胧诗选》，第2页。

难道太阳应该熄灭吗?我说:难道火焰应当吞没
这片大地吗?

看见清晨时刻大地辉煌灿烂,浴着旭日的光华,
这不是更好吗?

不是应该有越来越多的孩子,抱着母亲的脖子,
把他们的小手伸向太阳吗?

人不应该有越来越多的面包吗?
草地上不应该有越来越多的花开放吗?①

而在《把我的眼睛解开》这首诗中,诗人更是借一个因争取"人"的权利而被判刑的死刑犯之口强调了"人"的权利的重要:

他们让他站在土坑旁边,蒙上眼睛……
等待着死刑犯在一生中最后一次说话。
可是他用被蒙着的眼睛望了望太阳、
找到了太阳。他告诉敌人:
"把我眼睛上的布取下。

"把布取下吧。我要说个明白,
在红色的太阳前面,我没有一点罪过。
透过黑色的布条,我看见了这个太阳,
你们伤害不了我的目光,哪怕用一百条布缠着。

"把我的眼睛解开!我要看看太阳。
我永远热爱太阳,憎恨黑暗。

---

① 梅热拉伊蒂斯:《声音》,梅热拉伊蒂斯:《人》,孙玮译,第31—32页。

世界对于我也许会永远沉睡不醒，
但是，让这个世界里有太阳吧，
纵然我现在马上死亡……

"把布条取下吧。我想望望天空。
我想同一切的生物再同留片刻。
我想看见白色云层下的小鸟，
我想看见比雪还要白的云朵。
……"①

  北岛的《结局或开始》中那段温馨而凄怆的诗句表达了同样的渴求与呼吁："我是人/我需要爱/我渴望在情人的眼睛里/度过每个宁静的黄昏/在摇篮的晃动中/等待着儿子第一声呼唤/在草地和落叶上/在每一道真挚的目光中/我写下生活的诗/这普普通通的愿望/如今成了做人的全部代价。"②

  叶甫图申科的《〈娘子谷〉及其他》与梅热拉伊蒂斯的诗集《人》，其主旨有极强的相似性——歌颂人，追求人的肉体和精神的自由、权利，而这个"人"同样都是"社会性"的人。但这两位诗人的区别也是明显的。相对而言，叶氏与社会具体政治事件、政治人物结合得更为密切，而梅热拉伊蒂斯显然淡化了具体的社会政治事件或背景，而将其抽象化为一个大的历史背景——试图禁锢、阻碍"人"获得自由、幸福的社会环境。因此，梅氏往往是在对人的自由、权利的正面诉求中达成对斯大林时代，对阻碍力量的反思与批判，诗作带有浓郁的浪漫主义色彩。在这点上，北岛的《回答》更接近梅热拉伊蒂斯。

  在诗歌表达方式上，北岛其实也与梅热拉伊蒂斯更为接近。

  第一，两位诗人都逐渐形成了具有个人色彩的意象系统，借助意象来传达诗人的社会思考。在意象的选择上，两位诗人是颇有相似之处的。通读梅热拉伊蒂斯的诗集《人》，我们发现，诗人常用的具有正面价值内涵

---

① 梅热拉伊蒂斯：《把我的眼睛解开》，梅热拉伊蒂斯：《人》，孙玮译，第81—82页。
② 北岛：《结局或开始》，阎月君、高岩、梁云、顾芳编选：《朦胧诗选》，第22页。

的意象大多都很阔大、壮伟、充满力量感，或者是一些美好而温馨的意象，譬如天空、大地、太阳、暴风雨或者是月亮、星星、树林、鸟儿等；而具有负面价值内涵的意象则有子弹（或铅弹）、鲜血、乌云、陡峭的山壁、石头、带刺的铁丝网、铁链、折断的翅膀等。前一个意象系统代表了对正义的渴求、坚持，对人的权利的捍卫和对美好生活的憧憬；而后一个意象系统则是扼杀人、禁锢人的社会环境、思想、黑暗力量的象征。尤其像"子弹"这个意象，作为恶的力量的代表，更是频繁地出现在诗人的作品中，譬如"不论在哪里枪毙人，/子弹——所有的子弹！——/都落在我的心上"（《心》）；"如果我的心因为中了铅弹/而变得沉重，/它遮蔽了大地，跟随不上进行曲……"（《脚步》）"两只眼睛——/两颗子弹——/一只打中了敌人的心"（《眼睛》），等等。

在北岛的早期诗歌中，我们会发现诸如天空、雷声、海洋、乌云、暴风雨、星星、子弹、鲜血等亦是其常用的意象，而且在具体运用上也有异曲同工之妙。比如"眼睛"这个意象，梅热拉伊蒂斯有一首诗即题为"眼睛"：

  两只眼睛
  像星星一样注视着世界。
  有时候，又像被击中的小鸟，
  它们颤抖，慢慢地死亡，
  在眼珠里隐藏起黑色的痛苦……
  ……
  两只眼睛——
  两颗子弹——
  一只打中了敌人的心，
  如果敌人暗暗地窥伺，
  用死亡威胁着眼睛……[①]

"眼睛"这个意象在北岛的诗作中运用得也是很频繁的，并且诗人常

[①] 梅热拉伊蒂斯：《眼睛》，梅热拉伊蒂斯：《人》，孙玮译，第22页。

将"眼睛"喻为星星,或者借用"眼睛"作为审视人类、社会的媒介,来呈现人世的欢乐和痛苦。如《回答》中"新的转机和闪闪的星斗,/……/那是未来人们凝视的眼睛"①。"当浪峰耸起,/死者的眼睛闪烁不定/从海洋深处浮现"②。"在微微摇晃的倒影中/我找到了你/那深不可测的眼睛。"③"而昨天那盏被打碎了的灯/在盲人的心中却如此辉煌/直到被射杀的时刻/在突然睁开的眼睛里/留下凶手最后的肖像"④。"假若爱不是遗忘的话/苦难也不是记忆/让我们的眼睛/挽留住每个欢乐的瞬息。"⑤

第二,诗歌中具体与抽象词语的组合,将实与虚、瞬间的感性印象与理性思考结合在一起,造成陌生化效果,同时也形成了诗作的哲思色彩。

如梅热拉伊蒂斯的《声音》:"子弹打伤了声音,它踉跄了一下,流着血的伤口直到现在还没有长好。"⑥ "子弹"是可见的实在之物,而"声音"则是可听而不可见的,"子弹打伤了声音",将"声音"具象化、拟人化,以"声音"隐喻"人"的自由言论。而"子弹"则是扼杀人的自由的刽子手的象征。相似的例子还有"用死亡威胁着眼睛"⑦。而北岛则在"从星星般的弹孔中将流出血红的黎明"⑧ 一句中通过"弹孔"与"黎明"的实与虚、具体与抽象的组词方式,表达了在禁锢中升起光明与自由,在苦难中诞生希望的期待和渴求。当然,这类似的例子在北岛的诗歌中还有很多。

第三,句式上大量运用了判断句、转折句、假设句式和排比句。

为了比较的方便,我们将两位诗人的每种句式分别放在一起。

判断句式:

"我们不是跪在死亡和盲目的憎恨前面,我们也不呼唤复仇之神

---

① 北岛:《回答》,阎月君、高岩、梁云、顾芳编选:《朦胧诗选》,第2页。
② 北岛:《船票》,阎月君、高岩、梁云、顾芳编选:《朦胧诗选》,第18页。
③ 北岛:《迷途》,阎月君、高岩、梁云、顾芳编选:《朦胧诗选》,第24页。
④ 北岛:《十年之间》,阎月君、高岩、梁云、顾芳编选:《朦胧诗选》,第28页。
⑤ 北岛:《无题》,阎月君、高岩、梁云、顾芳编选:《朦胧诗选》,第35页。
⑥ 梅热拉伊蒂斯:《声音》,梅热拉伊蒂斯:《人》,孙玮译,第29页。
⑦ 梅热拉伊蒂斯:《眼睛》,梅热拉伊蒂斯:《人》,孙玮译,第22页。
⑧ 北岛:《宣告》,阎月君、高岩、梁云、顾芳编选:《朦胧诗选》,第19页。

来援助——/我们是跪在一个婴儿的前面,他宣布:他已经来继承这片大地。"①

"一切都是命运/一切都是烟云/一切都是没有结局的开始/一切都是稍纵即逝的追寻……"②

转折句式:

"不论在哪里枪毙人,/子弹——所有的子弹!——/都落在我的心上。"③

"天空把海洋倾倒在他的头上,/从所有的海岸上抛出巨块。/抛在疲倦的、困乏的手上。/但是,他站着,举起了最后的力量。""但我不允许枪弹,风暴,火焰统治大地!/我要倒在地上,用自己的身体遮掩住宝贵的大地。"④

假设句:

"我甘愿接受任何的死亡,/只要在未来的时代里能响起/未来幸福的歌曲,像一阵回声。"⑤

"我的心灵啊,勇敢起来吧!/纵然旋风在身边像号角那样呼叫!……/纵然它用黑暗遮盖了面前的一切……"⑥

"但是,让这个世界里有太阳吧,纵然我现在马上死亡……"⑦

"即使明天早上/枪口和血淋淋的太阳/让我交出自由、青春和笔/我也决不会交出这个夜晚/我决不会交出你"⑧。

"告诉你吧,世界,/我——不——相——信!/纵使你脚下有一

---

① 梅热拉伊蒂斯:《声音》,梅热拉伊蒂斯:《人》,孙玮译,第28页。
② 北岛:《一切》,阎月君、高岩、梁云、顾芳编选:《朦胧诗选》,第4页。
③ 梅热拉伊蒂斯:《心》,梅热拉伊蒂斯:《人》,孙玮译,第20页。
④ 梅热拉伊蒂斯:《音乐》,梅热拉伊蒂斯:《人》,孙玮译,第72页。
⑤ 梅热拉伊蒂斯:《心》,梅热拉伊蒂斯:《人》,孙玮译,第21页。
⑥ 梅热拉伊蒂斯:《音乐》,梅热拉伊蒂斯:《人》,孙玮译,第71页。
⑦ 梅热拉伊蒂斯:《把我的眼睛解开》,梅热拉伊蒂斯:《人》,孙玮译,第82页。
⑧ 北岛:《雨夜》,阎月君、高岩、梁云、顾芳编选:《朦胧诗选》,第13—14页。

千名挑战者，/那就把我算做第一千零一名。"①

排比句：

"你们，缓缓移动的送葬的乌云，/你们，迅速推进的暴风与骤雨，/你们，白雪皑皑的险峻的峭壁，还有你们，地上的伟大的海洋，/让无穷的憎恨闷死你们吧，让你们给我准备下任何的灾难吧……"②

"我寻找春天和苹果树/蜜蜂牵动的一缕缕微风/我寻找海岸的潮汐/浪峰上的阳光变成的鸥群/我寻找砌在墙里的传说/你和我被遗忘的姓名"③。

当诗人表达对正义、自由的追求，对人的权利的呼唤，对禁锢力量的控诉时，或热切渴望，或憎恶反抗，肯定句式的运用都有效地增强了诗人的感情色彩。而当诗人"我"愿以"人"之子的形象承担世间苦难，战胜邪恶甚至献出生命时，诗歌则往往使用了大量的假设句式，例如"如果……""纵然是……""假如……"这种句式的运用，尤能表现出"我"虽九死而犹未悔的坚定情怀，从而塑造出殉难英雄般的大写的人的形象。

但比较而言，北岛的诗歌多用短句式，更趋简练，一些诗句类似格言，诗歌在形式上也更整饬，很多诗歌每节行数大致相等，字数也大致相同。而梅氏的诗歌喜用长句子，有散文化倾向，语言提炼上不及北岛精粹。当然这可能也有翻译的缘故。而在诗歌的具体表现方式上，梅氏常用明喻的修辞方式，且大多为"近取譬"。例如，"我的工厂的烟囱……挂在月亮的弯弯的钩上，/像绞刑犯的可怕的黑色的尸体。"④ "小小的钟摆的嘀嗒声/许多年代间从不曾沉寂。/像一群飞向南方的鸟儿，/一天一天

---

① 北岛：《回答》，阎月君、高岩、梁云、顾芳编选：《朦胧诗选》，第2页。
② 梅热拉伊蒂斯：《我不怕》，梅热拉伊蒂斯：《人》，孙玮译，第98页。
③ 北岛：《结局或开始》，阎月君、高岩、梁云、顾芳编选：《朦胧诗选》，第21页。
④ 梅热拉伊蒂斯：《烟囱》，梅热拉伊蒂斯：《人》，孙玮译，作家出版社1964年版，第83页。

地闪过许多的瞬息。"① "嘴唇是一条红色的带子，/好像战争中撕破的旗子。"② 北岛的诗歌则往往采用隐喻、象征的修辞方式。

形式上的区别，往往源于诗人主体思想、认识上的差异。强烈的社会政治诉求，对正义的坚持，对人的自由、解放的渴求，是北岛、叶甫图申科、梅热拉伊蒂斯三位诗人的共同之处。

延伸阅读

1. 杨四平：《北岛论》，《涪林师范学院学报》2005年第6期。该文从人们对北岛的误读与隔膜及其与文学史之间达成的合谋着手，阐释了恢复"《今天》派"命名和重勘北岛文学版图之必要；以"流亡"为界碑，梳理了北岛"流亡"前的"废墟诗歌"之得失，同时从"常"与"变"之辩证关系的角度，详细解读了北岛"流亡"后的"流亡诗歌"，归纳出它们在思考诗人与母语之间的关系及其"流亡者"对祖国的深厚爱情、揭示生活与幸福的不真实性、个体话语存在之可能和难度，质疑本体论和逻辑世界、返乡的坚定指向及其困难等方面的新贡献。

2. 陈超：《北岛论》，《文艺争鸣》2007年第8期。该文认为，北岛是一个"有方向写作"的诗人。概括地说，其话语修辞形式属于象征主义—意象主义—超现实主义系谱；其诗歌意蕴则始终围绕着人的存在，人的自由，人的现实、历史和文化境遇，人的宿命，人对有限生命的超越，以及诗人与语言艺术的复杂关系等方面展开。北岛诗中持续表现出的孤独感、焦虑感、荒诞感、悲剧感，他的怀疑和批判精神，都应在对"人"的关注这个层面上得到解释。

思考题

1. 诗歌《回答》中还可见出哪些中外诗歌的影响？
2. 试分析《回答》与中国当代文学精神的联系。

---

① 梅热拉伊蒂斯：《瞬息》，梅热拉伊蒂斯：《人》，第57页。
② 梅热拉伊蒂斯：《嘴唇》，梅热拉伊蒂斯：《人》，第36页。

第十一讲

《读康熙信中写到的黄河》：
对现代文明的质疑

我们的文明在发展。从远古时代一直到现在，生活于世间的人所致力的，就是要使我们所置身的世界更美好，使存在于大地之上的人类的生活更加美好。时间推移到工业文明发达的现代社会，反观我们自身的生活，审视我们所置身的自然环境，我们不禁要问：我们倾尽全力追求的"现代文明"究竟会把人类社会带向何方？科技文明给人类带来的是进步，还是一种衰落？于坚在《读康熙信中写到的黄河》这首诗中，表达的就是对现代文明的这种质疑。

黄河作为中华民族的母亲河所传递给我们的早已不再是一条单纯的河流、一方水土，她作为华夏文明的象征而习染人心。正如诗中所说："我知道它，比知道我父亲的事情还多"。黄河是中华文明的发源地，她承载了深厚的中华民族的历史，在五千年的文明史上，黄河已是龙的传人所膜拜的图腾。"在中国，人们关心它，就象关心政治"，"信任黄河，就是信任地久天长的祖国"。"伟大的河流，其历史足以令诽谤者三缄其口"。是的，黄河一直是我们民族的骄傲。它的那种滚滚之水天上来的雄伟气势，蕴含的是一种激情豪放、坚韧强劲的人格力量，它支撑着中华民族经历五千年的风风雨雨而依然健旺。而现今，这种状况正悄悄地发生着变化，当人们注意到这种变化时，黄河早已面目全非。昔日波涛汹涌的黄河水现在已"空无一物"，"河床咧着干掉的嘴皮，像是某个小国家的，大沙漠上的瘦孩子"。原始的自然环境已经遭到了严重的破坏，面对这种状况，诗人不禁要问：这可怕的事情应由谁负责？

答案不言而喻。"另一位，安装着电池的幽灵，已经蹑手蹑脚地，乘虚而入。"在诗人的意念里，这一切应该归咎于作为现代文明之标志的技术的侵入。晚清以降，随着西方殖民势力的入侵，中国开始了"被迫现代化"的历程。齐格蒙特·鲍曼说："现代性作为一个生活的形式，它通过为自己设立一项不可能完成的任务而使得自己用能力去完成。正是在这种全部的努力中无处不在地存在着不确定性，让焦躁不定的生活既看似可行又不可避免，并且有效地防止了全部努力最终停止的可能。"① 现代性是一个美好的诱惑，一个诱人的乌托邦世界，人们一旦踏上追逐现代性的路途，就难以停留下来，同时不得不承受其带来的后果。时至21世纪的今日，现代文明的后果显而易见，首先是现代科技。不可否认，现代科技的发展改变了人们的生存状态，给人类生活带来了许多便利。但同时，我们已受缚于技术。发明技术的人一厢情愿地认为，技术在本质上是人握在手中的一种东西，但与其初衷相悖的是，"技术在本质上是人靠自身力量控制不了的一种东西"②。技术以不可操纵之势推动着整个世界的运转，使现代人的所有生活领域，甚至包括人本身，都已经纳入科技化了的生活架构之中。韦伯把这种科层制的生活架构称为"铁笼"，它的特点是把生活的一切都纳入目的—手段或投入—产出的系统的精确计算之中。

这样，我们就可以理解为什么黄河在短短的时期内就遭遇如此严重的摧残。在以工具理性为主导的社会里，现代人所关注的只是短期的效率。典型的例子即是为追求经济的发展而导致的自然环境的破坏，自然河流的消失。据美国《大西洋月刊》网站2013年4月29日文章，仅仅20年的时间，就有2.8万条河流在中国消失。黄河也面临着这样的局面。

黄河在历史上是永恒的象征，它历经五千年时光的变迁，依然气势磅礴。1697年，它还保有原始的自然形态，而300年之后，这一切都已经成为神话，被视为是"伶牙俐齿者的把戏"。有识者会注意到，黄河水位的下降乃至于植被的破坏、严重的水土流失，其实也只是在几十年的时间里造成的。五千年的大河滔滔，五千年的水秀山美，如同康熙的信中所说

---

① [英]齐格蒙特·鲍曼：《现代性与矛盾性》，邵迎生译，商务印书馆2003年版，第16页。
② [德]海德格尔：《只还有一个上帝能救渡我们》，《海德格尔选集》，上海三联书店1996年版，第1304页。

的秀丽景色：山上有松树柏树，黄河两岸，有怪柳、席芨草，河边的芦苇中有野猪、马、鹿等物；而河水清清，水中全是味道鲜美的石花鱼。① 曾经如画般的美景，到如今，已成虚构的世外桃源。想想这种触目惊心的对比！想想其中所历经的短短的时间！不由得令我们为自己的生存处境生发出深深的忧虑。如果文明的发展是以丧失人类赖以生存的家园为代价的，那么我们要这样的所谓文明又有何意义？

滋养中华民族五千年的黄河正在日渐消失。我们消失的不仅是一座河流，一方山水，我们将要面临的是整个华夏文明的衰落或者说是毁灭。

> 如果黄河消失了
> 中华民族是否要再次游牧？连黄河
> （永恒的另一个绰号）都有
> 死到临头的一天　一个诗人　即使
> 姓李名白　又有什么可以有恃无恐？

黄河不仅作为物质性的存在养育了我们的生命，更重要的是它还铸造了我们民族的人格，国人的灵魂。我们的思想、文化、哲学无不源于黄河。不仅是黄河，整个大地、自然都是文人墨客的歌咏对象。世界上没有一个民族像中华民族那样和自然有这么亲切的接触了。道家哲学歌颂自然，认为圣人精神修养的最高境界在于将他自己跟整个自然即宇宙同一起来。在文学作品中，最早的《诗经》里就处处充溢着人对自然的美好情愫，布满了人与自然和谐交融的画面。魏晋南北朝山水诗的兴盛，也映照出中国文人偏爱自然的审美心态，这个时期出现了像陶渊明这样专心作山水田园诗的大家。至唐，对自然的歌咏更是达到出神入化的境界。在艺术绘画领域，中国画的杰作大都画的是山水、树木、花卉、竹子。在山脚下、在河岸边，坐在那里欣赏自然美、参禅悟道的人是很渺小的。这也展示出中国人对自然的崇敬之情。山川河岳、花草虫鱼，整个的大自然都被中国人

---

① 这里必须说明的是，现实中的黄河在康熙时代是否真有如此美妙？对康熙"看到"的又是哪一段黄河等"真实性"问题姑且不论。我们这里，仍然从诗歌的角度，把于坚的"诗歌的黄河"当作讨论问题的立足点。

赋予了灵性。人依附于自然而存在，而自然也养育了人，丰富了人的生命。人如同花鸟虫鱼、飞禽走兽一样，接受自然的哺育。在中国哲学中，人和自然就是这样一种息息相通的关系。所以自然的破坏，把人赖以生存的物质环境抽空，人将何去何从？皮之不存，毛将焉附？这确是一个发人深省的问题。

"一个诗人/即使/姓李名白/又有什么有恃无恐？"在这里，诗人暗示出黄河的消失对中国文化的严重影响。天才的诗人李白给我们留下了脍炙人口的诗篇。我们必定会想到李白对黄河的歌咏："黄河之水天上来，奔流到海不复回。"我们也可以想到，诗人诗情的勃发也是依赖于现实自然之物。如果现实之物不存在，孕育诗人情感的自然山水消失了，那么诗人的诗情又何在呢？如果天才的李白看到现在的黄河，他是否还会有汹涌的诗情？是否还会写出激情澎湃的美丽诗句？恐怕不会。如果李白生活在现在，他也只好泯然众人。自然景物的消失，混凝土建筑的矗立，人们离真实的自然界越来越远，从而导致诗性在现实生活中的消弭。人被囿于自造的物里，享受着所谓的现代文明，失去了作为人的本真状态，失去了许多本属于人的生命乐趣。人类并没有从技术的侵入中获得知识、感受力和自由幸福，相反，技术带来了机械的、平面化的思想。现今的人们不再去参悟，不再有思索的时间。思想的个性化色彩也已泯灭。科技在现今世界里无所不能，它使整个世界变成了地球村。科技之一的大众媒介以一种强有力的手段控制着世人的思想观念。人们在时尚文化里，在热播的电视剧里，不知不觉地被格式化成一种生活方式、一种价值尺度和为人处世的哲学。借助于快速流行的大众文化，传媒将不同文化、不同习俗、不同品位、不同阶层的人的思想、体验、价值认同和心理欲望都整合为同一观念模式、同一价值认同。人们已没有了丰富多彩的对于自然风物的独特感受。这是一个诗性、个性隐失的时代。

自然景物消失了，在我们周围泛滥成灾的，是大量的流水线生产出来的机械物品，塑料、玻璃制品、人造纤维、人造皮革……一切都偏离了自然。诗人由此引发了对现代所造成的这种物的包围状态的质疑：

    那位叫现代的时髦女神 我们跟着你走
    也想稍微问一句 你的家那边

有没有河流　有没有夏娃和亚当家里
那类常备的家私？

原初的——"夏娃和亚当家里"才有的——与自然贴近的，体现自己个性的日常生活必需品已不复存在了，充斥在现实生活中的是现代流水线生产出来的物品。而这些千篇一律的物品，只是市场价值的一种呈现形式。海德格尔在《诗人何为》中引述过里尔克的一些话：

> 对我们祖父而言，一所房子，一口井，一座他们熟悉的塔，甚至他们自己的衣服，他们的大衣，都还是无限宝贵，无限可亲的；几乎每一事物，都还是他们在其中发现人性的东西和加进人性的东西的容器。现在到处蜂拥而来的美国货，空泛而无味，是似是而非的东西，是生命的冒牌货……[1]

现代人看到日常生活物品，大概首先想到的是它的市场价值，而不会想到和美有关的一些内容。典型的例证是，在现实生活中，现代人的所谓高贵都是用价钱昂贵的物品堆出来的。就像卫慧小说里的所谓城市贵族，其躯壳空洞无物，与众不同的是他们身上的世界名牌的包装。人之所以高贵，仅仅是因为所穿所用的物品值钱。由此物品失去了它的本来面目，被异化为身份和地位的符号。不但物是这样，人本身亦然。在当今社会里，衡量人的价值尺度也是看其对金钱和财富的占有程度，人性也被分化为在市场上可以计算出来的市场价值。总而言之，现代这个时髦女神已完全把我们从土地、从自然中连根拔起，成为可以用数字进行量化计算的东西。日常生活中本该有的美感及人性中的美丽已流失。

诗人在这里把现代称为"时髦女神"，表达的也是这种对所谓的现代文明的拒斥。在当今的工业社会里，现代化造成了人及物的类型化。我们可以想象一下被现代文明熏染的中国大中城市，城市形态、城市建筑几乎是一个模子复制出来的，作为城市景观中的人也毫无特色。人们穿同一模式的衣服，梳同样的发型，有同样的温文尔雅的文明举止，甚至生活内

---

[1] 海德格尔：《诗人何为》，《林中路》，上海译文出版社1997年版，第296页。

容、娱乐方式也大致相同。所谓时髦、时尚，其实是一些被设计被操作的媚俗之物，在其背后隐藏着的仍然只是商家的商业利益。

我们置身的世界已经空洞无物了，这不能不令我们警觉。前景何在？诗意栖居的居所何在？现代文明究竟会引导我们向何处去？这都是我们应该深思的问题。然而，天下熙熙攘攘，人们在为自身的欲望而奔波。大多数的人仍然沉浸在物欲里不能自拔。那个原本作为我们始源栖居地的环境、自然早被人们遗落到自身之外，——那似乎是离自己很遥远的另一个世界的事。诗人说：

> 我相信读者不会由此注意
> 里面提到的黄河　与地面还有多少关系
> 他们操心的是帝国的　政治　党争
> 宫廷秘史　以及皇室生活的
> 小花絮　与电视剧里的情节
> 是否吻合

在这里，诗人指出了现代人的可悲处境，他们对自己所面临的危境习焉不察，即使是致力于社会变革的那些人。我们知道，一般而言，革命的出发点都是基于对现实社会状态的不满，企图借助于革命使人们的生活更加美好。但是革命真的达到了它的目的了吗？就辛亥革命来说，它致力的是现代性的启蒙工作，但民众真的摆脱无知、受蒙蔽的状态了吗？真的被启发灵智了吗？现今人们关心的仍然是与自己息息相关的权力、党争。而真正关系到人类终极生存的问题，关系到人的幸福、意义及生命价值的问题，关系到社会良性发展的问题……种种应该给予关心注意的问题却往往被忽略。人们关心的是自己的短期利益，关心的是自身目前欲望的满足。——导致这种状况的始作俑者似乎也可以说是现代这个时髦女神。现代性的自由说导致了极端的个人主义，以自我为中心的观念使人们的生活平庸、狭窄，人们失去了更广阔的社会和宇宙的视野，对他人及社会漠不关心，甚至出现了变态的、可悲的自我关注。如20世纪90年代风行一时的私人化小说，其本质就是对自我的变态的迷恋。

是的，我们的文明在发展，但它同时也在衰落。诗人于坚在这首诗中向我们展示了他的焦虑。是的，我们应该警醒了。面对现状，我们应该想一想自己要担负的拯救的责任，为我们自己，也为我们的子孙后代。

延伸阅读

1. 王宁：《文学的环境伦理学：生态批评的意义》，《外国文学研究》2005年第1期。该文指出，"面对全球化时代文化环境的污染、商品经济大潮下的物欲横流和生态环境的破坏，从事人文科学研究的学者不得不对我们所生活的环境进行反思。"由此，生态批评的重要性得以突显。而"生态批评研究的一个重要课题就是人与自然的关系"。生态批评的应运而生是对人类中心主义思维模式的有力回应。"在生态批评家看来，人类中心主义的发展观把人从自然中抽取出来并把自然视为可征服的对象，人与自然对立的观念造成了割裂整体、以偏概全、用人类社会取代整个生态世界的现象，产生了目前的这种生态危机之后果。"所以，"作为以关注自然和人类生存环境为己任的生态批评家试图将自己的研究视野投向一向被传统的批评忽略的自然生态环境，把在很大程度上取自自然的文学再放回到大自然的整体世界中，以便借助文学的力量来呼唤人们自然生态意识的觉醒"。

2. 李玫：《于坚诗歌中的生命旋律》，《云南师范大学学报》2006年第5期。作者认为："对于自然生命的关注，是于坚诗歌世界中一个持久而深刻的话题。这一话题的开启和深入，甚至成为其诗学理论的深层基点。"并指出："于坚写作中对自然的审美化关注，是从两种不同角度和途径抵达的：其一，是通过对自然生命的细节摹写展示其本身的魅力；其二，是以'拒绝隐喻'的自然书写来抵御象征传统的语词覆盖，进而完成对自然的复魅之旅。而在其诗学理论建构的背后，是对工业文明时期自然工具化思维引发的诗意沦陷和大地危机的忧虑。"

3. 于坚、傅元峰：《在古典的方向上长出一毫米——于坚、傅元峰对话录》，《艺术广角》2013年第5期。在这篇访谈中，于坚说，现代主义在中国，最糟糕的一点就是"做减法"，非此即彼。而实际上中国最伟大的东西用的是加法。就是说都可以进来，比如唐朝长安，是个世界之都，阿拉伯人、白种人都有，唐朝才会发展壮大起来。它并不是说你来了，采取一个非此即彼的方式。"但20世纪中国采取的是，西方可以进来，而中国传统却被摧毁，这使中国现代化历程在这方面受到重创。从反面来讲，如果现代化是一个加法的现代化，我觉得它可能会比今天更为丰富，但它的过程可能会缓慢很多，没有那么快。"而在90年代以后，中国社会出现了一种对传统文化的回视。这是中国社会想重新在传统文化里面找到一种象征资本的努力尝试。现代主义给我们提供了象征资本，非常贵，而且可以说是用尽了。或者说，全球化、现代化只在一些非常简单的技术的层面上，而不在诗性的层面给你提供象征资本；那么今天要寻找这个象征资本,必须转向被"文化大革命"封闭起来的遗产,去传统文化那里寻找象征资本。所以回到深层的东西是一个必然。中国传统文化的这种回归,在某种意义上有点像文艺复兴,与西方人回到古希腊源头来寻找思想的活力有相似的地方。那么这种回归绝对不是回到希腊的废墟,或者那种神庙表面的东西,而是回归希腊人思考世界的原始方式。

问答题

1. 如何看待"科技是一把双刃剑"这一说法?
2. 有关环境保护的问题,你认为自己在日常生活中应该怎么做?

第十二讲

《女人·母亲》中的女性意识

著名诗评家谢冕认为："在文革之后的诗歌成就之中，除去'朦胧派'在反思历史和艺术革新方面的贡献是别的成就无可代替之外，唯一可与之相比的艺术成就，则是女性诗歌创作。"① 而女性诗歌的发轫与代表之作正是翟永明于1983年完成的组诗《女人》。其中所包括的20首抒情诗"均以独特奇诡的语言风格和惊世骇俗的女性立场震撼了文坛"②。《女人》组诗发表之后，"女性诗歌"一词正式出现在文坛，以命名具有强烈女性主义意识的女诗人的作品。值得指出的是，并非凡是女性诗人创作的诗歌就叫做女性诗歌，正如翟永明所指出的，"女性诗歌"应该有两个标准：第一是性别意识，第二是艺术品质，这二者加在一起才是女性诗歌的期待目标和理想写作标准。③

女性所具有的性别意识，即女性意识。乐黛云在《中国女性意识的觉醒》中对女性意识有很好的界定："第一是社会层面，从社会阶级结构看女性所受的压迫及其反抗压迫的觉醒；第二是自然层面，从女性生理特点研究女性自我，如周期、生育、受孕等特殊经验；第三是文化层面，以男性为参照，了解女性在精神文化方面的独特处境，从女性角度探讨以男性为中心的主流文化之外的女性所创造的'边缘文化'，及其所包含的非主流的世界观、感受方式和叙事方法。"④ 乐黛云所说的社会层面的女性意

---

① 谢冕：《丰富又贫乏的时代》，《文学评论》1998年第1期。
② 陈思和：《中国当代文学史教程》，复旦大学出版社1999年版，第355页。
③ 翟永明：《最委婉的词》，东方出版社2008年版，第116页。
④ 乐黛云：《中国女性意识的觉醒》，《文学自由谈》1991年第3期。

识在"五四"新文化运动之后已经开始逐渐苏醒,但是自然层面和文化层面的女性意识在中国20世纪80年代之前都是非常微弱的。直到80年代中期,翟永明的《女人》组诗才标志着女性意识在自然层面和文化层面的觉醒。而艺术品质,除了指应有的艺术水准外,在翟永明那里还有另一层规定性,即"艺术自觉":女性应有意识地使用有别于男性作家的艺术手法进行创作,这种艺术手法能够很好地为承载女性意识、表达女性自我服务。①《女人》组诗是中国具有代表性的女性主义诗歌,而其中的第七首诗《母亲》,则以其鲜明的女性意识和自觉的艺术形式成为《女人》组诗中最具代表性的诗篇。

一 消解"圣母"形象

在父权制社会中,女性要被社会真正接纳甚至尊敬,只有一条途径:成为一个母亲。正如有论者所指出的:"父权制社会里只有两种女性,一种是'圣母'(伟大的母亲),还有一种是'妓女'(不道德的女性)。"②在中国古代文学中,母亲始终处于一个"被书写"的地位,被男性作家们塑造成可歌可泣的形象大肆赞美。"母氏圣善,我无令人""谁言寸草心,报得三春晖",圣善的母爱是春日里的暖阳,是游子永远感激和难以报答的。在这种修辞过程中,母亲被圣化,而作为一个实体的女人的丰富内涵却被"圣母"的光辉所遮蔽。"圣母"成了女性的"标杆""示范",同时也成为束缚女性诉求、欲望的枷锁。

20世纪以降,"母亲"不再只出现在男性作家笔下,女性作家开始拿起笔来表现母亲。冰心作为现代文学的先驱之一,用女性身份开启了对母亲形象的塑造:

母亲!/天上的风雨来了/鸟儿躲到他的巢里/心中的风雨来了/我只躲到你的怀里

---

① 翟永明:《无法流通的天赋》,《女人墙》,鹭江出版社2010年版,第160页。
② 卢升敏:《中国现当代女性文学与母性·序言》,荒林等编:《女性文学文化》,中国文联出版公司2000年版,第159页。

——《往事（一）七》

小小的花，/也想抬起头，/感激春光的爱——/然而深厚的恩赐，/反使他终于沉默/母亲呵！/你是那春光吗？

——《繁星一〇二》

可以看出，冰心笔下的母亲形象依然延续了传统的"圣母"形象：母亲之于女儿，是躲避人世风雨的港湾，是春日里的暖阳，而女儿在伟大的母爱面前，是依人的小鸟，是小小的花朵，是依附于强大的母体的被保护者，被施恩者。

新中国成立之后，母亲形象被历史赋予了新的功能，作为生命实体的母亲，已经被排斥在了宏大叙事之外，如《唱支山歌给党听》里所说的："唱支山歌给党听，我把党来比母亲，母亲只生了我的身，党的光辉照我心。"这时的"三春晖"，不再来自个体的母亲，而是来自于集体性的"党"。而只有当母亲与党的形象合二为一之时，母亲才能成为被书写与讴歌的对象。如诗人王亚平的诗："母亲和党、党和母亲/我要做你们的好儿子/抱着耿耿不渝的忠心/向着共产主义社会勇猛地前进"。在这里，"母亲"成了宏大叙事中政治符号借以具象化和血肉化的工具，而失去了个体性本质。这种被替换和集体符号化了的"母亲"形象，在70年代末80年代初依然是文学中的主流：

我是你的十亿分之一，/是你九百六十万平方的总和；/你以伤痕累累的乳房/喂养了/迷茫的我、深思的我、沸腾的我；/那就从我的血肉之躯上/去取得/你的富饶、你的荣光、你的自由；/——祖国啊，/我亲爱的祖国！

——《祖国啊，亲爱的祖国》

或者：

我爱土地，就像/爱我温柔多情的母亲/布满太阳之吻的丰满的土地啊/挥霍着乳汁的慷慨的土地啊/……/黑沉沉、血汪汪、白花花的土地啊/我的葳蕤的、寂寞的、坎坷的土地啊/给我爱情和仇恨的土地/给我痛苦与欢乐的土地。

——《土地情诗》

这两首将母亲作为喻体的诗歌都来自 80 年代初在诗坛领域具有代表性的女诗人舒婷。她用个体母亲的伤痕累累、温柔多情、慷慨宽厚来象征祖国、人民、土地等抽象的宏大话语，以抚慰曾被政治风暴击打和伤害的一代人。

而到了 80 年代中期，翟永明这首《母亲》以颠覆的姿态出现，消解了传统文学中母亲的"圣母"光环，也剥落了新中国文学宏大叙事中母亲的各种政治性象征，把母亲还原为一个既被女儿爱又被女儿恨的母亲；一个个体的、世俗的女人。

> 岁月把我放在磨子里，让我亲眼看见自己被碾碎
> 呵，母亲，当我终于变得沉默，你是否为之欣喜？

这句诗应该看做全诗的"诗眼"，其中所传递出的对母亲的质疑、责难和诗人的悲愤、伤痛是全诗的情感基调。而这里所表现出的对母亲的爱恨交织的情感，是以往的母亲书写中极为罕见的。一位德国诗人曾经这样评论，他被诗中一种对母亲的"恨"所震惊。而诗人听了这样的感受后，"比他更震惊"。因为在诗人自己看来，《母亲》所要抒发的归根结底是一种名叫"爱"的东西。[①] 可以说，诗人的"恨"，是建立在爱的基础之上的。这种爱是来自于血缘，不容否认也无法回避：

> 你是我的母亲，我甚至是你的血液在黎明流出的
> 血泊中使你惊讶地看到你自己，你使我醒来

"我"是母亲生命的延续，这种不能分割的生命传承决定了爱的天经地义：

[①] 翟永明：《痛苦是不可耻的》，《正如你看见的》，广西师范大学出版社 2004 年版，第 159 页。

没有人知道我是怎样不着边际地爱你，这秘密
来自你的一部分，我的眼睛像两个伤口痛苦地望着你

然而，诗人对于母亲的爱却无法传递给母亲，只能成为自己的秘密的一部分。这来源于现实生活中诗人与母亲的隔阂与对立。这种紧张的亲子关系造成了"爱"的难以传递，只能通过诗歌泣诉出来。翟永明在1983年6月5日的日记中写道的：

今天我写了一首《母亲》，这首诗看起来有一种宿命的东西，实际上它更"个人化"，简直就像是我自己在泣诉，但我非常喜欢它，因为它是我内心最隐秘但又最无法泯灭的一种感情。①

翟永明出生后不久，母亲即以工作繁忙为由将其送至贵州乡下祖母家抚养，直至9岁后才回到母亲身边。这段幼年经历使得她与母亲之间没有建立起良好的母子关系，以致她在内心中有着深深地被"遗弃"感，在诗中她质疑和追问着母亲：

太阳的光线悲哀地笼罩着我，
当你俯身世界时是否知道你遗落了什么？

幼年被母亲抛弃的恐惧不安、孤独乃至怨恨都通过这句诗表现出来。而翟永明另外一首名为《永久的秘密》的诗可谓是这句诗的背景说明：

现在我仅八月无依无靠/我被包裹着/哭声充满世界感动四邻/头脑也在紧张地寻找/我的心具有多样性/天生的下午这灭不掉的生命/是我的因果报应/与你休戚相关身体也需要你/我是这样小没有心计/被人带到这里/我的脸掠夺成性/因此露出无限的憧憬/这个阴天如此危险/破坏我一生的心情/我几乎看清你的确是你/流泪的眼睛就像我

---

① 翟永明：《纸上建筑》，东方出版中心1997年版，第171页。

第一次听见／死者当中无休止的哭声／你怎么忍心离去？留给我一份天大的痛苦／梦里也情绪低落难以忘记

然而，翟永明与母亲的关系并没有因为之后的朝夕相处而得到改善。青年时期的翟永明醉心写诗而遭到母亲的反对，母子关系进一步恶化，对于母亲早年的遗弃以及青年时代的不理解，诗人最终泣诉道：

当我最终沉默，母亲，你是否为之欣喜？

这包含伤痛的诗句，指责的是母亲在自己生命中，不仅扮演了遗弃者的角色，也扮演了父权制社会的同谋者角色。在男性文化中，女性的谦恭和沉默往往被认为是一种美德。母亲为女儿被迫认同男性规范而欣喜，不仅表明了母亲对于父权制社会中男性对女性角色规定的一种认同和顺从，更揭示出母亲的同谋者角色，她们已经异化成为父权制的代言人，她以自己的一言一行引导"女儿们"走上父权社会为她们铺设好的人生之路。正如《女性人类学》所言："自然母亲使千千万万的生命得以安全、健康的延续和成长，同时也削弱或牺牲着女性的个人人格及本位价值，因而她既是伟大崇高令人肃然起敬的，又是愚昧、非人性、丧失自我的，她既是自然和无私的，又是与传统女性的价值观念相吻合，甚至是迎合和取悦男性利益的。"[①]

80年代中期以来，随着政治的稳定和经济的复苏，文化也逐渐繁荣，受到西方现代文化影响的翟永明，并不安于当一位体制内中规中矩的工作而终老的物理科研人员，而是醉心于母亲所不认同的毫无前途的诗歌创作。在写作与工作之间，翟永明与母亲发生了激烈的冲突，这种冲突的背后其实是女性自我主体意识的萌发和父权体制之间的冲突。按照女性主义批评的观点，这个世界的秩序事实上就是现实社会中父权制的性别和社会文化秩序，受父亲的法律的支配。母亲是父权制的同谋，以自己的被驯服被压抑的命运为模子来塑造女儿的未来。而作为女儿的诗人，受到西方女权主义的影响，对女性的历史命运有了深切的感受和反思，自主选择自己

[①] 禹燕：《女性人类学》，东方出版社1998年版，第50页。

的生活道路，自我确证自己的人生价值。两代人的冲突背后其实有着深层次的性别意识缘由。

也正因为此，《母亲》这首诗就并非完全沉浸在自己对母亲的爱恨交织的私人情感领域。这首诗还将"我"与"母亲"还原为女人，从"母亲"作为一个切入点，来反思女性的生命意义。

二　质疑女人命运

与"三春晖""党啊母亲"等将母性作为歌颂和颂扬对象的诗歌不同，翟永明的《女人》组诗，特别是《母亲》这首诗，尖锐地揭露了"母性"对女性主体性的遮蔽。翟永明对"母性"是充满了质疑的：

> 母性贵重而可怕的光芒
> 在我诞生之前，就注定了
>
> ——《女人·世界》

"母性"是贵重的，贵重如尼采所说："女人的一切只有一个解答：那便是生育。"[①] 在这种男权话语中，女性的唯一贵重的特质，就是因生育而成为一个母亲。然而在翟永明看来，这种贵重的"母性"特质，是可怕的，因为它只凸显出女人是母亲这一现象，而遮蔽了母亲是女人这一本质。

> 你是我的母亲，我甚至是你的血液在黎明流出来的
> 血泊中使你惊讶地看到你自己，你使我醒来

翟永明后期的一篇随笔可谓是这两行诗句的最佳注解——她写到她看到墨西哥女画家卡洛的画作《我的出生》时的感受：

> 一张普通的床，床头上象征母亲的女人肖像，隐喻死亡的白色床

---

① 尼采：《苏鲁支语录》，徐梵澄译，商务印书馆1997年版，第62页。

单遮蔽了母亲的面孔,而在生与死的交接处,一个硕大的头颅躺在母亲的血泊中……这是卡洛的画带给我的惊愕,还是我在自己的诗中看到的全世界的女人的共同的惊愕?①

这"惊愕"其实是在质疑,质疑"生育"行为是如何给一个女人带来伤痛,并进而取消女人的主体性质的。母亲这个角色,诞生在血泊之中,成就于生死之际。诗人对于女性要成为一个母亲所付出的血的代价甚至是生命的代价,是"惊愕"的。被男性文化崇高化和符号化的母亲的生育体验,在诗人这里被还原为充满身体疼痛的女性个体的生命体验。当一个女人在血泊中挣扎生产时,也难免不会深切感触到自己宿命般的一生:女孩——女人——母亲。而这种宿命却是诗人反抗的。翟永明在自己的诗中表达了对于女人宿命的质疑:这就是女人的宿命吗?为什么只是如此?为什么非如此不可?——"你使我醒来":诗人从母亲的一生中得到启示——换一种生活方式,成为一个母亲不是一个女人唯一的生活道路。

> 那使你受孕的光芒,来得多么遥远,多么可疑,站在生与死之间,你的眼睛拥有黑暗而进入脚底的阴影何等沉重

"受孕的光芒"象征着男性的力量,在女性生产时的痛苦之际,男性的力量显得多么遥远和可疑。而女性却要为此付出生命的代价:"你的眼睛拥有黑暗而进入脚底的阴影何等沉重。"受孕、生育等生理特质将女性建构成为一个母亲,然而正是这种生理特质,使得女性与男性出现了不同的生理分工,父权制社会及其主要的意识形态、性别歧视都是建立在性别分工基础之上的。而女性的受孕生育能力使得她们的身体一步步对象化,主体性和主体意识也一步步被取消,最终,成为一个"母亲",而失却了女人身份。

而进一步来看,诗人同样是一个女人,她被"母亲"生育下来后,将会重复全世界所有女人的宿命,因此,诗人的不幸感随之而来:

---

① 翟永明:《纸上建筑》,东方出版中心1997年版,第66页。

你让我生下来，你让我与不幸/
构成这世界的可怕的双胞胎。

一块石头被抛弃，直到像骨髓一样风干，这世界
有了孤儿，使一切祝福暴露无遗，然而谁最清楚
凡在母亲手上站过的人，终会因诞生而死去。

身为女人的不幸感与孤独感，来源于这个世界的异己特征，世界之于"我"，不是接纳与包容，我被孤立、被遗弃，如同一个孤儿。在《女人》这首诗中，"世界"一词重复出现五次之多，成为诗人控诉、反抗的对象之一：

我把这世界当做处女，难道我对你发出的
爽朗的笑声没有燃烧起足够的夏季吗？没有？

在纯洁的婴童眼中，世界如处女般的纯洁温柔。然而随着我的成长，世界展现了它野蛮残酷的"雄性"特质。《女人》组诗中的"世界"莫不如此：

在一种秘而不宣的野蛮空气中/冬天起伏着残酷的雄性意识
———《女人·预感》

我目睹了世界/因此，我创造黑夜使人类幸免于难
———《女人·世界》

《女人》组诗中的"世界"是一种外在性的压迫力量，是"我"不幸感、孤独感、痛苦感的最终来源。世界残酷的雄性本质，和具有清醒的女性自我意识的"我"之间是格格不入的，因此"我创造黑夜使人类幸免于难"。翟永明在《女人》组诗的序言《黑夜的意识》中写道：

作为人类的一半，女性从诞生起就面对着一个完全不同的世界，

她对这世界最初的一瞥必然带着自己的情绪和知觉,甚至某种私下反抗的心理。她是否竭尽全力地投射生命去创造一个黑夜,并在各种危机中把世界变形为一颗巨大的灵魂?

在这里"黑夜"成了相对于男性"世界"的另一主体,而这主体是来自于"我"的,是"我"对抗"世界"压迫的"分身"。而"我"也分裂成了两个自我:一个是被男性"世界"压迫和规范的"小我",另一个则是创造"黑夜"来对抗"世界",来拯救一切女性幸免于难的"大我"。

事实上,翟永明的黑夜意识和诗歌中的黑夜意象,都受到了西方女权主义文学的影响。波伏娃在《第二性》中详细描绘了女性从少女到恋爱再到母亲几个不同人生阶段内心深处的黑夜意识及其产生的原因,认为与女人在父权制传统中作为猎物、客体的地位有关。而法国女权主义理论家埃莱娜·西苏在《新生儿》中列出了若干种二元对立的项目:主动性/被动性;太阳/月亮;白昼/黑夜;父亲/母亲;文化/自然;理性/感情,等等,这些二元对立项目最终都可以归入男女这一最基本的二元对立中。这系列的二元对立始终表示为以男性为主体,具有正面价值,处于文化和权力的中心;而女性则丧失了主体性,其价值附着在男性价值上,被排除在以男性为主导的文化与权力中心圈之外。翟永明诗中所创设的"黑夜"正对立与象征着男性世界的"白昼",以其涵盖一切、包容一切的博大成为女性的避难所,表现出一种鲜明的对抗姿态。

诗人以母亲形象为切入点,同情母亲身份对母亲作为一个女人的主体身份的遮蔽甚至消解,并由此对女人个体的生命经验进行审视与重构,自主选择一个女人的生命历程。正是这种揭蔽与选择,使得翟永明由此成为中国最具女性意识的女诗人。

三 女性艺术形式的表述方式

(一) 独白话语

翟永明认为,女性诗歌应该具有女性意识和艺术自觉。而《母亲》这首诗乃至整部《女人》组诗,采用的是"自白"的言说方式,这是她有意识地选择，以此作为区别于男性话语的艺术手法，是诗人表达女性自我意识不可或缺的方式。

在这种"自白"中，言说主体以第一人称坦率地抒写个人性的隐私体验、内心的创痛、复杂的情绪。如在《女人·母亲》中，诗人披露了不为人知的私密情感：与母亲的矛盾和由此引发的"恨意"；在《女人·生命》中的"呕吐似的情节""危机的生命""膨胀的礼物"以及"毫无人性的器皿"等暗示了生命的孕育与人为的中止；《女人·秋天》中反复吟唱的"你抚摸了我你早已忘记"，讲述的是诗人的个人情感经历。这种将个人隐私以自白的方式毫无保留地袒露在公众面前的勇敢，正是"自白"话语的特征之一。

而语言的直白简约、诗行的自由排列、节奏韵律的散漫随意，同样是"自白"话语的特征：

> 我把这世界当做处女，难道我对你发出的
> 爽朗的笑声没有燃烧起足够的夏季吗？没有？
> 我被遗弃在世上，只身一人，太阳的光线悲哀地
> 笼罩着我，当你俯身世界时是否知道你遗落了什么？
> ——《女人·母亲》

这些诗句分段断行随心所欲，意义在段行和分段过程中被割裂或省略，而增加的是对诗歌的想象和阐释空间。同时，在直白的口语基础上，"自白"诗体又具有晦涩不明的意象，这些意象象征着怪诞神秘，指向的是作者幽暗的非理性状态，如：

> 穿黑裙的女人夜而来
> 她神秘的一瞥使我筋疲力尽
> 我突然想起这个季节鱼都会死去
> 而每条路正在穿越飞鸟的痕迹。
> ——《女人·预感》

活着为了活着，我自取灭亡，以对抗亘古已久的爱

第十二讲 《女人·母亲》中的女性意识 / 181

一块石头被抛弃,直到像骨髓一样风干,这世界
——《女人·母亲》

翟永明的这种"自白"诗体,究其渊源,是受到了美国自白派诗人西尔维娅·普拉斯的影响。翟永明曾提到:"我在80年代中期写作曾深受美国自白派诗歌的影响,尤其是西尔维娅·普拉斯和罗伯特·洛威尔,当时我正处于社会和个人的矛盾中,心灵遭遇的重创,使我对一切绝望,当我读到普拉斯'你的身体伤害我,就像世界伤害着上帝'以及洛威尔'我自己就是地狱'的句子时,我感到从头到脚的震惊……在那以后的写作中我始终没有摆脱自白派诗歌对我的深刻影响……"[①]

女诗人普拉斯是美国自白派诗歌的代表人物,她用自白的口语来袒露自己的个人生活;用神秘怪诞的意象来表现内心世界;用自由随意的诗行来反抗秩序与理性。这些"自白派"的艺术手法对翟永明有着深刻的影响。更为重要的是,她用"自白"来表达自己作为一个女人的独特的生命体验和内心创痛,正是这一点使得她的创作和20世纪轰轰烈烈的女权主义运动相呼应,为全世界女性主义文学的发展做出了文本的示范性象征。作为"普拉斯风潮"在中国的呼应者,翟永明也勇敢地袒露自己在这个男权世界里作为一个女人的创痛感:

无力到达的地方太多了,脚在疼痛,母亲……
——《女人·母亲》

我在何处形成?夕阳落下
敲打黑暗,我仍是痛苦的中心
——《女人·憧憬》

带着心满意足的创痛
你优美的注视中,有着恶魔的力量
——《女人·渴望》

[①] 翟永明:《纸上建筑》,东方出版中心1997年版,第252页。

像种种念头,最后有不可企及的疼痛
我微笑像一座废墟,被光穿透

——《女人·秋天》

如此密集的"痛感"书写使得《女人》组诗可以成为"痛感"组诗。这种对"痛感"的表达,是男性文学中所罕见的。而正是与世界的对抗、男性的对抗、母亲的对抗,导致了这种刻骨铭心的创痛,成为女人最深切的生命体验。正是通过"自白"话语方式,翟永明对女性自我经验进行了书写与表达,以此反抗传统的男性中心话语。如果说,女性经验因长期以来被男性压抑和书写而导致事实上的"缺位"和"空白"的话,翟永明则以"自白"的方式宣告:无论是爱还是恨,无论是欢乐还是痛苦,都是我"自己"的感受和体验,都是我"自己"发出的声音。以此用自己的声音填补文学中长期以来"空白"的女性经验。

(二)躯体写作

除了"自白话语"之外,为了表现女性意识,翟永明还采取了"躯体写作"的创作方式。"躯体写作"理论来自于法国女权主义批评家埃莱娜·西苏。西苏认为,传统的写作是父权制美学控制的写作,女性处于"失语"的境地,无法实现真正的写作。所以女性应该开创一种新的写作途径,即"写你自己,必须让人们听到你的身体"[①]。在西方现代文化理论中,身体决不仅仅是自然性的,而是"处于世界的自然秩序和世界的文化安排结果之间的人类结合点上"[②]。也就是说,身体是文化的载体。在父权制社会中,女性的身体承载着父权文化的强权意识,承载着男性对女性的行为规范,正是在父权制社会对女性身体的一系列编码过程中,女性的身体实际上成了"缺席"的身体。正是基于此,西苏高喊:"妇女必须通过自己的身体来写作,必须创造无法攻破的语言,这语言将摧毁隔

[①] 埃莱娜·西苏:《美杜莎的微笑》,张京媛主编:《当代女性主义文学批评》,北京大学出版社1992年版,第194页。

[②] 布莱恩·特纳:《身体与社会》,马海良、赵国新译,春风文艺出版社2000年版,第120页。

阁、等级、花言巧语和清规戒律。"① 女性要正视自己的身体，自己来写自己的一切，包括性经历、身体感受、生命经验等，不要再因羞耻而拒绝谈论身体，要通过躯体书写开创属于女性自身的话语体系。只有通过书写身体，女性才能为自己创造一个独立的思想空间，并最终走向自由。

这种"躯体写作"理论对翟永明有着深刻的影响。她曾明确表示："作为女性，身体的现在进行时也是她们感悟和体验事物的方式之一，对美的心领神会、对形式感本身的深敏感，使得女艺术家的参与和制作方式，既是身体的，又是语言的。"② 在《女人》组诗中，翟永明以前所未有的反叛精神，自觉地使用"躯体写作"的创作方式来反抗男性话语对女性经验的遮蔽，以建立鲜明的女性意识。

《母亲》这首诗的写作，就是一个从身体到灵魂的过程：

无力到达的地方太多，脚在疼痛，母亲

在诗的第一句里，诗人就表达了身体的感受——"脚在疼痛"。而身体是世界和心灵交汇的反映场，外部世界对心灵的伤害通过身体呈现了出来。这个父权世界对女性有太多的限制，导致女性无法逾越现存体制而获得自由，因此创痛感由此而生。而之后身体之"血"进入诗中：

你是我的母亲，我甚至是你的血液在黎明流出的
血泊中使你惊讶地看到你自己，你使我醒来

女性主义批评家苏珊·格巴认为："女性身体所提供的最基本的，也是最能引起共鸣的隐喻就是血，由此，创造这一文化形式也就被体验为一种痛苦的创伤。因为女性艺术家体验死（自我、身体）而后生（艺术品）的时刻也正是她们以血作墨的时刻。"③ 诗人正是这样一步步从身体的疼痛进入了灵魂的痛楚：

---

① 埃莱娜·西苏：《美杜莎的微笑》，张京媛主编：《当代女性主义文学批评》，第201页。
② 翟永明：《天使在针尖上跳舞》，《芙蓉》1999年第6期。
③ 苏珊·格巴：《"空白之页"与女性创造力问题》，张京媛主编：《当代女性主义文学批评》，第166页。

活着为了活着,我自取灭亡,以对抗亘古已久的爱
一块石头被抛弃,直到像骨髓一样风干,这世界

有了孤儿,使一切祝福暴露无遗,然而谁最清楚
凡在母亲手上站过的人,终会因诞生而死去

正如诗评家周瓒在《翟永明诗歌的声音和述说方式》中所认为的,翟永明通过《母亲》中的"躯体写作",表达了"女性通过自己的身体,从母亲到女儿,在身体的创伤中铭刻了孤独的、纯粹性的爱、无法避免的诞生和分离的感受、死的必然性与它作用在女儿身上的力量"。

在《女人》组诗的其他诗歌中,对女性身体的描绘也比比皆是:

今晚所有的光只为你照亮
今晚你是一小块殖民地
久久停留,忧郁从你身体内
渗出,带着细腻的水滴
　　　　　　——《女人渴望》

世界闯进了我的身体
使我惊慌,使我迷惑,使我感到某种程度的狂喜
　　　　　　——《女人世界》

一阵呕吐似的情节
把它的弧形光悬在空中
　　　　　　——《女人生命》

我不再关心我的隐秘　这胎儿
更加透明像十月的哀号
　　　　　　——《女人结束》

大量的身体描绘,展现了女性特有的生命体验:性爱、怀孕、堕胎……而对于女性身体的书写,不是"为了身体而身体",而是通过身体来表现现实世界对于内心的影响与冲击。躯体成为一个主动反映者来回应她们所经历和面对的外部世界。让人们目睹她的身体,了解她的内心,让女性意识在躯体书写中得到复苏;让女性的自我得以张扬;让被男性遮蔽、压抑的女性世界在冲破了各种压迫和束缚后迅速突显出来。

延伸阅读

1.《翟永明的诗》(人民文学出版社 2012 年版)选入翟永明的诗 57 首,其中包括翟永明女性主义诗歌的代表作、大型组诗《女人》以及《静安庄》《十四首素歌》《迷途的女人》《称之为一切》等名作,力图为读者提供一个集中翟永明诗歌精华的选本,同时对翟永明诗歌世界的有机性有所反映。对要进一步了解和阅读翟永明诗歌的同学来说,是一个很好的选本。

2. 孟悦、戴锦华撰写的《浮出历史地表》(中国人民大学出版社 2004 年版)是第一部系统运用女性主义立场研究中国现代女性文学史的专著。借助精神分析、结构、后结构主义理论,本书以作家论形式深入阐释了庐隐、冰心、丁玲、张爱玲等九位现代著名女作家,同时在现代中国的整体历史文化语境中,勾勒出女性写作传统的形成和展开过程。理论切入、文本分析和历史描述的有机融合,呈现出女性书写在不同时段、不同面向上的主要特征及其在现代文学史格局中的独特位置。本书自 1989 年问世后产生了广泛影响,被誉为中国女性批评和理论话语"浮出历史地表"的标志性著作,有助于研究型学习者了解中国女性书写的传统与发展特征。

3. 张京媛主编《当代女性主义文学批评》(北京大学出版社 1992 年版)收录了七八十年代女性主义文学批评中英美学派和法国学派的重要文章。分为"阅读与写作""女性主义批评理论"两部分,探讨了"女性主义"文学的界定,女性文化及创造力,女性主义与解构主义、马克思主义、心理分析学、结构人类学的关系等。该书有助于研究型学习者了解西方女性主义文学批评的出现、发展及基本特征。

思考题

1. 女性主义诗歌在 20 世纪 80 年代的中国出现的历史缘由?
2. 翟永明《女人》组诗中的黑夜意识与女性主义的关系是怎样的?

第十三讲

长诗《哈拉库图》[*] 与诗人昌耀的精神历程

1989年，在未来中国的文化版图上，势必将会是一个被屡屡提及的时间。这一年10月，已经五十有三的诗人昌耀（原名王昌耀，1936—2000）写下了一首长诗《哈拉库图》。

"哈拉库图"显然不是一个汉语词汇。诗人昌耀虽生于南方美丽的小城湖南桃源，未及成年（13岁）即追随革命的队伍而去，大半生更是在边地之城青海西宁度过的。经由这一有意或无意的生命迁徙，那些原本并不属于湘楚大地的词汇——进一步说，包括那些已不大为现代汉语写作者所使用的古汉语词汇（不妨设想，在一个边地之城，古语与古风总容易保留），如同一颗颗深深嵌入木头的铁钉，初看之下总给人以触目惊心的感觉，最终却在经年累月里归化为木头。

据说，《哈拉库图》是"在重走当年边关流寓的故地后"写成的（诗末标有"1989.10.9—24 于日月山牧地来归"）。所谓"当年"的"流寓"，指的应是诗人因诗获罪而遭流放的时代。其大致情形已为那首被较多谈及的、诗末标明为"1961—62 于祁连山"的《凶年逸稿（在饥馑的年代）》所见证：

> 我以炊烟运动的微粒
> 娇纵我梦幻的马驹。而当我注目深潭，

---

* 《哈拉库图》，《昌耀的诗》，人民文学出版社2000年版，第195—201页。

第十三讲　长诗《哈拉库图》与诗人昌耀的精神历程 / 187

> 我的马驹以我的热情又已从湖底跃出，
> 有一身黧黑的水浆。我觉得它的因成熟
> 而欲绽裂的股臀更显丰足更显美润。
> 我觉得我的马驹行走在水波，甩一甩尾翼
> 为自己美润的倒影而有所矜持。
> 我以冥构的牧童为它抱来甜美的刍草，
> 另以冥构的铁匠为它打制晶亮的蹄铁。
> 当我坐在湖岸用杖节点触涟漪，
> 那时在我的期盼中会听到一位村姑问我
> 何以如此忧郁，而我定要向她提议：
> 可愿与我一同走到湖心为海神的马驹梳沐？

富有想象力的诗人自由地从现实之地跨入了梦幻之境，"冥构"，它所欲昭示的是以丰富之梦幻来弥补现实之缺失——20 世纪 60 年代中国现实里的缺失一再地被后来一些生活在富足年代里的诗人所书写，但当时情境下诗人的艺术激情与现实态度显然更可堪玩味。

1989 年，诗人"重走当年边关流寓的故地"，是什么力量驱动一个人做出"故地重游"的选择呢？消闲度假？怀念过去？1989 年这一时间点是不是具有某种特定的意义呢？又是什么力量驱动一个人成为诗人呢？歌唱生命之欢娱？消弭现实之缺失？抵抗时间之"遗忘"？——诗人或许无意将世人引入疑惑之中，《哈拉库图》以一种富于偈语性的诗句开篇：

> 城堡，宿命永恒不变的感伤主题，
> 光荣的面具已随武士的呐喊西沉，
> 如同蜂蜡般炫目，而终软化，粉尘一般流失。
> 无论利剑，无论铜矢，无论先人的骨笛
> 都不容抗御日轮辐射的魔法

"城堡"或类似称语并没有出现在当年的《凶年逸稿》里——在前述"冥构"情境之前，昌耀写到了一些类似于黑色幽默的场景：投草公牛（误以为奶牛，以期"吮嘬"鲜奶汁）、夜宿荒坟（"一晚夕只觉得门厅

里笙歌弦舞不辍/身边时而驰过送客的车马")——在岁月的流徙中,过去那个饥馑而荒凉的边地(在整个中国的版图之上,1989年的昌耀所居之地可称为边地,当年那个流寓之地则更是在边地之边)衍变成了一座"城堡",过去仿佛是一段在城堡里生活的岁月——当然,这已经是后设视角的投射了。

关于"城堡",我的大致知识是,它曾经是人类居住之处,是人类文明的聚集与发散之地。人类社会总在徙进,城堡也就成了某种具有相对意味的居所:相对于广漠的村落或荒野而言,它是"城";相对于人口繁多的现代城市而言,它只不过是"乡"。基于这种时间上和地理上的相对性,城堡既是人类生活变化的某种标尺,更是人类想象与现实的交接之地。当然,经由极富诗性的小说家卡夫卡关于城堡的经典叙述,城堡的这一含义无疑将更为切实。诗人昌耀所看到的又是怎样的一个城堡呢?

> 城堡,这是岁月烧结的一炉矿石,
> 带着黯淡的烟色,残破委琐,千疮百孔,
> 滞留土丘如神龙皱缩的一段蜕皮在荒草

龙(小蛇)蜕皮意味着新生,而它遗留给世界的则不过是自身的弃物。诗人以此为喻,既是兴之所至,也可能蕴涵了这样的意图:龙只存在于神话传说的世界里,而并非一种实有的动物,那么,眼前的所谓"城堡",或许本不过是一个"委琐"的土堆,年长日久,经由各种传说的累积,最终却成了一座城堡——即便是神龙所蜕之皮,它仍然是一种弃物,类似于一团业已风干的粪便,这反过来点明了眼前这座城堡在时间维度里的命运。不过,这样一个"城堡"似乎并非子虚乌有之物。《凶年逸稿》里出现的马驹和美人(村姑)又一次出现了,马似乎还是那种可以"娇纵"的、梦幻的马:

> 他让我隔着雨帘观赏远山他的一匹白马。
> 这是他的白马。
> 马的鞍背上正升起一盏下弦月
> 雨后天幕正升起一盏下弦月,

映照古城楼幻灭的虚壳。
白马时时剪动尾翼。
主人自己就是这样盘膝坐在炕头品茶
一边观赏远山急急踏步的白马
永远地踏着一个同心圆，
永远地向空鸣嘶。
永远地向空鸣嘶。

与其说这是"观赏"，不如说是在描摹一种幻觉，仿佛一只神秘的手就在眼前施展它的魔法，一个鲜活的生命被掏空，"永远地""永远地""永远地""向空鸣嘶"的动作被定格，恰如一帧皮影——马，终究不过是一种"幻灭的虚壳"。"昔日的美人"又安在呢？

啊，昔日的美人，那时
她的浓浓的辫发乌亮油黑如一部解开的缆索
流溢着哈拉库图金太阳炙烤的硫黄气味，
而那青春的醉意是一雏鸟初识阳光时眉眼迷离的娇羞，
而今安在？

美人是"昔日的"，她被想象（回忆）但没有被冥构而出，可见笔法或精神气度已有了改变——一如"重走"一词所提示，这个以"城堡"开篇的《哈拉库图》，如同卡夫卡笔下的《城堡》一样（我相信昌耀并未读过这篇怪异的作品，即便拿起来翻过，也不会终篇），逐渐地朝着"寻找城堡"的母题行进。城堡是可见的，在"远山"之上，却已是一个"幻灭的虚壳"而终不可及——无法进入——一个人甚至不能如一只蝼蚁钻进那些黯淡的千疮百孔里。

没有一个世人能够向我讲述哈拉库图城堡。
记忆的重负先天深沉。
人类习惯遗忘。

如同渴望进入城堡的 K 被不同的意见所左右，执拗地寻找着城堡的"我"也得到了所要留宿的房子的主人（那种夜宿荒野的境遇已不再有——他，白马的主人）的劝告：

> 他劝我不要再寻思城堡的事，
> 他说那里很脏很脏很脏，
> 他说那处填满卵石的坑穴刨出过许多白骨

世人不仅没有讲述城堡的故事（这可理解为世人并不相信有一个关于城堡的传说），反而以恶的故事诋毁着诗人所追寻的对象——诋毁，一个站在诗人立场上的词汇——诗人相信："哈拉库图城堡有过鲜活的人生"——

> 那时古人称颂技勇超群而摧锋拔寨者皆曰好汉。
> 那时称颂海量无敌而一醉方休的酒徒皆是壮士。

诗人沉浸于记忆的重负之中而不觉其荒谬：一个过去并未确切出现过的城堡只存在于过去———一段用"那时"来指称的岁月，一段或许只存在于"歌人"（说书人）演唱世界里的岁月。他像一个考古学家一样，徘徊于土丘、荒草之中，苦苦寻觅（只能是寻觅而无法进入），所获取的却不过是"残编"而已：

> 我正是在哈拉库图城纪残编读到如下章句：
> ……哈拉库图城堡为行商往来之要区，
> 古昔有兵一旅自西门出征殁于阵无一生还者，
> 哀壮士不归从此西门壅闭不开仅辟东门……

（我疑心）所谓"残编"，也不过是一种虚有的臆造之物（"冥构"）。诗人意欲从沉积的时间里重新构设出一个城堡，终于发现这可能是一种徒劳——但凡打上时间烙印的东西，即如自我生命，也永远无法免除"失落"的运途：

第十三讲　长诗《哈拉库图》与诗人昌耀的精神历程　／　191

　　　　时间啊，令人困惑的魔道，
　　　　我觉得儿时的一天漫长如绵绵几个世纪。
　　　　我觉得成人的暮秋似一次未尽快意的聚饮。
　　　　我仿佛觉得遥远的一切尚在昨日。
　　　　而生命脆薄本在转瞬即逝。
　　　　我每攀登一级山梯都要重历一次失落。

　　在"失落"的底层，那些曾经有过的仿佛不曾有过，所有的真实都化为虚幻的心象：

　　　　如果时间的真实只是虚幻的心象，
　　　　哈拉库图萧瑟的黄昏还会可能与众不同？
　　　　一切都是这样的寂寞啊，
　　　　果真有过被火焰烤红的天空？
　　　　果真有过为钢铁而鏖战的不眠之夜？
　　　　果真有过如花的喜娘？
　　　　果真有过哈拉库图之鹰？
　　　　果真有过流寓边关的诗人？
　　　　是这样的寂寞啊寂寞啊寂寞啊，
　　　　像一只嗡嗡飞远的蜜蜂，寂寞与喧哗同样真实。

　　什么是时间的真实？时间是无限的，个体生命是有限的，有限如何能确证无限的真实？无限又如何将真实赋形于有限？面对这些疑惑，诗人提取了一个暧昧的词汇：历史。个体生命之失落无法阻挡历史的形成。

　　　　乡亲指给我说：其实历史就是历史啊，
　　　　我们年轻时挖掘的盘山水渠还在老地方，
　　　　衰朽如一个永远不得生育的老处女。
　　　　那是一条未曾走水的水渠。

乡亲所指的即是那个千疮百孔的、委琐的土丘。它构成了乡亲的历史——令人惊讶的是乡亲所使用的"历史"这一词汇,衰朽,不得生育,不曾走水,均和"年轻"相对照,这是一种沉滞的、无言的历史,一如城堡本身。而这些乡亲,正给人来自那个传说中的城堡的幻觉:

坡底村巷,一列倚在墙垣席地端坐的老人
仍留在夕阳的余烬曝晒,
面部似挂有超验的粘液。

乡亲们眼前土丘上的水渠显然不同于"残编"里的历史——真正的考古学家将"残编"连缀起来,组成"历史",一种书面的、供世人阅读的东西——当诗人从不同角度提及"历史"时,他显然明了不同历史之间的级差——幻觉终究只是幻觉,这颗敏锐的心灵终将被委琐的挫折感所激醒:

没有一个历尽沧桑者不曾有落寞的挫折感。
没有一个倒毙的猛士不是顷刻萎缩形同侏儒。
死亡终是对生的净化?
高山冰凌闪烁的射角已透出肃杀之气,
阔叶林木扬落残叶任其铺满昨夜的雨水,
唯此眉眼似的残叶还约可予人一派蕴藉的温情,
以不言之言刻意领悟存在,乘化淡远。
竟又是谁在大荒熹微之中嗷声舒啸抵悟宿命?
贩卖密货的木轮车队已愈去愈加迢遥。
哈拉库图城墟也终于疲惫了。
而在登山者眼底被麦季与金色芸薹垄田拼接的
山垴此刻赫然膨大如一古代武士的首级,
绿色帚眉掀起一片隐隐潮动的嚣声。
他为眼前这一突然发现而震悚觉心力衰竭顿生
恐惧。他不解哈拉库图的译意何以是黑喇嘛?
历史啊总也意味着一部不无谐戏的英雄剧?

第十三讲　长诗《哈拉库图》与诗人昌耀的精神历程　/　193

在全诗倒数第二句，"哈拉库图"这个非汉语词汇终于露出了它的本来面目：黑喇嘛。诗人怀揣着这个秘密，以极大的耐心，一直隐忍到了最后——此情此景，与其说诗人在使用一种策略以调动读者的胃口（设想绝大多数读者对于这一词汇是陌生的），不如说他一直在犹豫，如何以一种最合适的方式将眼前这个已成土丘模样的城堡，一个非实有形态的东西描摹下来呢？如前所述，诗人不断地转换视角，甚至不断地变换人称（我、你、他，三种人称全部出现在诗中），即是由于强烈的情感起伏所致——一种强烈的情感，诗人在不断地寻求合适的表达方式。

"他不解哈拉库图的译意何以是黑喇嘛？""不解"至少可做两重解：一是"不了解"：事物本身对应着一个译语，却无从了解它的意义，正如无法钻进土丘去探知传说的面目一样。一是"不明白"或"不知道"：对于事物，诗人有着自己的经验、观察与想象，却不知道它何以对应这样一个译语？廓大一点说，诗人不知道自己的经验与想象如何在世间寻找一种确切的对应物——不仅仅是城堡何以化为了土丘，更是这个传说中的、想象中的、雄伟的城堡何以对应"黑喇嘛"这样一个不起眼的、委琐的名字？

就这样，伴随着对于历史的疑问，诗歌在以一种强烈的情绪终篇的同时又回到它的起点："城堡，宿命永恒不变的感伤主题"。当诗人写下这句诗时，他的脑海里还应浮现出四年前已然有过的一次城堡经验（如同昌耀一直忍住不将"哈拉库图"的含义说出一样，我也忍到现在才说出这个重要的诗篇）：那一次，他带着一个孩子走进了一座空城堡（那又是带着什么目的出行的呢）；孩子惊恐于城堡的空荡，诗人用了一个只有强盗才会使用的词汇：洗劫！

　　孩子已震怖于这空城堡无人的宴席，
　　在我胯下瑟缩，裹足不进。
　　我想：他们岂敢无视孩子的莅临！

　　而后我们登上最高的顶楼。
　　孩子喘息未定，含泪的目光已哀告我一同火速离去。

但我索性对着房顶大声喝斥：
——出来吧，你们，从墙壁，从面具，从纸张，
从你们筑起的城堡……去掉隔阂、距离、冷漠……
我发誓：我将与孩子洗劫这一切！

——《空城堡》（1985.12.11）

在"重走"之后，诗人定然发现，洗劫城堡的意念不过如同堂吉诃德和风车争斗一样可笑——不仅洗劫是不可能的，将城堡视为洗劫的对象更是错位——有限之个体生命，有限之物质体，永远都无从抵制无限时间的挤压与消磨，这是宿命——相对于无限的时间而言，城堡不过是个体生命的另一种形态而已（至此，先前关于城堡的知识显然已不尽适用）。感伤有着确切不移的、永恒的理由——所谓"感伤"，诗人从一开始就着意用偈语性的诗句突出了它的某种含义，最终却在游移不定的、漫长的诗句里逐渐将其引向丰富的层面：生命无从阻挡的衰败，想象无从抵达的局促，经验无从对应的焦虑，以及感伤自身无从预料的侵袭——这同时也是一种期待读者参与的感伤，宿命或感伤，乃是古往今来的诗人（包括那些曾经居住在城堡里的诗人）屡屡表现过的主题，昌耀回应了先他之前而写下的所有关于宿命与感伤的诗篇，也写下了自我之期待：期待有人从未来的时间里重新写下关于感伤和宿命的诗篇，期待着有一种声音从那个黯淡的、土丘般的城堡世界里发出……

当年的岁月，虽然是一段艰苦的受难岁月，却也让他发出生命的欢欣与岁月的骄傲：

我是这土地的儿子。
我懂得每一方言的情感细节。
……
啊，美的泥土。
啊，美的阳光。
生活当然不朽。

——《凶年逸稿》

当年那个年轻的诗人大概从来也没有想过很多年之后,自己又会重新回到生活过的土地上,举目四望,"唯此眉眼似的残叶还约可予人一派蕴藉的温情"。他追寻着一种跌落在时间深处的想象——他定想起了当年那个年轻的诗人写下的诗句;那些马和美人的重新出现,定是有意地并置——他本欲洗劫城堡,最终却进一步看清了自身的衰落——他定然没想到那个年轻骄傲的自己那么快就衰老不堪——在当年,他看见了分娩和妊娠:

> 有一天我看见山的分娩
> ……
> 某日一个男孩推开门扇跨进大厅,
> 手举一棵采自向阳墙脚连同土根刨起的青禾,
> 众人从文案抬起下颔向他送去一束可疑的目光,
> 仿佛男孩手心托起的竟是一块盗来的宝石。
> 而我想道:大地果然已在悄悄中妊娠了啊。

不妨将"男孩"视为年轻的诗人自我形象的外化。而《空城堡》中那个具有强烈的情感浓度的"孩子",与其说是一种实有,不如说是诗人自我挣扎的隐喻——"惊恐"与刚烈("大声呵斥")并置的情境正是诗人境遇(挣扎于逼仄的现实之中)的隐喻。及至《哈拉库图》,年轻的形象消逝了,连挣扎也似乎不复存在,诗人邂逅的是一辆出殡的灵车,安睡于灵车之上的是一个少妇,一个年轻的生命:

> 正午,我与为一少妇出殡的灵车邂逅,
> 年老的吹鼓手将腰身探出驾驶室门窗,
> 可着劲儿吹奏一支凄绝哀婉的唢呐曲牌,
> 音调高亢如红装女子一身寒气闪烁,
> 传送了一种超然的美丽。
> 我跟随灵车向墓地缓行
> 我听见心尖滴血暗暗洒满一路。

20 年间,情境和心境发生了若干重要的变化。我愿意将这一变化看作是诗人昌耀早期诗歌和 80 年代中后期以来诗歌精神气度的重要分野。从"分娩"到挣扎到"出殡",诗人以一种具有强烈对照意味的场景摹写了生命衰落的现实,衰落无从阻挡地袭来——衰落——波兰诗人切·米沃什写过一首题为《衰落》(1975,张曙光译)的短诗,写的是"一个人的死亡",用的是城市(堡)的譬喻:

> 一个人的死亡像一个强大民族的衰落
> 曾经有过英勇的军队,将领和预言家,
> 繁华的港口和遍布海上的船只,
> 但现在它无法解救被围困的城市,
> 也无法加入任何联盟,
> 因为它的城市空了,人口已经离散,
> 它的丰收的土地如今长满了荆棘,
> 它的使命被遗忘,它的语言已消失,
> 一种乡村土语高踞在无法攀援的山上。

一如昌耀借助写作回应了他身前身后的精神世界,米沃什也替昌耀写下了关于死亡和衰落的诗篇——《哈拉库图》之后,诗人昌耀大概有三个月没有动笔。不知是不是因为这一次重返过去(寻找城堡),或者说,这首长诗的写作,给他带来了深深的疲倦感受?1989 年之后,直至无法忍受病痛之折磨,临窗一跃而去的 2000 年春天,10 余年间,他偶有出行,但仍然生活在边地之城,青海西宁。据说,他一度想到东南部某些城市发展,比如南京,几经努力却终未如愿。

南京,又名金陵,号称六朝古都,一座历朝才子佳人聚居之城,一座历史兴亡如脂水般腻滑的城市——今人甚至称其为"最伤感的城市"。如若事情真是这样的话,某一天,诗人走到城墙之下,更或者是郊外,举目四望,那又会遗留下怎样的诗篇呢?

延伸阅读

1. 昌耀作品集

(1) 通行本《昌耀的诗》(人民文学出版社 2012 年版)被列入了"蓝星诗库金

版",收录了昌耀各时期的主要作品。

(2) 文集本《昌耀诗文总集(增编版)》(作家出版社 2011 年版)收录了昌耀绝大部分诗文作品。

2. 研究论著

(1)《昌耀评传》(燎原著,人民文学出版社 2008 年版)是昌耀的第一种传记,作者和昌耀非常熟悉,此书有助于深入了解昌耀的生平与创作。

(2) 论文《作为自传的昌耀诗歌——抒情作品的社会学分析》(耿占春撰,《文学评论》2005 年第 3 期)、《对一个口吃者的精神分析——诗人昌耀论》(敬文东撰,《南方文坛》2008 年第 4 期)、《昌耀诗的相反相成和两个偏离》(西川撰,《青海湖》2010 年第 3 期)、《昌耀:诗的抵抗史》(张光昕撰,《武陵学刊》2010 年第 6 期)、《昌耀的诗歌成就及其历史地位》(张桃洲撰,《武陵学刊》2013 年第 1 期)等,关于昌耀的研究论文很多,上述论文从不同角度对昌耀诗歌进行了深入解读,值得细读。

思考题

1. 试以昌耀其他诗歌(如《凶年逸稿(在饥馑的年代)》《斯人》《内陆高迥》等)为例,探析诗中的精神内涵。

2. 试看从精神的角度理解昌耀诗歌的语言特质。

第十四讲

海子诗歌中的肉体隐喻

> 严格地说来，所有的love poetry（爱情诗）都是erotic. poetry（色情诗）；其实，文学的巨大魅力就在于它最忠实于生活，而性爱或"色情"恰恰是生活的重要组成部分。所以，说魏尔仑这样的大诗人也很"色情"是一种赞誉，而不是贬低。
>
> ——［美］阿尔伯特·莫德尔《文学中的色情动机》

通过语言和修辞谈论诗歌，是一件极为冒险的事情。因为诗歌的语言与修辞在根本上是无须讨论，也是无法讨论的，"寺"与"言"的结合表明，它只负责表达，不负责阐释。"神性的语言"或"语言的神性"本身都拒绝学术的解析。所以，这里的解释本质上是没有意义的，也只能作为一种学术意义上的"隐喻"。

还有，这题目非常冒险，因为海子诗歌的某种"神圣"性质，以及海子在人们心目中崇高的地位，他的诗歌解读也变得人格化了。这当然是必要的，也是合适的，但需要警惕的是，这种"神圣的人格化"也使人们对海子诗歌的理解被"压扁"了，也就是说，他的丰富性被压抑和删减了，比如他的这类具有"情色意味"的诗歌，就变得无以依托。而事实是海子不但有过相当曲折和丰富的恋爱经历，而且这些恋爱的经验与经历还在他的诗歌写作中留下了美妙的痕迹。如果不从文本出发，他的单面的悲剧形象覆盖了我们的阅读，海子就会有被单质化的危险。

按照"编年"的方法阅读海子，我发现，1985年对他来说是一个特别的年份。他在这一年的诗歌中反复描写了许多爱情场景——有细节的、

第十四讲 海子诗歌中的肉体隐喻 / 199

充满了甜蜜的身体性与隐喻性的爱情场景。由此我断言，海子可能经历了一场他个人有史以来"真正的恋爱"——说真正的恋爱的意思是，这是一场有身体经历和经验的恋爱。他抑制不住激动和兴奋，写下了数量不菲的爱情诗，其中有很多都涉及了身体与器官描写。而这些描写在当代诗歌中同样具有创始性的意义，因为此前没有任何人能够如此精细而大胆、直接而正面地将性隐喻作为写作的对象。从这个意义上说，海子是划时代的诗人同样不是虚夸。

让我先举出《妻子和鱼》一首。

因为唐晓渡和王家新很早将其选入了《中国当代试验诗选》中，因此，这首诗传播很广。很多年里，我只是隐约意识到其中的性指涉意味，但因为某些心理的预设，总担心"以小人之心度君子之腹"，并未过分留意它在这方面的意图。但如今读来，则强烈地意识到，这确乎是一首以隐喻笔法书写恋爱的甜蜜、怅然以及隐秘体验的诗。其中"水"与"鱼"的意象明显隐合着传统文学中"鱼水之欢"的意思，具有浓厚的情色意味："我怀抱妻子／就像水儿抱鱼／我一边伸出手去／试着摸到小雨水，并且嘴唇开花……"这些确乎是关于身体与器官的想象，是关于爱的细节描写。"水儿抱鱼""小雨水""嘴唇开花"等意象的含义，都显然是不言自明的。

接下来，诗中反复书写的仍然是肢体的亲昵游戏，以及肉体的幸福想象："我看不见的水／痛苦新鲜的水／流过手掌和鱼／流入我的嘴唇／／水将合拢／爱我的妻子／小雨后失踪／水将合拢……"这几句明显是描写身体的反应、抚摸、相爱或交欢过程中的情形的，"水"的来去，参与者的狎昵，动作性很强，无须细解。接着，作者又写到了在"鱼"与"妻子"两个角色之间不断地发生着的疑惑和转换——他实际上是要表达自己的某种幻觉：这个女性在两个身份之间，不断地发生着的身份的跳转，爱抚时犹如小动物般活脱的"生理"角色，平常间作为情感与伦理意义上的"妻子"的角色，这两个到底哪一个是真实的，哪一个真的属于我？主人公在这里是疑惑的，这疑惑当然也是撒娇和甜蜜的。并且，它还延伸及作者对自我身份的疑惑——一种"身份失忆症"：

离开妻子我
自己是一只
装满淡水的口袋
在陆地上行走

只记得"水"的感觉，但他是淡而无味的"水囊"一个。这一意象非常形似地书写出了过程之中和之后的心理与身体反应：在激情之后分别时的一种"被掏空"了的、失魂落魄般的感受，隐喻出过程中的甜蜜销魂，以及之后的怅然若失。

这或许是当代诗歌中最早的全文"赤裸裸"地书写性爱的诗篇了。但请注意，海子的处理非常隐秘，完全用隐语和隐喻来呈现。"小雨水""嘴唇开花""鱼"这些"名词"是隐喻的，但"动词"的使用则非常直接："怀抱""抱""伸出手去""摸""睡""合拢"，等等，这些都非常动作化，且有实在的性指涉的意义。

另一首《打钟》。

这一首在海子的诗中也因为同样的原因而传播得很早。但是其中的含义，则少见细读性的阐释。确乎它也更加暧昧。如今，假如我们直接将其定性为性隐喻的诗，其意义也就会变得明朗和清晰起来。很显然，这首诗是更直接和官能化了，或者说是具有了某种直接的"人类学的诗意"，它将性爱场景与动作虚化和"神化"为一种原始的壮美场景，犹如我们远古的祖先创世时的情景：

恋爱，印满了红铜兵器的
神秘山谷
又有大鸟扑钟
三丈三尺翅膀
三丈三尺火焰

打钟的声音里皇帝在恋爱
打钟的黄脸汉子

吐了一口鲜血
打钟，打钟
一只神秘生物
头举黄金王冠
走于大野中央

你当然可以将这些句子看做是纯粹的"诗意想象"，但那样一来，这首诗反而显得很牵强夸张，很"不靠谱"，如果将其理解为直接的性动作描写，则可以看做是原始性的史诗场景中的一个部分。这就是海子的过人之处——可以将很现实和很直接的内容转换、幻化和提升为原始性的诗意。如同小说领域中的莫言，可以将某些粗俗的细节和意象升华为人类学的场景一样。这些句子非常明显地充满了色情意味："神秘山谷""大鸟扑钟""一只神秘生物""大野中央"，这无疑都是性器官的隐喻，而"印满了红铜兵器""火焰""头举黄金王冠""打钟，打钟"这些都是明显的"性信息"提示，甚至可以将之解为器官的特征，但它们共同描述的某一时刻的场景却被整体上"神化"了，化为一个原始而壮美的人类学景象——犹如原野上伏羲与女娲的壮美交合，个体行为被赋予了神话内涵，成了 80 年代人们的普遍情结：喜欢用文化的眼光看待一切，将个体的性行为演变成了一个"生殖崇拜"的仪式。

这在杨炼的《诺日朗》中已有了先例，与杨炼的晦涩与稠密的隐喻相比，海子是简练而直接、迅疾而到位的，他对于神化与神启境界的创设，的确来得更快。这几乎是天赋的，没有办法。

写于 1986 年的《肉体（之一）》《肉体（之二）》。

这两首有可能写的是海子失恋之后，对于爱情的回忆与祭奠。其中第一首写得略显悲伤而虚拟，第二首更直观和沉溺其间。当然，最后又出现了"墓地"，这可以印证这两首诗的含义。很显然，稍早前在《九盏灯》中，海子明确书写了失恋之痛，之后，甜蜜的、包含了"色情甚至狎邪"意味的诗就不见了，能够读出的似乎只有充满伤感和痴迷到若有所失的回忆。确乎，只有在恋爱之中、在"现在进行时"中才会有色情与狎邪的心态与机会，而回忆和悲剧结局之后的回味，都很难再具有色情意义。在这两首诗中海子更多地写到了乡村的景象，写到故乡和母亲，这显然是一种"疗伤"的方式。

悲伤和怅惘是这两首诗的主调。第一首在我看来表达了对于身体记忆的留恋："一枚松鼠肉体／般甜蜜的雨水／／在我的肉体中停顿／了片刻"，可想而知，这种温馨而令人绝望的记忆是如何攫持了作者的心，犹如一场醒来时倍感幻灭的春梦，他抓不住这悲伤而美妙的记忆，只能在怅然中定神体味，叹息良久。

不过，笔者以为，海子此时仍偶尔会回忆起并且沉浸于爱的经验与往事之中，他的《肉体（之二）》直观地写道：

> 肉体独自站立
> 看见了鸟和鱼
>
> 肉体睡在河水两岸
> 雨和森林的新娘
> 睡在河水两岸……

这当然是器官的隐喻，是欢爱场景的局部。因此这首诗从"技术"上讲，可以看做是从第一首中摘出，专门描写春梦中的细节以延长其性体验过程的产物。开篇即强调"肉体美丽"，在展开描述了上述细节与场景之后，它又十分肯定地强化并且升华了这一意图："垂着谷子的大地上／太阳和肉体／一升一落，照耀四方"。这显然仍是欢爱场景与动作的描写，只是从诗意上他不得不将其虚化为壮丽的图景，但他同时又在这些记忆中无法自拔。最后，海子也终于说出真相：这是一场悲喜交集的幻梦，是永不再来的回忆——"感激我自己沉重的骨骼／也能做梦"。凄艳、美丽、感伤、叹息，这一首真可谓是一唱三叹，余音绕梁，让人悲从中来，不可断绝。

另几首《写给脖子上的菩萨》《思念前生》等。

第一首通篇似比较含蓄收敛，一直把对爱人的爱与感激转化为一种神性体验，这大约是一种对"再造之恩"的感激之情了。两人相拥相亲、调情狎昵、彼此近距离地感受对方呼吸的场景，让他沉湎不忘，故虚拟了"菩萨"的出现，她是大慈大悲、普度众生的菩萨，当然也包含了从性爱方面对他的赐予和奉献、满足与拯救。最后，海子止不住还是甜蜜地写道："菩萨愿意/菩萨心里非常愿意/就让我出生/让我长成的身体上/挂着潮湿的你"。最后两句既可以很抽象地理解，当然也可以很具体地理解为是一个性动作的瞬间。

《思念前生》是一首特别的诗，从诗意上看，似乎有恋母的隐喻。它写了一个奇怪的梦境：梦见自己赤身裸体的成长记忆，梦想重新返回到母亲身体之中，还原为幸福的婴儿："庄子想混入/凝望月亮的野兽/骨头一寸一寸/在肚脐上下/像树枝一样长着……//仿佛我是光着身子/光着身子/进出//母亲如门，对我轻轻开着"。整首诗写得很美，很原始静谧，有一种海子诗歌中典型的单纯和罕见的天真。不过，假如我们从弗洛伊德的观点看，那解读它可就学问大了。返回母体既可以理解为是一种美丽的撒娇，当然也可以认为隐含着难以言喻的可怕念头。但这就比较犯忌讳了，让我们小心地躲开吧。

在从《妻子和鱼》开始，到《肉体》之间，海子写过的与性爱隐喻有关的诗，大概不少于十几首，比较明显的有《坛子》，写女性身体的，藏得较深，但很容易理解："我头一次也是最后一次进入这坛子/因为我知道只有一次/脖颈围着野兽的线条/水流拥抱的/坛子/长出朴实的肉体"，这明显是乳房的隐喻；还有《浑曲》《得不到你》《中午》《我请求：雨》《为了美丽》等，大约都有明显的器官隐喻与性爱指涉。

我为什么要冒了这样的危险，来讨论海子诗歌中的性描写或者色情隐喻，或者说，讨论这些是要说明什么呢？

首先是要说明，当代诗歌中的"身体解放"不是始于最近的十年，不是始于"下半身"运动，而是更早。1985年，虽然唐亚平写出了《黑色沙漠》组诗，其中有《黑色洞穴》也涉及了器官的隐喻；在翟永明的《女人》组诗、伊蕾的《独身女人的卧室》组诗中也有大量的性信息，但这些都是作为"文化思辨"来进行书写的，均不具有"现场意义"。所以在某种程度上，海子称得上是第一个将身体与性直接和直观地"嵌入"当代诗歌写作之中的人。这足以证明他的多面性与前卫性。

其次,在使用隐喻与隐语的情况下,身体完全可以催生出优美的诗篇。海子的写作表明,身体和器官不但可以嵌入诗歌,而且很有必要,当它们进入诗歌之中时,诗歌的语言出现了在无意识中"迅猛成长"的状况,这是海子对当代诗歌的一大贡献。当然,必须考虑到与主体——写作者命运的结合与见证关系,这种重要性才能够被进一步确立。比如,还有一位当代诗人就经常写性,他每接触一个女孩,或有那么一次经验就用诗歌来表现,但我对于这样的作品并不会产生出敬意。并不是说他写的完全不好,手艺太差,而是基于对这个人"杯水主义"态度的了解,才会不欣赏。

再次,可以呈现出一个"立体的海子",而不只是一个"神化的和神话的海子",还有一个有着世俗经验、有着世俗生命经历的海子。他的这些侧面不会损伤他的光辉,相反会增加他的丰富性,他的语义系统也会因此得到多面的整合和理解,这是一个必要的认知,它使得海子诗歌的语言世界、意义系统更加圆融和圆润了,有了可感的生命与世俗性。

最后要交代的一点是,我在此文写就时,恰好遇见了一位与海子生前有过密切交往的朋友,我问他,海子是否有过"真正的恋爱"?他的回答是肯定的。但他笑问我,为什么会问这个问题,我的回答是,出于解读海子的一类作品的需要。因为我觉得,确乎需要一种准确的细读,假如海子是丰富的,而我们却硬要将他单质化,那对于一个重要的诗人和一个逝者来说,都是不公正的;而且,如果海子绝大部分的诗歌都是可以经得起细读的,那就同时说明了两个问题:其一,海子的诗歌确乎是不朽的;其二,我们时代的读者是有耐心的。假如海子不曾有这样的经历,我的细读岂不是有亵渎之罪。好在,我的猜测没有离谱,这使我倍感欣慰——不只是为了自己解读的正确,更是为海子有过的人间最美好的经历。只是,我与此朋友也都叹息,这样美好的经历和记忆也没有挽留住他那年轻的生命,这真是一个让人绝望的谜。

延伸阅读

1. [美]阿尔伯特·莫德尔:《文学中的色情动机》。作者运用精神分析学的观点,以严谨的治学态度对众多欧美经典作家、作品加以分析,进而揭示出:在文学创作中除了种种社会的、政治的和文化的原因外,还存在着一种更为深层的内驱力,即作家本人的潜意识动机。由于这种潜意识动机在很大程度上是和作家的无意识性心理联系在一起的，因此莫德尔称之为色情动机。这和作家本人的道德无关，并不是说作家有意识地进行色情渲染，而是说作家在作品中无意识地泄露了他的内心秘密，因而使读者无意识地受到了感染。

2. 张厚刚、王洪月：《黑暗意象丛：海子诗歌的意象主题》，《齐鲁学刊》2010年第2期。此文梳理了评论界所述及的海子诗歌中的意象群类型：

第一，麦子、麦地意象。

邹建军认为："体现海子的个性和人格魅力的意象就是'麦子'。'麦子'意象之于海子，犹如'太阳'之于艾青、'雨巷'意象之于戴望舒、'荒原'意象之于艾略特，是深具价值的独特创构。"（见邹建军《试论海子的诗歌创作》，崔卫平编：《不死的海子》，中国文联出版公司1999年版）

持这一观点的还有邵敏，她认为："'麦地'意象居于海子诗歌意象的核心地位，是海子最为常用并为海子赢来巨大声誉。"邵敏指出，海子的麦地意象不仅与梵高的画作"麦地"有某种互文关系，而且与《圣经》中的麦子有关（邵敏：《落地的麦子不死——海子"麦地"意象再认识》，《语文学刊》2005年第5期）。

罗振亚也意识到了麦子意象的重要性，指出海子的主题语象是麦地（罗振亚：《海子诗歌的思想与艺术殊相》，《吉林大学社会科学学报》2007年第1期）。

第二，太阳、大地意象。

宗匠则认为："海子诗歌有两类相对抗的意象，一类是麦子、麦地，一类是太阳（阳光）、月亮（月光）。前一类是物质性的、生存的，后一类是精神性的、艺术的。这两类意象的相互碰撞、物质与精神的永恒对抗，构成了海子诗歌的基本主题，也即生命痛苦的主题。"（宗匠：《海子诗歌：双重悲剧下的双重绝望》（崔卫平编：《不死的海子》，中国文联出版公司1999年版）。

梁彦玲认为："海子诗歌的意象自成体系，其中'太阳'意象豁人耳目且贯穿海子诗歌始终，形成一个自足的意象系列，有着相对稳定的内涵，太阳作为一个核心意象，还派生着'火''光明''血'等变体"（梁彦玲：《论海子诗歌的太阳意象》，《廊坊师范学院学报》2004年第2期）。

洪子诚认为："麦地、村庄、月亮、天空等，是海子诗中经常出现的、带有原型意味的意象。"（洪子诚：《中国当代文学史》，北京大学出版社1999年版）

郭宝亮认为，海子诗"其意象构成系统大致上可以分为两大类：一类以'太阳'为代表；一类是以'大地'为代表。"（郭宝亮：《飞升与沉降——论海子诗歌的意象构成及其内在张力》，《新疆师范大学学报》（哲学社会科学版）1998年第2期）

第三，火意象。奚密认为：火意象是海子的主题意象："以火为中心，诗人创造开展出许多组意象；这些群组之间又互相联系，形成一个复杂庞大的象征体系。"奚密进而扩展了火意象的功能,指出:"火=诗、诗人。"(奚密:《海子〈亚洲铜〉探析》,崔卫平编:《不死的海子》,中国文联出版公司1999年版)

第四,远方意象。

王一川指出:"'远方'是海子诗反复出现的重要形象。"(王一川:《海子:诗人中的歌者》,崔卫平编:《不死的海子》,中国文联出版公司1999年版)

持类似观点的还有杨秋荣,他概括出"青春远行"作为海子诗歌的主题意象:"海子诗歌(尤其是抒情诗)就是紧密围绕着'青春远行'这一主题意象来展开的。这个主题意象统贯着他的全部作品,从中又生发、延展出其他一系列诗歌意象,如:火、太阳、水、阳光、月亮、天空、远方、麦子、麦地、草原、黄昏、黑夜、姐姐、妹妹。"(杨秋荣:《青春的单翅鸟——海子诗歌的主题意象解读》,《北京教育学院学报》2000年第3期)

而张厚刚、王洪月则认为,黑暗意象丛是海子诗歌的主题意象所在。这一意象丛包括太阳、月亮、水、大地、麦地等多重意象,具有强大的吸附能力和生发能力,是海子诗歌区别于同时代诗人,也区别于乡土诗人、抒情诗人的根本性标志。黑暗意象丛深刻地打上了海子自己的个性标签,代表了其诗歌的终极状态。黑暗意象丛深刻地打上了诗人自己的审美个性标签,代表了世界的终极状态。对世界终极状态(原初状态)的拷问,使海子承受了人类难以承受的精神折磨,这也使得海子成为当代诗人中最具哲学深度的一位。

3. 罗振亚:《海子诗歌的思想与艺术殊相》,《吉林大学社会科学学报》2007年第1期。此文认为,海子的抒情诗从人本主义思想出发,歌唱外部困境和内部激情之间冲突所引发的"生命的痛苦"。海子的"大诗"是绝望诗学与幻象的探索,是处于构想与实现之间的未完成的文本操作。海子诗歌的浪漫主义艺术探索,开启了20世纪90年代个人化写作的先河。

此文进一步详细指出,海子在当代诗歌史上的意义在于:20世纪80年代中后期的中国诗坛欲望喧哗,诗性溃散。置于如此后现代历史语境里,第三代诗人普遍放弃了知识分子立场,向后现代主义顺风而动。而海子却承受着现代主义语境压力,坚守古典的立场和理想,企望以意象思维重建太阳和诗歌的神话,进而以此缝合破碎的世界,拒绝投降;并且正是借助这种"贵族诗学"的选择,摆脱了政治情结的纠缠,确立了在诗坛上的地位。他对浪漫主义诗歌的守望,挽留住了浪漫主义在20世纪的最后一抹余晖。海子浪漫之诗中罕见的纯正品质,还对同时期诗人及后来者的艺术操作产生了影响,规定了未来诗坛的走向。它以现实生存的忧患担待、生命人格的坦诚自省和亲切可感的文本铸造,唤起了新诗对朴素、情感和心灵的重新认识;它用个人化的声音进行"个体生命的诗歌表达",实现了对新时期包括朦胧诗在内的偏重于思想探索、情思类型化诗歌的成功间离。海子诗歌中对神性品质的坚守、麦地诗思的原创性，主题语象的私有化以及个人密码化的言说方式诸多取向，都开启了 90 年代个人化写作的先河。因此说，海子诗歌是跨越八九十年代的不可逾越的艺术界碑。

4. 傅元峰：《海子十读（一）》，《名作欣赏》2010 年第 1 期；《海子十读（二）》，《名作欣赏》2010 年第 7 期。此文提供了对海子诗歌的一种感性、印象式的解读方式，以诗化的语言来解读诗歌，可视为诗歌解读的一种方式。

思考题

1. 你怎么看待海子诗歌中的"色情"元素？
2. 你怎么理解海子诗歌中的意象？

第十五讲

《一个人老了》：在四月里如何谈论衰老

我注意到这首诗的写作时间是在四月。一个人为什么会在四月里突然想到谈谈衰老？这个季节应该是草长莺飞春风拂柳的人间四月天——除非他真的感觉到了老之将至。但1991年这一年作者西川才28岁。28岁的西川何以会突然意识到衰老的存在，在无限春光里，一个28岁男人的世界不应该是长空浩荡大地无限地伸向远方吗？

两年零两个月之后的某一天，西川写下了他的另一首带着具体年龄刻度的诗《写在三十岁》。这在彰显诗人对时间的敏感之外是否暗示了这个年龄段对其个人来说别有意味？从生命的刻度看，相对于与衰老之间的巨大跨度来说，此年龄显然应该离青春期更近，但个体生命的感悟往往与刻板的生理时段切分并不同步。具体到这首诗，在写作时间、生命状态和诗所要表达的情绪三者之间可能存在着较大的反差。这意味着，这是一个风华正茂的青年在春天里写一首谈论衰老和秋天的诗，这种反差使我们对诗歌本身产生隐隐的期待，这应该是一首有张力的诗，在生命的个性化感悟与生理时段的群体性刻板切分之间，在诗性与科学、生理与心理之间的张力。它不是一首老人谈老的诗，不是在秋天谈论秋天，不是在经验层面进行实时触摸和现场直播，它是超越的。因为超越而产生诗，如同一次挣脱地球引力而努力朝相反方向的飞行，耳边有呼呼的风声。

诗歌乃至文学中从来不缺少对衰老的谈论，这是个体生命面对时间之流时对自我的体认，也是人类在浩渺的时空中遥相呼应的形而上的探索。老是什么？在漫长的农耕文明和长者本位文化中，"老"一度是与经验和智慧之间呈现对应的，但在此后现代性进程的迅疾节奏中，衰老却因来不及更新而意味着缓慢与力不从心，意味着衰朽和被取而代之。而共和国文学长久以来的美学范式则是一路倾斜着驶向"待到山花烂漫时，它在丛中笑"式的"化作春泥更护花"的革命豪迈的激情范式，它和心甘情愿的牺牲相对接，用集体永存的慷慨宏大遮蔽个体消失的焦虑与虚无。它们和"螺丝钉""铺路石""没有花香没有树高的小草"一起，共同组建了个体生命被悬置的集体美学。

那么，属于个体生命衰老的美学将走向哪里，成为西川的十字路口：轻车熟路意味着光滑顺畅疾驰而去荡起一阵尘土然后再四散着落去，无声无息；倘若寻找一条新路，则可能在一路披荆斩棘的推进中体验新的困境。西川没有选择，确切地说是诗没有选择，它时时需要新的打磨和擦亮。

一

解读这样一首在语言的表层没有障碍的诗是容易的。它从中心/边缘、速度、高度、清醒度等方面呈现出一个衰老的个体面对世界时的感慨：

当世界被划分为中心/边缘时，"老"是随着身体的衰落而逐渐被推向世界边缘的。衰老这样慢慢地浮现："在目光和谈吐之间/在黄瓜和茶叶之间"，如此自然，如同烟的上升，如同水的下降。在万有引力的自然规律里，轻的自会上升，重的必要下沉，阴晴圆缺，生老病死。但这是一个黑暗渐渐走近的过程，头发变白，牙齿脱落，肉身渐次干枯。老了的生命像一则旧时代的逸闻，已然不能再吸引阅读者的目光；或者戏曲中的配角，在时间的隧道里，从世界的中心渐渐后退，退到舞台的边缘，静待生命的大幕在某一天落下，灯光暗沉。首尾都是"一个人老了"，是循环，也像是一个封闭的结构，没有突围的出路

如果换以速度作为比对的参数，以世界的正常运转速度为基本参照，则"老"是被世界的节奏所落下的，跟不上世界的节拍。仅从生理特征上看，肉身在走向衰老的过程中呼吸和脉搏都是日渐缓慢的，老是慢一拍的节奏。如果"老"还是季节，那个季节当是在秋天，时间在年度的三次轮换中渐趋收束，经历了春生夏长之后，秋收和冬藏都是收束的。秋露是凉的，这一季的节气中先是白露，后是寒露，露是秋天的水。北雁南

飞,"落伍的""熄灭的""未完成的"都是在时间的节奏中慢一拍的,机器不再转动,是停滞的,青年恋人走远,远去背影留下的依然是被时间遗弃了的生命,飞鸟转移了视线,没有人会在停滞不前的物体面前一直停留。在西川的诗中,很多隐喻都是大有深意的,比如"鸟":"鸟是我们理性的边界,是宇宙秩序的支点。……神秘的生物,形而上的种子"①。但在对表层意旨的梳理中,暂且不作深究也无妨。

倘是从生命高度的俯仰关系定位人与世界,"老"是站在时间累积的河床之上,俯视世界之川,于边缘处,在被落下之后。"所有掉进这河里的东西,不论是落叶、虫尸还是鸟羽,都会化成石头,累积成河床。"②生命在无数次的涨落累积里获得一个新的高度。时间累积也有它的收获,比如终于积攒了足够多的经验判断善恶,但是,随着衰老的降临,人生的轨迹也近乎完成,生命不会再有大的转机,需要判断和选择的机会越来越少。机会和时间一样,如同指缝间沙子的滑落,而生命之门在次第关闭。夕阳西下,牛羊下山,关门闭户,等待一个结束和安息的夜降临。

换之以局内/局外的清醒度切分,则"老"是因为远和慢而得以清醒地旁观。时间把一个人从世界中隔离开来:个体生命在衰老时,整个世界仍在继续,如同一架设定好程序的机器——有人在造屋、绣花、下赌,各行其是,"生命的大风吹出世界的精神",只有老年人能看出这其中正在遭受摧毁的时时刻刻,此处的"老"有着俯视的智慧和省察。

如同秋收之后是"冬藏",衰老的尽头是与死亡衔接。一个人老了,徘徊在记忆的时光隧道里,随时要被淹没。无数的声音涌来,如同肉身终将挤进小木盒。游戏结束了,收拾好的尘世的一生:藏好成功、藏好失败,藏好写满爱情和痛苦的张张纸条,藏在房梁和树洞中……爱如流水,恨似浮云,一切都将归于大地。老了的生命不再有收获,也不再要摆脱。如同一棵在秋天里走向枯黄的植物,不会再有花开果熟,亦不会再有冲突和对抗,一切走向和解,走向生命的最初。老就是重新返回生命的最初,像动物那样,然后留下骸骨的坚硬。

---

① 西川:《远景和近景·鸟》,《我和我——西川集 1985—2012》,作家出版社 2013 年版,第 144 页。

② [巴西]保罗·柯艾略:《我坐在彼德拉河畔,哭泣》,许耀云译,南海出版公司 2011 年版,第 7 页。

二

在这首诗中，对于"老"的伤感和失落是淡而远的，表层文字中并不见沉重，这或者跟整首诗的抒情节奏直接相关。全诗是在三重不同的维度之间穿梭，以此生成它的悠远淡然的抒情节奏。

第一重维度是自然现象：烟上升，水下降，秋天的大幕落下，露水变凉，雁南飞，大风吹起，落叶飘扬。在这一重维度中，所用意象都是淡远清凉的，是秋的萧素，像宋朝的山水画。

在西川的诗中，"秋天"一直是淡远而安详的，他的另一首题为"秋天"的诗中，"大地上的秋天，成熟的秋天／丝毫也不残暴，更多的是温暖"，"甚至悲伤也是美丽的，当泪水／流下面庞，当风把一片／孤独的树叶热情地吹响"。在对西川诗世界的延伸阅读中，我们读懂了当他把"变老"和"秋天"对应时，诗的情绪何以呈现出如水般的淡远而清凉的质地。在另一首题为《黑暗》的诗中，也同样写道："但你举火照见的只能是黑暗无边／留下你自己，耳听滴水的声音／露水来到窗前"，"水"和"露水"在西川的"秋天"中是反复出现的。

当然，在浩渺的诗世界里，这样的意象并不带来原创性的陌生质地，它们在古典文学中曾不止一次地和我们对视过。在中国古典诗歌中，有"蒹葭苍苍，白露为霜""譬如朝露""朝露待日晞"，在露与清晨对接的思维惯性中，原本应该产生清新的质感的，但当其以"易干"的物理属性与时光的转瞬即逝相对应时，焦灼之感则顿生。而在西川这里，露与暮色相伴，并与温度对接，夜凉如水，由此产生温度走低的审美质感；与之相应，在古典诗词里，"水"和"衰老"相组接时，是取其"流逝"之意，即在水流的速度和去而不返这一层面上使它和生命的衰老相叠合，"子在川上曰：逝者如斯夫"奠定了这样的抒情思维图式。而在本诗中，水被使用，则是取其"重"，与烟的"轻"相对应，通过烟上升水下沉来对应自然衰老的不可抗拒。对自然之律的认可，代替了无能为力的恐慌。因而，尽管在意象的使用上，本诗与古典诗歌有重合和近似之处，但因为使用的角度和组接的层面不同，新的意涵得以生成。

第二重维度是与身体相关的元素：目光，谈吐，头发，牙齿，骨头。

在身体维度中，肉身的衰老呈现为"变少"，是生命在做减法。在纵贯全诗的身体维度中，衰老对应身体的变化：先是身与心的分离，"一个青年活在他的身体中，他说话是灵魂附体"；之后，"身体"开始置身于"昔日的大街"，并随时被落叶遮盖；最后，"整个身躯挤进一只小木盒"，游戏结束，仅存"骨头足够坚硬"。

在中国古典诗歌中，以身体变化写衰老是其常见的抒情图式，其中尤以"发白"和"齿稀"为普遍。如"君不见高堂明镜悲白发，朝如青丝暮成雪"（李白《将进酒》），"胡未灭，鬓先秋，泪空流"（陆游《诉衷情》）等。"在白居易诗中，最常用的表现衰老主题的语言是'华发'、'霜毛'、'白须'、'雪鬓'"，以及"'昏眼'、'衰齿'、'落发'"①。西川的诗承继了这一点，但在身体的生理性变老之外，写出肉身衰落之后与心灵的不同步，由此产生张力使衰老变得丰富和具有层次感

第三重维度是动作：看、说话、抓住、徘徊或停步。动作是个体生命和世界发生关联时的姿态，从"看"中所见的世界实则是对自身处境的省察。雁被从集体中拆散，从群体中析出意味着它不再是和天空和雁群一起在"南飞"中指称季节与时令。其中对"落伍"的强调，旨在突出在线性时间中的落后，是与衰老相对应的；而在古典诗歌中"雁"的离群并不与衰老相关，"孤雁"往往强调精神上的孤独感，不具有内在的时间元素。

跟"看"的视觉性相对，"说话"是语言表达，"抓住"是手部动作，而"徘徊"与"停步"则是通过足部动作实现对肉身的移动和控制。如果说第二重维度的身体还以肉身的静态展示为主，第三重维度则关注肉身的行动力与机能，以及与外部世界互动的可能性。

倘是维度的单一，容易使情绪密集、深重和急促，但本诗有上述三重维度作为基本构架，诗的每一节，都是在三重维度间穿梭切换的，抒情的力度和对身体的感知不断地被自然风物隔开，如同"看""说话"和"徘徊"的动作不断地被天地之间的种种细节所吸引，在隐约飘忽中且走且停，因而显得节奏悠然情绪疏淡。

---

① 王红丽：《白居易诗中衰老主题的文化阐释》，《青海社会科学》2000 年第 4 期。

三

在对抒情节奏进行清点时，事实上已经开始接近对抒情肌理生成的追问。

从抒情肌理生成的影响渊源上看，中国现当代诗歌的影响因素主要有三点：中国古典诗歌、西方诗歌和汉译英诗。创作主体的个性化整合，以及由此生成的三种元素配比差异，是不同诗歌个性特征的生成机制。在抒情肌理的生成问题上，本诗首先是在对古典诗歌的接近与疏离中生成新的质感。西川自己说过："请让我取得古典文学的精髓，并附之以现代精神。请让我面对宗教，使诗与自然一起运转从而取得生命。请让我复活一种回声，它充满着自如的透明。"① 从前述分析可以看出，西川诗歌中有大量曾出入于古典诗词的意象或隐喻，但在本诗的使用中却有了与既有传统不同的新的质地和光泽，对核心主题"老"的呈现亦是如此。正是这种复杂的呈现机制，使这一话题与90年代那场著名的诗歌争论产生对接。

在当代诗歌史上，西川的名字是和"知识分子写作"这一概念紧密相联的。"'知识分子写作'乃特定称谓，它专指王家新、欧阳江河、西川、臧棣、孙文波、张曙光、陈东东、肖开愚、翟永明、钟鸣、王寅、西渡、孟浪、柏桦、吕德安、张枣、桑克等人的诗歌写作"，"最早提出知识分子写作概念的是西川"②。在坚守思想批判的精神立场的同时，"知识分子写作采用与西方亲和互文的写作话语"，其中"西川的诗歌资源来自拉美的聂鲁达、博尔赫斯，另一个是善用隐喻，行为怪诞的庞德"③。在这场声势浩大的诗歌论争中，不论是赞美还是否定，都不约而同地指认了西川和聂鲁达、博尔赫斯以及庞德之间的关系。具体到本诗而言，亦可发现抒情肌理的生成中有明显的异质渊源特征。

首先是隐喻的使用。《一个人老了》中有明显的博尔赫斯式的隐喻风格。在中国古代诗歌传统中，通常"以感叹死亡、病痛、美人迟暮、时

---

① 西川：《艺术自释》，《诗歌报》1986年10月。
② 罗振亚：《"知识分子写作"：智性的思想批判》，《天津社会科学》2004年第1期。
③ 程光炜：《"岁月的遗照"序"不知所终的旅行"》，社会科学文献出版社1998年版。

光易逝为主的衰老主题,是为数不多的几个重要主题之一",而在衰老主题的意象选择中,集中体现在以"'水'的流动性、不可挽回性与时间的同类性质相合",或"以'暮'、'晚'、'春'、'秋'为核心的时间更替系列",以此传达对生命不可避免走向衰老的叹息。①

如果说,中国古典诗歌中,"老"是通过物象的时间性予以确认的话,在西川《一个人老了》中,则更多的是通过空间关系展示生命在时间中的渐次远离,其间有着明显的博尔赫斯式的异域质地。博尔赫斯乐于通过"迷宫"等隐喻探讨生命和时间的关系,而"迷宫"的物理属性恰恰是空间的,是空间的"交叉"与纷乱。与"迷宫"的隐喻相对应,西川在诗歌中用"街道"和"门"呈现了个体和世界的关系,这在博尔赫斯的诗里可以找到渊源与互文:《界线》中"有一条邻近的街道,是我双脚的禁地,/有一面镜子,最后一次望见我,/有一扇门,我已经在世界的尽头把它关闭",在对个体与世界与时间关系的定位中,"街道"和"门"成为重要的物象。这种物象大量地出现在其诗歌中:"我的脚步遇到一条不认识的街道"(《陌生的街》),"时间残忍的手将要撕碎/荆棘般刺满我胸膛的街道"(《离别》),"还有那荒凉而又快乐的街巷"(《离别》),"时间中虚假的门,你的街道朝向更轻柔的往昔"(《蒙得维的亚》),"拥有庭院之光的街道"(《蒙得维的亚》),"我来自一座城市,一个区,一条街"(DULCIA LINQUIMUS ARVA),"今天曾经有过的财富是街道,锋利的日落,惊愕的傍晚"(《维拉·奥图萨尔的落日》)。"这是我所居住的一片街区:巴勒莫"(《布宜诺斯艾利斯神秘的建立》),"这些在西风里深入的街道/必定有一条(不知道哪一条)/今天我是最后一次走过"(《边界》),"这条街,你每天把它凝望"(《致一位不再年轻的人》)。"在南边一个街角/一把匕首在等待着他"(《阿尔伯诺兹的米隆加》),"有一条邻近的街道,是我双脚的禁地","夜里一阵迷路的疾风/侵入沉默的街道"(《拂晓》)。

作为"一个只熟知街道、集市和城郊的城里人"②,博尔赫斯诗中大量使用"街道"的意象,甚至街道成为感知与世界关系的重要场域:"不

---

① 王红丽:《白居易诗中衰老主题的文化阐释》,《青海社会科学》2000年第4期。
② 罗佐欧:《博尔赫斯诗歌中的隐喻艺术》,《柳州师专学报》2013年12月。

要让任何人敢于写下'郊区'一词,如果他没有长久地沿着街区的硬石地面漫步"[①];"多年来,我一直坚信我是在布宜诺斯艾利斯近郊富有传奇色彩、夕阳灿烂的街区长大的"[②]。对于空间场域中"街道"常与城市的关联,西川同样是有着自觉的体认和运用的:"城市的兴起是这样的:起初是贸易……随后窝棚多了起来,有了街道、地窖、广场……"[③]

与上述"街道"的隐喻相对应,博尔赫斯的诗歌中亦常以"门"呈现个体生命与时间和世界的关系:"有一扇门,我已经在世界尽头把它关闭"(《界限》),"某一扇门你已经永远关上"(《边界》),"宇宙是记忆的一面多彩的镜子,/一切都是它的组成部分,/它艰巨的过道无穷无尽,/你走过后一扇扇门相继关上"[④],等等。这一隐喻习惯在西川诗歌中亦有回响,他多次写到的"门",在隐喻意义上与之同质。如果说"一些门关闭了,另一些门尚未打开"(《写在三十岁》)对应的是生命与世界的阶段性关系——一些结束了而另一些可能开始,本诗中"门在闭合"则对应着与走向尽头的生命相对应的终极结束。

上述诸多中国诗歌传统中少见的隐喻方式使本诗在抒情肌理中呈现出新的质感。

其次,在思维图式上,本诗亦与汉译诗的思维运转轨迹有相近之处。"因为大多数'知识分子'出自高校受过正规的科班教育,写诗之余都能做一点翻译。这种经历和境遇折射到创作中就有形无形地会利用翻译的便利,让外国诗歌中的一些语汇、语体驻扎进自己的诗里。"[⑤] 比如在《一个人老了》和聂鲁达《马楚·比楚高峰》[⑥]之间,可以较为清晰地指认出艺术思维方面的互文性,其中开头部分的语言组接方式尤其相似:

1. "在……之间"的短语结构。聂鲁达用了"在街道和大气层之间"

[①] 莫内加尔:《博尔赫斯传》,陈舒等译,东方出版中心1994年版。

[②] Peter Witonski, "Borges of Pampas," *National New York*, Vol. XXV, No. 9, 1973, (2): 274.

[③] 西川:《远景和近景·城市》,《我和我——西川集 1985—2012》,作家出版社2013年版,第148页。

[④] "Evemess",阎保平:《为了诗意的栖居》,人民文学出版社2006年版,第98—99页。

[⑤] 罗振亚:《"知识分子写作":智性的思想批判》,《天津社会科学》2004年第1期。

[⑥] [智利] 巴勃罗·聂鲁达著,赵振江主编:《聂鲁达集》,蔡其矫、林一安译,花城出版社2008年版,第29页。

"在春天和麦穗之间",西川则是用"在目光和谈吐之间""在黄瓜和茶叶之间"。

2. "像……""仿佛……"等比喻的支撑功能。聂鲁达密集地使用了"好像一张未捕物的网""像在一只掉落在地上的手套里面""仿佛一钩弯长的月亮",西川则是用"像烟上升,像水下降""像旧时代的一段逸闻""像戏曲中的一个配角"。

在句式相似的基础上,以相近的思维图式进行组接,由此形成两首诗基本相似的抒情纹理。所谓思维图式相近,是指诗意感受和诗意呈现的方式相近。在这两首诗中体现为:将具体的意象置于能够产生张力的两种物象之间,但并不对物象本身予以描摹,而是直接用比喻呈现,在喻体中注入表意的因素,以此完成对诗意呈现的基本支撑:

> 从空旷到空旷,好像一张未捕物的网,
> 我行走在街道和大气层之间,
> 秋天降临,树叶宛如坚挺的硬币,
> 来到此地而后又别离。
> 在春天和麦穗之间,
> 像在一只掉落在地上的手套里面,
> 那最深情的爱给予我们的,
> 仿佛一钩弯长的月亮。
> ——聂鲁达《马楚·比楚高峰》(节选)

> 一个人老了,在目光和谈吐之间,
> 在黄瓜和茶叶之间,
> 像烟上升,像水下降。黑暗迫近。
> 在黑暗之间,白了头发,脱了牙齿。
> 像旧时代的一段逸闻,
> 像戏曲中的一个配角。一个人老了。
>
> 秋天的大幕沉重的落下!
> 露水是凉的。音乐一意孤行。

他看到落伍的大雁、熄灭的火、
庸才、静止的机器、未完成的画像，
当青年恋人们走远，一个人老了，
飞鸟转移了视线。

——西川《一个人老了》（节选）

"80 年代以来，大量出现的汉语译诗，成为诸多诗人的模仿对象。诗语的欧化成为 20 世纪末汉诗诗语变化的主要倾向"①，从《一个人老了》中诗语的欧化特征和"译诗"风格上，可以指认出清晰的影响路径，以及抒情肌理的生成机制。

四

此外，本诗在价值体认与生命观方面，亦有明显的异质元素。

在对诗歌史上"知识分子写作"的解读中可以看出，作为"知识分子写作"的倡导者，西川的很多诗并不强调自我经验或者中国经验，更多地来自于阅读所产生的精神体验，这种经验有时来自本土与古典，但显然已走出更远。比如《厄运·E00一八三》②：

……

子曰："六十而耳顺。"

而他彻底失聪在他耳顺的年头：一个闹哄哄的世界只剩下奇怪的表情。他长时间呆望窗外，好象有人将不远万里来将他造访，来喝他的茶，来和他一起呆望窗外。

子曰："七十而从心所欲，不逾矩。"

在发霉的房间里，他七十岁的心灵爱上了写诗。最后一颗牙齿提醒他疼痛的感觉。最后两滴泪水流进他的嘴里。"泰山其颓乎！梁木其坏乎！哲人其萎乎！"孔子死时七十有三，而他活到了死不了的年

---

① 丁帆主编：《中国新文学史》下册，高等教育出版社 2013 年版，第 159 页。
② 西川：《远景和近景·城市》，《我和我——西川集 1985—2012》，作家出版社 2013 年版，第 116 页。

龄。他铺纸，研墨，蘸好毛笔。但他每一次企图赞美生活时都白费力气。

此诗的主体框架看似源自《论语》，但其对生命的解读显然异于传统的儒家价值体系。此处节选的是在年龄上和"老"对应的部分，在儒家价值理念中，个体生命随着年龄增加而使智慧和自由也渐次获得，从"耳顺"到"从心所欲不逾矩"，个体生命与世界的关系是随着时间的沉淀而趋于和解的。

但在这首《厄运》中，相对应的心理状态却是个体生命在面对时间时的悲凉与徒劳，是"长时间呆望窗外"和"每一次企图赞美生活时都白费力气"的怅惘。这一文本直观地体现了基于阅读的精神体验如何生长出新的诗歌体验。

相比较而言，《一个人老了》中的生命体验，更易于在西方诗歌中找到互文，如博尔赫斯的诗。关于"一个人老了"，博尔赫斯写过一系列的诗，对"老"作整体和诗性的展示，如《某人》《坎登，1892》《致一位不再年轻的人》[①]等多首：

> 你已经望得见那可悲的背景
> 和各得其所的一切事物；
> 交给达埃多的剑和灰烬，
> 交给贝利萨留的钱币。
>
> 为什么你要在六韵步诗朦胧的
> 青铜里没完没了地搜寻战争
> 既然大地的六只脚，喷涌的血
> 和敞开的坟墓就在这里
>
> 这里深不可测的镜子等着你

---

① ［阿根廷］博尔赫斯：《博尔赫斯诗选》，陈东飚译，河北教育出版社2003年版，第145、139、120页。

它将梦见又忘却你的
余年和痛苦的反影。
那最后的已将你包围。这间屋子
是你度过迟缓又短暂的夜的地方
这条街。你每天把它凝望

——《致一位不再年轻的人》

其中"望得见那可悲的背景/和各得其所的一切事物",写出了世事在时间沉淀中渐次清晰可见,与《一个人老了》中的烟上升水下沉一样,是世界图景在老年人眼中的呈现,是"有了足够的经验判断善恶"和"唯有老年人能看出这其中的摧毁"的清醒。在生命的征途中看得见终点,是经过时间沉淀之后的清晰。"敞开的坟墓""深不可测的镜子""屋子"都和西川诗中老年人面对的未来世界图景有内在的一致性,具有必然、不可知和吞噬性等质地。

咖啡和报纸的香味。
星期天以及它的厌烦。今天早晨
和隐约的纸页上登载的
徒劳的讽喻诗,那是一位
快乐的同事的作品。老人
衰弱而苍白,在他清贫而又
整洁的居所里。百无聊赖,
他望着疲惫的镜子里的脸。
已经毫无惊讶,他想到这张脸
就是他自己。无心的手触摸
粗糙的下巴,荒废的嘴。
去日已近。他的嗓音宣布:
我即将离世,但我的诗谱写了
生命及其光辉。我曾是华尔特·惠特曼。

——《坎登,1892》

"咖啡和报纸"与"黄瓜和茶叶"似乎是老年人日常生活图景的中西版的互文和呼应,"去日已近"与"机会在减少""一系列游戏的结束"都是在生命的标尺中看出"老"所在的刻度,叠放好一生的成败悲欢,是这一刻度应有的从容。而"快乐的同事"与老人的"衰弱而苍白"形成对照,正如《一个人老了》中将"老"与年轻人的对比。"疲惫的脸""粗糙的下巴""荒废的嘴"都是写身体的陈旧和破败,尤其是"荒废的嘴"写出"老"之后生命与世界联结的某些机能的衰退,比如"表达"。

另一首《某人》,亦是把焦点稳稳地聚在"被时间耗尽"的"老了"的人:

> 一个被时间耗尽的人,
> 一个甚至连死亡也不期待的人
> (死亡的证据属于统计学
> 没有谁不是冒着成为
> 第一个不死者的危险),
> 一个人,他已经使得感激
> 日子的朴素的施舍:
> 睡梦,习惯,水的滋味,
> 一种不受怀疑的词源学,
> 一首拉丁或萨克森诗歌,
> 对一个女人的记忆,她弃他而去
> 已经三十年了,
> 他回想她时已没有痛苦,
> 一个人,他不会不知道现在
> 就是未来和遗忘
> 一个人,他曾经背叛
> 也曾受到背叛
> 他在过街时会突然感到
> 一种神秘的快乐
> 不是来自希望的一方

而是来自一种古老的天真，
来自他自己的根或是一个溃败的神。

他不需细看就知道这一点，
因为有比老虎更加可怕的理智
将证明他的职责
是当一个不幸者，
但他谦卑地接受了
这种快乐，这一道闪光。

也许在死亡之中，当尘土
归于尘土，我们永远是
这无法解释的根，
这根上将永远生长起
无论它沉静还是凶暴，
我们孤独的天堂或地狱。

——《某人》

  这三首诗都涉及与"老"相关的不同元素，而这些元素与西川《一个人老了》对"老"的解读形成互文关系。其中"被时间耗尽""连死亡也不期待""感激日子的朴素的施舍"以及"回想她时已没有痛苦"等，都是生命与时间在不同层面关系的呈现，是在时间淘洗中泛出特定光泽，是"藏起成功，藏起失败"之后的从容与珍惜。

  有意思的是，博尔赫斯的上述诗作被收录在出版于1969年的诗集《另一个，同一个》中[①]，是晚年重新写诗时的作品，彼时，生于1899年的诗人已近70岁。即便给写作和出版之间留有足够的时间差，写这些诗作时，博尔赫斯也已真正进入老年阶段，这应该是基于生命体验本身的写作。

  而在"知识分子写作"中，对阅读的信赖在很大程度上取代了个体生命的直接体验，至此，我们大致可以回答本文开头的提问了——一个

[①] 具体出版时间参见［阿根廷］博尔赫斯《博尔赫斯诗选》，陈东飚译，第51页。

20多岁的年轻人何以在春天里谈论衰老：对于西川而言，衰老和生命的诞生与死亡一样，可能是个哲学命题，是人生话题，是文学命题，但却不一定是个体生命的体验。从某种程度上说，"知识分子写作"通过对纯粹的形而上问题的思索，使其避开或者忽略了个体生命体验的缺失。

五

中国传统文化是长者本位文化，"老"意味着经验与智慧的累积，仙人的形象往往是须眉皆白，鹤发童颜。《论语》中，"三十而立，四十不惑，五十知天命……"年龄的增长是与智慧的累积相对应的。苏辙《读旧诗》中"老人不用多言语，一点空明万法师"，"老"意味着在时光的沉淀中收获的清晰和澄澈。在传统民间文学中，老人形象亦对应着智慧和善，甚至"具有某种超自然的神秘的才智"[1]。

但现代中国文学从"五四"开始，是长者本位文化向青春型文化的转型。"新文化""新文学""新青年""新潮"，所有的"新"都把更明朗的世界许诺给未来，连鲁迅先生也一度认为新的总比旧的好，年轻的总比年老的好——"新"意味着新生与进步。所以梁启超有《少年中国》，其中是将"少年"代表着未来和希望，实现对衰老和陈旧的超越。郭沫若《凤凰涅槃》的凤凰更生中，一个重要的欢呼源自于"我们新鲜，我们净朗，我们华美，我们芬芳"，新鲜和净朗正是与年轻相对应的。

20世纪中国文学的"父子冲突"主题中，除"改革文学"时期短暂的将父一代等同于传统伦理的美好化身外，在大部分时段内，都是以父一代落后于时代而成为被批判和教育的对象。巴金《家》中的祖辈父辈，茅盾《春蚕》中的老通宝，《创业史》中的梁三老汉，都是以"老"对应着陈腐与落后。

在农业文明时代，"老"与经验相对应，因而也是受尊重的。但在现代化进程的价值坐标中，"老"则意味着落伍，"传统社会中最重要的是劳动经验，劳动经验的丰富在一定程度上意味着生产的高产和物质的满足，因此整个社会就是以深具生产经验的老年人为重，但是处在新科技、

---

[1] 陈静：《民间故事中智慧老人形象的社会伦理功能》，《铜仁学院学报》2007年第5期。

新文化被普遍时尚化的都市空间中，老年人却成了对社会变迁缺乏相应的知识储备和文化准备的一代人，自然，他们不得不让位给代表着新的社会力量的新一代年轻人。整个社会结构趋向于青年社会的形成。青年开始在社会中受到人们的普遍关注，得到特权优待"[1]。

社会传媒在价值导向上强化了上述社会角色的刻板定位，老年人被指认为"'社会弱者'、'旧事物'、'落伍'的代言人"，"中国大陆媒体上呈现出的老年人形象主要有以下特点：在年龄上，渴望年轻，惧怕衰老；最大的行为特征是喜欢怀旧……体弱多病，生活单调"[2]。

变动中的20世纪的中国，在现代性的焦虑中追寻速度和效率，在对旧的恐慌中追赶什么或者被什么所追赶，因而在"老"中更多地解读出陈旧与过期，需要在对"老"和"旧"的不断超越中缓解焦虑和确认方向，时间在这里是单向和单维的，是向前和谋新的。

但在西方文学传统中，"老"常常意味着生命的升华。时间之于生命的意义不在于日复一日的磨损中趋于黯淡，而是在雕刻与打磨中赋形并臻于完善——因有了时间的累积，生命的果实散发出香醇。这是诗才能看到的生命的另一重意义，是隐于实用主义强光之后的意义。

将时间与果实的醇香直接对应成为诗中生命感生成的重要途径。在澳大利亚诗人A.D.霍珀的诗作《晚熟酒》中，"老"是一种在时间中缓慢酿造的晚熟酒，是必要经过岁月的打磨才能慢慢流溢出的生命质感：

> 如果我记得没错，
> 那晚摘酒美味优雅，
> 就像我年少时追求的目标；
> 但成熟度并非致胜的一切。
>
> 年轻人仍然在寻找着完美，
> 那岁月中学到的彼岸的崇高；
> 过火的成熟加上荒唐的酿造，

---

[1] 王涛：《代际定位与文学越位："80后"写作研究》，巴蜀书社2009年版，第24页。
[2] 郭子辉、金梦玉：《中国大陆媒体老人形象窘境及其影响》，《新闻传播》2014年第9期。

反倒可能到达那至上的美境。

——A. D. 霍珀《晚熟酒》(节选)

　　这首诗值得称道之处在于，它是从生命本身来定位"老"的意义的，而非如长老文化那样将老与经验丰富相对应，从而衍生出功利的解读。在这样的解读中，"老"对应的是时间累积之后果实的芬芳，生命的美是需要时光雕刻和赋形的，是不能速成的。诗作原题为德语的"Spätlese"，"在德国的评酒系统中，是最高级的'晚采摘型葡萄酒'（late harvest wines）。晚采摘型葡萄酒就是在葡萄成熟之后，仍然让它们留在藤上，甚至自然风干变成葡萄干才用来酿酒"，在诗中，"'Spätlese'被比喻成人到晚年才能够达到的境界。这种境界是年轻时无法理解和想象的"①。

　　事实上，这种侧重于从生命意识的角度体认"老"之魅力在西方文学中并不缺少。叶芝的诗《当你老了》和杜拉斯的小说《情人》同样是对"老"的肯定：

　　　　多少人爱你青春欢畅的时辰，
　　　　爱慕你的美丽，假意或真心，
　　　　只有一个人爱你那朝圣者的灵魂，
　　　　爱你衰老了的脸上痛苦的皱纹；

——叶芝《当你老了》②

　　　　那时候，你还年轻，人人都说你美，现在，我是特为来告诉你，对我来说，我觉得现在你比年轻的时候更美，那时你是年轻女人，与你那时的面貌相比，我更爱你现在备受摧残的面容

——杜拉斯《情人》③

　　但这两者都有些逆流而上的抵抗感，"多少人""人人"和"一个

---

① 光诸译，选自"读首诗再睡觉"公众微信平台，2015年1月24日。
② ［爱尔兰］叶芝：《叶芝诗选》（I），袁可嘉译，湖南文艺出版社2012年版，第51页。
③ ［法］玛格丽特·杜拉斯：《情人》，王道乾译，上海译文出版社2004年版，第3页。

人"形成数量上的绝对反差，让人感觉到一个人逆流而上的决绝和孤单，而缺少对"老"的细致审美更容易让它们滑向爱情中的主观和个人性的体验，而不带有普适性，因而，并不能充分确立对"老"的认可。

西川《一个人老了》也有对立感，不过，其对立并不产生于人类内部的立场分歧。对"老"的价值认可在本诗中并无障碍，真正的问题在于生命在时间面前的无力。它两次强调"老"的优势："有了足够的经验评判善恶"，"唯有老年人能看出这其中的摧毁"，却多次地省察了这一优势的必然困境："但是机会在减少，像沙子/滑下宽大的指缝，而门在闭合"，"黑暗迫近"，"……偶尔停步，/便有落叶飘来，要将他掩盖"，张力由此生成——弃绝和推崇都是单向和顺畅的，唯有呈现这二者的反差才会看到美和忧伤。"老"的日臻完善的美好品质被置于渐趋衰败的肉体之中，时间凝聚和沉积的价值终将被时间的潮水卷走，"七十岁的心灵爱上了写诗……每一次企图赞美生活时都白费力气"（《厄运》），生命在强大的必然性面前是如此薄脆和不堪一击，琉璃碎了一地。

行文至此，又重新复习了大卫·芬奇执导的改编自菲茨杰拉德同名小说的电影《本杰明·巴顿奇事》。在衰老问题上，影片提出了一种新的设想：假如生命是逆流而上的，一个人以垂暮之年作为生命的起点，开始人生的旅程，而终至复归婴儿，与整个人类的既有轨迹互为反方向，以个体生命与整个物种的群体相对而视，又会如何？不过影片的关注点在爱情，因而对这个看似新颖的视角并未作过多的展示和停留，但它无疑给生命和时间的关系提出了另外一种视角和可能性：假如生命的日趋完善对应的不是肉身的同步衰老，又会呈现出怎样的风景与困境？

从这个意义上说，在四月里谈论衰老也未必不可能。因为一首诗而使很多与生命相关的问题被想起和追问，所以阅读呈现出一种基于人类整体生存的高度而被重新擦亮的质地，倘能如此定位读诗的意义，也就够了。

延伸阅读

1. 谢有顺：《诗歌在疼痛》，《大家》1999 年第 5 期。该文对"知识分子写作"基本上持否定态度，他认为，诗歌本应是最富有创造性、与自己的心灵有着最大关联的艺术，而非对知识的演绎。认为"知识分子写作"群体的阅读不能使他们的写作有效地在当下的生活中展开。指出：反对"知识分子写作"的某种趣味，并非反对知识本身，而是反对他们把知识引到了通往死亡、冷漠、炫耀、附庸型、拒绝再创造，视其为最高标准的道理。反对"知识分子写作"唯西方是从的写作姿态，也并非张扬一种民族主义情绪或拒绝交流，而是力求使自己的任何阅读都是创造性的、批判性的、再生产的，也是能对自己当下的生活作出反应的，它与那种膜拜式的阅读有着本质的区别。只有保持了自己的独立思想与敏感心灵的阅读、借鉴和交流，才是共享别国文化资源的正途。

2. 罗振亚：《"知识分子写作"：智性的思想批判》，《天津社会科学》2004年第1期。该文系统地介绍了与"知识分子写作"相关的现象与渊源，指出"它专指王家新、欧阳江河、西川、臧棣、孙文波、张曙光、陈东东、肖开愚、翟永明、钟鸣、王寅、西渡、孟浪、柏桦、吕德安、张枣、桑克等人的诗歌写作"；分析了诗歌领域产生这一现象的重要原因在于："因为大多数'知识分子'出自高校受过正规的科班教育，写诗之余都能做一点翻译。这种经历和境遇折射到创作中就有形无形地会利用翻译的便利，让外国诗歌中的一些语汇、语体驻扎进自己的诗里。"而对于该现象的评价，作者认为："知识分子写作采用与西方亲和互文的写作话语，这在90年代后殖民化的文化语境里本来无可厚非。问题是这种本该进行中西写作、文化上平等对话的资源借鉴，已严重地失衡为向西方人'拾人牙慧'的一边倒，被欧化得失去了民族性根基。"

3. 陈超：《西川的诗：从"纯于一"到"杂于一"》，《华中师范大学学报》（人文社会科学版）2012年第1期。该文集中对西川诗歌的宏观走向作具体描述与判断，指出："西川前期创作在保持庄重的精神向度的同时，捍卫了'元诗'的艺术自律性。90年代至今，西川逸出了'常体诗'创造出一种自觉变构的'杂体'形式。杂体不再遵循预设的诗型，而是笔随心走，随物赋形，看似无体，实则体匿性存，更有难度地表达诗人宽大的本体意识，即形式是达到了目的的内容，内容是完成了的形式。他使诗的文体松动，包容力更广阔；使理性的整体话语和反理性同时'短路'，在个人化的'偏见'和奇想中依然保持了知识人格深刻的'思'的品质和写作的严肃性。"

4. 全面了解西川的创作，可阅读西川诗歌选本，如《小主意：西川诗选1983—2012》（江苏文艺出版社2014年版）或《我和我：西川集1985—2012》（作家出版社2013年版）。

5. 从影响渊源看，西川的创作受博尔赫斯等人的诗歌影响明显，在学习过程中可参照阅读《博尔赫斯诗选》（陈东飚译，河北教育出版社2003年版）、《聂鲁达诗选》（蔡其矫、林一安译，赵振江主编：《聂鲁达集》，花城出版社2008年版）等诗歌选本。

6. 具体比对西川诗歌与同时代诗人的异同，可参照阅读《海子诗全集》（西川编，作家出版社 2009 年版）。

7. 关于时间和生命中衰老问题的思考，可参照阅读普鲁斯特的《追忆逝水年华》、菲茨杰拉德的《本杰明·巴顿奇事》（同名电影由布拉德·皮特、凯特·布兰切特、塔拉吉·P. 汉森和蒂尔达·斯文顿等联袂出演）、杜拉斯的《情人》、菲利普·罗斯的《垂死的肉身》（后改编成电影《挽歌》，由奥斯卡影帝本·金斯利、最佳女配角佩尼洛普·克鲁兹携手出演）以及捷克电影《秋天里的春光》（伏拉基米尔·米切尔导演，伏拉基米尔·布劳德斯基、史黛拉·查娜克娃主演）。

思考题

1. 如何看待生命中的衰老问题，梳理中国古典诗歌中对衰老问题的书写，关注它们是如何呈现和判断衰老的价值的。

2. 就诗歌写作而言，你认为个体生命的直接体验与阅读经验之间的关系如何？后者是否或在多大程度上可以替代前者？

第十六讲

《祖母》：套层结构或"仙鹤拳"

历史地解读一个作品，往往易于过度凸显"文变"与"世情"之间的因果链。但介于张枣《祖母》一诗诗艺呈现上的独特性和复杂性，在解读此诗之前，我们需要以此诗中出现的关键词"中心"为话头，大致梳理一下与此有关的中西诗歌线索。出于批评的警醒，这种梳理注重的是文本与相关知识和艺术之间的微妙联系，而非一般意义上的文学社会学或文学史逻辑。如张枣此诗所展示的："仙鹤拳"如何自立"中心"，拨响一切"不可见"事物间的共鸣？我们也可以试图回答如下问题：一个优秀文本如何自立机枢，妙手回春般地总结、照亮周边文本，并以自身的激情展示一种世界观？

现代诗歌中充满着对"中心"（centre）的向往和消极描绘。叶芝、里尔克、艾略特、史蒂文斯等西方现代诗人，都构造过各种名目的"中心"。在现代情景中，西方古典诗歌中颂歌或哀歌式的"神"的形象，作为抒情核心已经不复自然。西方诗歌由浪漫主义转入象征主义后，诗人开始重构取代此前可以直接说出的"神"的各种"中心"，以写出另一种崇高性，为诗辩护。写诗也不再被认为是先知、灵感或神迹的产物，而成为人在尘世中追慕神性的劳动，丧失神启"中心"的诗人，摇身变为波德莱尔所说的词语炼金术士。因此法国诗人韩波说："我写出了寂静无声，写出了黑夜，不可表达的我已经做出记录。对于眩晕惑乱我也给以固定。"[1] 波德莱尔也说："对美的研究是一场殊死的决斗，在这里，艺术家

---

[1] 韩波：《彩画集》，王道乾译，上海文化出版社2001年版，第26页。

只是在被战败之前恐怖地哀鸣着。"① 到艾略特、史蒂文斯、弗罗斯特等诗人笔下,编织"关于尘世的伟大诗篇"已经成为诗人的主业。

20世纪初叶,随着与汉语古典诗共生的政教体系的解体,汉语古诗的整套诗意修辞系统也随之丧失生殖力。换言之,此前"有效的象征方式已经解体,而象征在社会层面上的消失所带来的困扰却因此而加剧了"②。在某种意义上,这可以视为汉语诗意"中心"的散失。汉语白话诗在"西学东渐"和"现代感"中应运而生,意味着置身新的经验世界的现代汉语诗人,必须重新锻造汉语的诗意性。20世纪40年代,诗人穆旦在《玫瑰之歌》一诗中曾委婉而迫切地说出了这种愿望:

> ……
> 然而我有过许多的无法表现的情感,一颗充满熔岩的心
> 期待深沉明晰的固定。一颗冬日的种子期待着新生③

从新的世界观出发,在中国古典诗和西方近现代诗的交会中,现代汉语诗人借鉴西方近现代诗歌重写"中心"的各种抒情方法论,重新照明古诗,并营造出各种新的汉语词来"深沉明晰"地固定新的"中心",构建了比古典诗歌更为复杂的诗歌世界:

> 我要采撷所有
> 春天的香气,
> 我要捕捉所有
> 飞过的流过的亮光;
>
> 给我一支长长的竹管吧,
> 我要从宇宙的湖沼

---

① 波德莱尔:《艺术家的"忏悔经"》,《巴黎的忧郁》,亚丁译,三联书店2004年版,第19页。
② 耿占春:《失去象征的世界——诗歌、经验与修辞》,北京大学出版社2008年版,第37页。
③ 穆旦:《穆旦诗文集》第1卷,人民文学出版社2006年版,第29页。

汲取一个最中心的波浪

——陈敬容《野火》

但汉语诗歌直接说出"中心"的宣言，要等到汉语新诗行进近百年之后，才出现在诗人张枣的《祖母》一诗中：

……她蓦地收功，
原型般凝定于一点，一个被发明的中心。

回首百年现代汉诗进程，这个"中心"的说出，意味着汉语新诗之丰富盎然，意味着现代诗人已经深刻地、多立场地体悟到自身所面临的"空缺"感和抒写它们的方式。

这里的"她"，是张枣此诗中描写的"祖母"形象。"祖母"作为"中心"形象，在张枣笔下意味着什么？写亲情伦理的文学作品数不胜数，但优秀的作品肯定有凌越于个体表达之上的杰出的美的形式。也就是说，伦理真实必须成功地过渡到美学真实，前者才能脱离个体局限，引起广泛共鸣。如诗人里尔克在描述艺术家时所言："只有当个人穿过所有的教育习俗并超越一切肤浅的感受，深入到他的最底部的音色当中时，他才能与艺术建立起一种亲密的内在关系：称为艺术家。"[1] 那么，在张枣《祖母》一诗中，日常性与"最底部的音色"如何融化为一体？覆盖、增强和融合伦理事实的力量何在？象征中国乡土幸福感的"祖母"，如何成为一个"被发明的中心"，被现代美学所拯救？

张枣1996年写此诗时，已去国11年。故土故人、逝水流年、事物风华，都凝动于诗人的诗中，被"燕子似的元音贯穿"[2]。张枣的"元音"，当然已经不只是音韵学意义上的元音，更指的是词语针对事物而发出的本来的起始之调，是从词语言说事物的梦想中化约出的一个清脆命名——这正是现代汉语的诗意性梦想所在。凝定为中心的"祖母"形象，是张枣

---

[1] 里尔克：《现代抒情诗》，《永不枯竭的话题——里尔克艺术随笔》，史行果译，东方出版社2002年版，第45页。

[2] 张枣长诗《云》第二节中的句子，见《春秋来信》，文化艺术出版社1998年版。

给"元音"的另一个更形象的命名，它比"元音"更加因地制宜，也不再依靠"燕子"作比喻，而是自己说出自己，因此具有更活泼的感性魔力和更逍遥的象征力。我们且进入诗中：

她的清晨，我在西边正憋着午夜。
她起床，叠好被子，去堤岸练仙鹤拳。
迷雾的翅膀激荡，河像一根傲骨
于冰封中收敛起一切不可见的仪典。
"空"，她冲天一唳，"而不止是
肉身，贯满了这些姿势"；她蓦地收功，
原型般凝定于一点，一个被发明的中心。

刚刚开始的第一行，诗的玄思性与日常性就在词语的雀跃中开始各自清晰地合奏，却又增殖出高于二者的清晰悦耳。张枣此刻的忧郁，让人想起阮籍的咏怀名句"夜中不能寐，起坐弹鸣琴"。阮籍表达的，是周遭官场和世事的险恶，个体在宇宙中的枯寂与孤独，自己局限于自己的无奈，合起来，是一种慷慨悲壮。张枣"弹"的，是夜晚的词语之琴。在德国的夜晚，客居此地的诗人，在时区差异激起的孤独伤神中，思念祖母，思念着"中心"。这个情境在张枣旅欧期间的诗中很常见，在《卡夫卡致菲丽丝》中集中地写过。"憋"是一个张枣式的动词，张枣好几处诗句中都有对这个动词的妙用，比如，他写过"憋着绿意"。"在西边正憋着午夜"，除直白思念和孤独外，含有元诗语素。"清晨"与"午夜"在"憋"的两端对称，我们可以检视它们之间的因果关系：是因午夜失眠而想象故乡的清晨，还是因为想起故乡的清晨以致午夜失眠？是因痛苦而写，还是因写而痛苦？可以双向流动的语义逻辑，如一个共鸣器，开始表演个体情绪蜕变为诗的过程：全诗中，"祖母"从清晨至正午的活动，恰恰渗透和占有着诗人的"午夜"。"西边"一词，除了点明"非诗"的日常现实的枯燥之外，还暗示了诗人写作的非汉语处境。因此，"祖母的清晨"在这里"憋"着悄声细语、绵里藏针的诗歌宣言，它象征的，不只是诗意在日常生活中的升腾，更暗示了非汉语处境中诗人孤寂的汉语"相思"病。但这心病很快就被接下来的诗句减弱了："她起床，叠好被子,去堤岸练仙鹤拳。""起""叠""去""练"四个动词,生动洗练,显示出一种精确的喜剧性和崇高性。这里让人想起波德莱尔《太阳》一诗的第一节:

> 沿着古旧的城郊,一排排破房
> 拉下遮蔽秘密淫荡的百叶窗,
> 当酷烈的太阳反复地、不断地
> 轰击着屋顶、麦田、原野和城市,
> 我将独自把奇异的剑术锻炼,
> 在各个角落里寻觅韵的偶然,
> 绊在字眼上,就像绊着了石头,
> 有时会碰上诗句,梦想了许久。①

张枣笔下的"仙鹤拳",在某种意义上可以理解为波德莱尔"奇异的剑术"。但波德莱尔写的是现代抒情诗人的美学奋斗者形象。"剑术"的寓意比较清晰,而"奇异"在某种意义上可以理解为对"神奇"的革命:前者是人的创造,而后者则属于神迹。前者是西方现代艺术的共性,后者是西方古典艺术的共性。不同于现代"酷日"下的波德莱尔,张枣笔下的"祖母的仙鹤拳"包含着对汉语诗曾有的帝国式的强大美感和甜蜜的梦想,甚至还夹杂着庞德式的东方诗意腾挪术。只是在流徙欧洲的张枣这里,前者显得更迫切,更占据内心,后者只是"弃舟登岸"中的"舟"。在一切皆流的世界里,如卢克莱修所说的那样,"必须寻找新的词来适应事物的新奇"②。"仙鹤拳"是非汉语处境中的诗人文化、语言和诗意认同的一个符号,即诗人在异文化天地中为"异"感寻找到的因地制宜的新命名。张枣诗中常见的"燕子""凤凰""修竹""神麟""荷包"等,都有类似的性质。"仙鹤拳"让人想起留法艺术家熊秉明先生,鹤在他手里也曾是一个著名的形象,他创作了许多关于鹤的作品系列,还雕刻过故乡云南的水牛。西去的中国现代艺术家,在回顾故土时,有许多被升华为元

---

① 波德莱尔:《恶之花》,郭宏安译,漓江出版社1995年版,第109页。
② 卢克莱修:《物性论》序诗,方书春译,商务印书馆1981年版,第5页。

诗语素的共同素材。这种升华让他们中的杰出者贡献出许多新的艺术形式。"鹤"在他们笔下，就是一个可与西方艺术中的"天鹅"媲美的形象。张枣熟悉多种欧陆语言，经过巨大的西方语言"洗墨池"的蘸染和浸润，他笔下的许多名词，甚至动词、形容词都出落得清辉四射，柔软空灵，同时，也"憋"着内敛而霸气、婉转而飞扬的纯粹。

波德莱尔要通过奇异的剑术在城郊的各个角落里寻觅偶然和诗句，张枣笔下的"祖母"，则要在"空"中如"鹤唳"一般"冲天一唳"——这正是诗人在"空"境搏击的象征。"城郊的角落"与"堤岸"，"酷烈的太阳"的"天"之间，有隐蔽的隐喻性差异。前者具有强烈的末世感和废墟感，而后者则具有戏仿性的前现代美感——这暗含着现代汉诗重新发明自己"祖母"的愿望。这种差异在某种程度上也显示了当代汉语诗歌暧昧的美学窘境：汉语的弱势与汉语诗歌的民族主义梦想、现代性表达交织在一起。但张枣在此不但想要包含这种窘境，还不外于这种处境地解开它的牵绊。因此，张枣对"空"有许多怪癖式的摹写。比如他的名作之一长诗《空白练习曲》；他笔下还常常出现凌空而"写"的艺术家形象；他对冯至《十四行诗集》中"向着无语晴空啼哭"的句子亦颇为欣赏。张枣常常将"空"抒写为现代汉语诗人的本质性处境，"仙鹤拳"象征的，正是诗对于"空"的一切美丽言说。

超越练拳的肉身地建立起的这个原型般的"中心"，正因"空"而来。"空"字立起一个别样文心，揭开傲骨般的河收敛起的一切不可见的仪典，进而展示生命、个体、词语与世界之间原初性的对峙与和睦。这"仪典"是什么？这个"中心"如何"贯穿""空"的世界？随着诗中这些疑问的展开、扩大，诗人斩钉截铁地抛掷出更辽阔的空间感：

> 给那一切不可见的，注射一支共鸣剂，
> 以便地球上的窗户一齐敞开。

"注射"这个动作的发出者是谁？是祖母的仙鹤拳，是"我"，也是诗歌自身。憋着午夜的"我"，与"祖母"的"仙鹤拳"所凝定的"中心"散发出的磁力形成的想象力磁场，被诗人具体化为"共鸣剂"。中国古典式的物感"共鸣"与充满现代科学式的物感的"剂"组合，构成了一个高级而新鲜的诗学命名。在西方的古典诗学中，缪斯的神力正在于催生一切事物之间的"共鸣"，诗人俄耳甫斯的力量也能使万物从枯燥无序中苏醒，并陶醉于新的秩序和共鸣中。里尔克这样感伤地描绘这位西方诗人鼻祖之死："正因为你被撕开并撒到大自然中／我们现在才变成听者和一个夺回来的声音。"① 在中国诗学中，"精骛八极、心游万仞"说的也是诗艺通约事物的力量。刘勰在《文心雕龙·知音》中对"知音"的命名，恰好精确地描绘了两个心灵之间的共鸣："遥闻声而相思"。张枣的"共鸣剂"，正是对"祖母"和她凝定的"中心"的现代召唤。在这句诗中，有两个"空缺"：一个是"一切不可见的"——一切不可见的是什么？另一个是"地球上的窗户一齐敞开"，与窗户相关的，是看见者，这看见者是谁？第一个"空缺"与上一节呼应，但它包含并超越了"仪典"，但诗人没告诉我们它具体是什么。第二个"空缺"也同样包含并超越了"我"与"祖母"之间的阻隔。这里出现了一个隐蔽的"看见者"和一个"不可见的"世界。

"看见者"如何看见那"不可见的"世界？在柏拉图的"理念"说中，一切眼见之物背后，都有一个理想的标准之物。因此，诗歌既然作为语言的艺术，不光要描摹眼见之物，更要指向眼见之物背后的理想之物，以解除柏拉图式的语言焦虑。在西方现代诗中，这体现为对"不可见"的事物的寻找。因此，"不可见"常常是现代艺术的追溯性修辞。比如，美国现代诗人史蒂文斯是这么来描写"看"的：

  Begin, ephebe, by perceiving the idea
  Of this invention, this invented world,
  This inconceivable idea of the sun

  You must become an ignorant man again
  And see the sun again with an ignorant eye
  And see it clearly in the idea of it. ②

---

① 里尔克：《里尔克诗选》，黄灿然译，河北教育出版社2002年版，第95页。
② from "Notes toward a Supreme Fiction".

史蒂文斯重申了"无知"(ignorant)与"看见"之间的关系,从知识论的历史看,这可以回溯到苏格拉底的无知论上,也让人想起庄子"忘知"的境界,20世纪的西方现象学也认为,要将所有的关于事物的"知"悬置起来,面对事物本身。里尔克在《盲女》《盲人之歌》《观望者》《古阿波罗残像》等诗中,也曾对"看"有着魔幻式的描述。他重写了荷马,写出了作为一系列"看见者"的诗人形象。在汉语文学中,对于"不可见"的事物,亦有"大美无言""微言大义""言外之意"等修辞来呈现,它要求诗歌必须有一个超出语言的指向,暗示"欲辨已忘言"中被"忘"的部分。在散失"中心"后,现代汉语诗歌如何重申一种纯然之"看"?

张枣在此也写"看见"的梦想:看见一切"不可见"之物。但他呈现"看见者"和"一切不可见的",已不可用西方颂诗或哀歌的方式实现,也不能像里尔克那样在"阴影中间拿起七弦琴"。他融会现代科学世界观和中国古典思维来呈现这种隐秀:

> 以便我端坐不倦,眼睛凑近
> 显微镜,逼视一个细胞里的众说纷纭
> 和它的螺旋体,那里面,谁正在头戴矿灯,
> 一层层挖向莫名的尽头。星星,
> 太空的胎儿,汇聚在耳鸣中,以便
>
> 物,膨胀,排他,又被眼睛切分成
> 原子,夸克和无穷尽?
> 以便这一幕本身
> 也演变成一个细胞,地球似的细胞,
> 搏动在那冥冥浩渺者的显微镜下:一个
> 母性的,湿腻的,被分泌的"O";以便
>
> 室内满是星期三。
> 眼睛,脱离幻境,掠过桌面的金鱼缸

和灯影下暴君模样的套层玩偶，嵌入
夜之阑珊。

"看"在这里被设计成两个层次：第一层是"我"的看。我看到了细胞中的众说纷纭，并看到一个更小的"谁"在"挖"向事物"莫名"的尽头——"谁"是诗歌接近事物本质的一个象征，也是对现代科学精密性的戏讽。正因为这种细"看"，"看"者成为见微知著的齐物者。在第二层里，第一层中的科学之看和想象之看，都成了一个浩大的"看"者所看的对象。读者一定会质疑：这个"冥冥浩渺者"是谁？何以高高在上？在西方文学传统中，这一"浩大者"常常用"神""主"或"上帝"及其相关称谓来充当。在中国，从庄子以来，汉语文学中常常有这种"浩渺者"的形象。在郭璞、李白、李贺等的诗歌中，都曾有类似的"看"的主体。比如李贺《梦天》："遥望齐州九点烟，一泓海水杯中泻。"还有张孝祥《念奴娇·过洞庭》："尽挹西江，细斟北斗，万象为宾客。"到中国现代左翼或民族主义抒情传统中，这个浩大的主体被改写为"红太阳""祖国"等形象，"朦胧"诗一代的诗人们，花费了海量的笔墨来反抗这类主体。熟悉这些抒情传统的张枣，在塑造这样一个主体时，肯定精细地想过如何克服"影响的焦虑"。因此，他发明了一个"看"的套叠结构，消除了"看"的主体的单一性，奇妙地展示了现代诗人主体的流动性。但这已经不再是穆旦《诗八首》中所营造的那种动摇溃散的主体，也不是现代主义艺术中常见的游移、焦灼的主体，而是借助科学名词加强感官精确性，进而发明的一个众"看"之中的汉语"中心"：在层层之"看"叠成的"看"的共鸣器中，头戴矿灯的"谁"和"O"，都与第一节中的"空"相呼应，最浩大的看者，看到的正是莫名之空。而空纳万物，"螺旋体"、湿腻的"O"，如老子笔下的"玄牝"，是生命源泉的朴素象征，但又充满现代认知式的精密，"O"也是一个"元音"。这源泉之满，让这一场关于"看"的戏剧溢出了幻境，使得诗人的处境变得鲜艳起来。正是由"一个被发明的中心"引发的"看"的戏剧，让意识到存在本身的诗人感到了时日之满："室内满是星期三。"在这种"满"的支撑下，"金鱼缸""灯影""暴君模样的套层玩偶"等事物，也呼应、增强、总结了幻境中的层层之"看"。

"夜之阑珊",即再次点出幻境产生的事理性缘由,也为下一节的视角转换作了铺垫:

> 夜里的中午,春风猝起。我祖母
> 走在回居民点的路上,篮子里满是青菜和蛋。
> 四周,吊车鹤立。忍着嬉笑的小偷翻窗而入,
> 去偷她的桃木匣子;他闯祸,以便与我们
> 对称成三个点,协调在某个突破之中。
> 圆。

如果说整首诗写的是夜晚的幻境,那么第二节就是幻境中的幻景,第一节和第三节则是幻境中的实景。第三节再次回到第一节的情景中,是德国的"春风",还是中国的"春风"?事理上都成立。如果是德国的夜晚的春风,正好与"眼睛嵌入夜之阑珊"相衔接,如果是中国的春风,则回应第一节,这应该是一阵春寒料峭的风。回到此诗的诗意逻辑中,这春风之寒,也是诗人的孤独思念转换为美学激情之后含有的温暖春意。"篮子里满是青菜和蛋"一句,既是对上一行焕发的春意的张扬,也显示了一种物态与诗意的混融,如张枣在另一首诗中所说的那样:"一件件静物,对称着人之境"[1]。后一行中的"鹤立"也是如此,同时呼应了第一节中的"仙鹤拳"。至此,诗人笔下的"祖母"形象,成了一个诗艺的起源者、演绎者和承载者。值得细说的是"小偷",这里堪称妙笔。从此行开始,第三节进入一种戏剧性:在小偷嬉笑着偷祖母的桃木匣子这一情节中,诗人童年的甜蜜记忆,闯入"我"和"祖母"的对话之间,似乎搅乱了此前形成的对照格局。正如柏拉图《会饮》中,宴会的高潮是由烂醉的不速之客阿尔喀比亚德闯入掀起的一样。[2] 正是这种"闯入",让诗克服了线性的生命感的拘囿,成为经验、记忆和幻想的共鸣器,融化了它们之间的一切不和谐。同时,以此形成的"圆",却是协调与突破的悖论的结果,这其中,高超地显示了生命处境的永恒困惑,正如俄耳浦斯永远在

---

[1] 张枣:《跟茨维塔耶娃的对话》,《春秋来信》,文化艺术出版社1998年版,第107页。
[2] 刘小枫等译:《柏拉图的〈会饮〉》,华夏出版社2003年版,第95页。

歌唱，欧律狄克总在死去一样。悲喜交加的世界，永远呼唤着不倦的心智与之形成更大更多的和谐，"仙鹤拳"正是其中的一种。

延伸阅读

1. 张枣：《朝向语言风景的危险旅行》，颜炼军编选：《张枣随笔选》，人民文学出版社2012年版。文章提出如下诗观："当代中国诗歌写作的关键特征是对语言本体的沉浸，也就是在诗歌的程序中让语言的物质实体获得具体的空间感并将其本身作为富于诗意的质量来确立。如此，在诗歌方法论上就势必出现一种新的自我所指和抒情客观性。对写作本身的觉悟，会导向将抒情动作本身当作主题，而这就会最直接展示诗的诗意性。这就使得诗歌变成了一种'元诗歌'（metapoetry），或者说'诗歌的形而上学'，即：诗是关于诗本身的，诗的过程可以读作是显露写作者姿态，他的写作焦虑和他的方法论反思与辩解的过程。因而元诗常常首先追问如何能发明一种言说，并用它来打破萦绕人类的宇宙沉寂。"

2. 宋琳：《精灵的名字——论张枣》，宋琳、柏桦编：《亲爱的张枣》，中信出版社2015年版。宋琳认为："怎样将个人的漂泊与时代精神中的流亡氛围对应起来，成就一种不同于简单的政治抗议和自我疗伤的存在之诗？这无疑是几代中国诗人都得面对的。张枣在最艰苦难熬的日子曾尝试过自杀，我见过他手腕上的割痕。他总是常常谈起策兰，谈他怎样用刽子手的语言写诗，在一个充满敌意的世界里用'轻柔的德意志韵律'写流亡诗篇。有时他通过翻译策兰来保持对一种诗艺高度的专注，是诗歌帮助他奇迹般地度过了种种危机时刻，细心的读者能从他的诗中找到'母语之舟'划过汪洋所荡起的一层层话语涟漪，正是那些向不确定之边界播放的涟漪拓宽了他的诗性表现空间，将他的歌声送到遥远的另一岸。他不止一次跟我谈到获得中西文化的双重视野的重要性，他称之为'中西双修'，这对于当代中国流亡诗人是前所未有的巨大考验。中国流亡诗人既不能像西方发达资本主义时期诗人那样，带着殖民者的优越心态，陶醉于异国情调，又不能像居家者那样悠闲地处理波澜不惊的日常生活。必须把自己确立为一个往返于中西两界的内在的流亡者和对话者，写作才具有当代性与合法性。尽管张枣的诗歌产量不高（这与他相信诗歌是少的艺术而抱着宁为玉碎的态度有关），而在我接触的诗人中，实际上对于写作还没有谁有他那种强烈的急迫感。他是真正的一个潜心磨炼母语之利器的'表达的急先锋'（张枣《空白练习曲》），一个元诗的不懈的'写作狂'。"

2. 钟鸣：《诗人的着魔与谶》，宋琳、柏桦编：《亲爱的张枣》，中信出版社2015年版。钟鸣说："张枣君十分聪慧，天赋极高，浅具蜀人的'狡黠'，秉湘人之烈，且混杂南人的颓靡——因敏感而脆弱，因苦闷而好纵情、尚滋味，调侃戏谑，风流倜悗，为性格复杂综合之人。其诗为楚音。民间曾有人言：天下倘若有湘军一人，便不会失国。若硬译到诗歌便是：诗界倘若有楚人当歌就不会寂寞。张枣君便是这样一个诗人，也是这样一个发楚音者。"

思考题

1. 通读全诗，请想象一下诗人写作这首诗的具体处境。

2. 第二节中，诗歌里出现了一连串自然科学意象，在现代汉语诗中很少见。请谈谈你对它们的理解。

3. 在这首诗中，回忆与想象交融得十分巧妙，这归功于诗人对词语的巧妙运用，对结构的精心构思。请谈谈你对这两方面的感受和发现。

第十七讲

从《春天,遂想起》谈余光中诗歌中的"江南"

一 《春天,遂想起》中的"江南"

暮春三月,江南草长,杂花生树,群莺乱飞。江南,作为中国人心目中的天堂,是美丽浪漫的代名词。1962年4月29日,33岁的诗人余光中写下了思念"江南"的诗《春天,遂想起》,表达了自称"江南人"的他对江南最痴心最虔诚的怀念和向往。从这首史无前例地先后21次使用了"江南"一词的诗歌的表层意蕴来看,"江南"的内涵从四个层面得以表达。

第一层,唐诗里的"江南"——古典江南。唐诗中描写江南的不可胜数,有杜甫"正是江南好风景,落花时节又逢君"中的"江南",有白居易"江南好,风景旧曾谙,日出江花红胜火,春来江水绿如蓝"中的"江南",有皇甫嵩"闲梦江南梅熟日,夜船吹笛雨潇潇,人语驿边桥"中的"江南",有韦庄"人人尽说江南好,游人只合江南老。春水碧于天,画船听雨眠。垆边人似月,皓腕凝霜雪。未老莫还乡,还乡须断肠"中的"江南",有更为诗人所钟情的杜牧《江南春》里的"江南":千里莺啼绿映红,水村山郭酒旗风,南朝四百八十寺,多少楼台烟雨中;也有苏小小的"江南"——钱塘西湖。

第二层,表妹的"江南"——爱情江南。湖滨、渔巷、柳堤中走着的表妹,一转眼已经在时光中老去了。即便见了面,她们也不可能再陪着诗人在杏花春雨的江南采莲、采菱。那众多的表妹中,有余光中青春的爱情，构筑成他柔媚的青春成长记忆。

第三层，母亲的"江南"——亲情江南。复活节到了，不能复活的是母亲，由一个江南小女孩变成的母亲。清明节到了，母亲在呼唤诗人，在圆通寺，在海峡两岸，在江南。

第四层，回不去的"江南"——家国江南。魂牵梦萦的江南，回不去的江南，只有母亲的声音在回荡——在多寺的江南、多亭的江南、多风筝的江南、钟声里多燕子的江南。

于回忆中重绘江南图景之余，诗作于每一情感段落都穿插描写彼时诗人和江南之间不可逾越的空间距离，在表达对江南的不可遏抑的思念的同时，增强了由于空间距离的存在所造成的情感上的张力，并用括号表达出独特的话语内涵：（可以从基隆港回去的）江南、（从松山飞三个小时就到的）江南、（喷射云三小时的）江南、（站在基隆港，想——想想回也回不去的）江南——反复强调台湾和江南故乡之间可以计算但却难以逾越的空间和政治距离，从而也将以上四层关于"江南"的意蕴进行了有效的区分和提升，形成了诗作无论是文字、情感，还是哲理上，无论是空间、时间，还是文化上的多层立体结构框架。首先，跨越地理空间的情感意蕴。这是一个立足于台北的江南人对一湾海峡之隔的魂牵梦萦的江南故土的呼唤和告白。其次，跨越历史时间的文化意蕴。这首诗不仅包含着古与今的时间关联，也叙写着一个个体从少年到暮年、从此岸到彼岸的生命历程。最后，跨越生死的哲理意蕴。清明虽然隔开了生者与死者，造成生者和死者无法穿越的距离，但清明的存在既寄托了生者对死者无尽的眷恋，也传递了一切生者对于死亡的无限悲悯情怀。

二 地理的"江南"

那么，余光中诗歌中的"江南"到底在哪里呢？《春天，遂想起》中提到的令诗人魂牵梦萦的"江南"，有的在四川成都，有的在湖南长沙，有的在浙江杭州，也有的无处可考。其实，令人无比向往的"江南"，从来就不是指某一个固定的地方。可以采桑，能捉蜻蜓，有多莲的湖、多菱的湖、多螃蟹的江南，多湖的江南，吴王和越王的江南，西施和范蠡泛舟的江南，乾隆皇帝的江南究竟在哪里呢？显然，余光中目中的"江南"

是指长江以南、太湖之滨的广大地方。历史上，这里土地肥沃、气候温润、流水多情、生活惬意。一提起"江南"二字，生于斯长于斯的诗人，心就会变得柔软以至于情不自禁泪流满面，思绪也自然飘向过去和远方。诗人在诗歌中除了反复吟咏"江南"这个名称之外，还在"江南"这个大意象之下，写到了更多具体的兼具中国古典诗词意蕴和文化象征意义的小意象，如蜻蜓、莲、菱、螃蟹、垂柳、风筝、燕子、寺庙等。相关的诗除《春天，遂想起》之外，还有《莲的联想》《等你，在雨中》《永远，我等》《水乡宛然》等，直接描写或间接表达的江南意象俯拾即是，如《碧潭》：

> 谁是西施，谁是范蠡
> 那就划去太湖，划去洞庭
> 听唐朝的猿啼
> 划去潺潺的天河
> 看你发，在神话里
> 就覆舟。也是美丽的交通失事了
> 你在彼岸织你的锦
> 我在此岸弄我的笛
> 从上个七夕，到下个七夕。

虽然这是一首写爱情的诗，但无论其情感是悲伤的还是美丽的，其存在是神话的还是现实的，诗人都愿意它的背景在江南。

再如《招魂的短笛》：

> 葬你于江南，江南的一个小镇。小城。
> 春天来时，我将踏湿冷的清明路，
> 葬你于故乡的一个小坟，
> 垂柳的垂发到你的坟上，
> 等春天来时，你要做一个女孩子的梦，
> 梦见你的母亲。

在清明时节的细雨雾霭中，杨柳又青，母亲却变成故乡的一座新坟，而江南如梦，清愁依旧。诗人不仅浓缩并升华了现实中江南的秀丽柔美，融会贯通了古典诗词对江南的旖旎想象，还娴熟地运用了中国传统美学中的典型物象以及种种历史典故。此外，《扬子江船夫曲》最好要用四川话来朗诵，《蜀人赠扇记》中的故乡是"川娃儿我却做过八年，挖过地瓜，捉过青蛙和萤火"的天府之国；《当我死时》"从西湖到太湖，到多鹧鸪的重庆，代替回乡"；《宜兴茶壶》中温暖的赭土里外一色，不愧是江南的沃土，诗人的后土；《布谷》中"那低回的咏叹调里，总是江南秧田的水意，当蝶伞还不见出门，蛙鼓还没有动静，你便从神农的古黄历里，一路按节气飞来"；《大江东去》中李白、苏东坡、屈原等前贤诗人渐次出现，而"我"则要在"汨罗"与"采石矶"之间游泳。

这些诗歌中最常见的意象，如鹧鸪、秧田、蝶伞、紫砂壶等都更多地来自中国古典文化，从某种意义上来说，它们属于并代表着江南的物象和意象，体现着江南文化的精神和气质，并具有独一无二的不可替代性。仅从字面来理解，地理上的"江南"即指长江以南，也就是整个长江中下游流域地区。"江南"的具体范围在唐末的时候还不很明确，但大致指苏南和浙北地区，这个概念直到明清时期逐步成型。事实上，最为明确的江南核心地带，只包括太湖周边的几个城市，如苏州、杭州、无锡、常州等。但是，"江南"的概念不仅仅源于它地理上的划分，更多的是由于其所具有的人文精神和文化内涵而广为文人墨客所推崇，它是数千年中国知识分子挥之不去的精神寄托和审美理想。"江南"通常被人们称为"水乡"，"水"在中国哲学里与"柔""灵动""智慧"相联系，受这一方水土哺育的江南人自然也更加充满灵气，热爱自由。"铁马秋风塞北，杏花春雨江南"表明地理环境对文化的影响，江南风物的细腻温婉，反映在文学创作上，多表现为明丽清新的风格，如张志和的词：西塞山前白鹭飞，桃花流水鳜鱼肥。青箬笠，绿蓑衣，斜风细雨不须归。又如周邦彦的词：叶上初阳干宿雨，水面清圆，一一风荷举。写尽了江南的婉约风致，也造就了江南文化的雅韵冲和。

同时，又由于江南开放包容的文化态度，江南多出才高八斗之士，王羲之、骆宾王、贺知章等的丽辞华章成就了其文学艺术的独特风格。而江南在文学艺术上的繁荣又与其对教育的重视是分不开的。南京夫子庙建筑群中的江南贡院作为古代科举考试的考场，是江南科举文化的象征；江南还有许多著名的书院，四大书院有三个位于江南；江南的建筑也独具特色：弄堂、石舫、园林；江南的饮食令人回味悠长：饭淘箩、梅干菜、黄泥螺；江南的创造享誉古今：紫砂壶、龙泉剑、油纸伞……这种种的精致、巧妙、灵秀，无不体现着江南人的智慧与细腻，反过来，这种文化氛围又影响着一代又一代江南人文化人格的形成。

在余光中的诗歌中，"江南"首先是一个地理名词，但它绝不仅仅是一个地理名词。对于余光中来说，他早已认定自己是属于江南这块土地的，他身上流淌着的血液是江南那一片春水化育，他笔下汩汩沁出的蓝墨水也必然浸染了水乡的梅雨雾气。"江南"在诗人的人生经历中，属于过往的回忆，也属于情感的寄托。余光中在《白玉苦瓜》的自序中说："究竟是什么在召唤中年人呢？小小孩的记忆，30年前，后土之宽厚与博大，长江之滚滚千里而长，巨者如是，固长在胸臆，细者即如井边的一声蟋蟀，阶下的一叶红枫，于今忆及，亦莫不历历皆在心头。不过中年人的乡思与孺慕，不仅是空间的也是时间的，不仅是那一块大陆的母体，也是，甚且更是，那上面发生过的一切。土地的意义，因历史而更形丰富。"①因此，余光中诗歌中的江南是朦胧的、湿润的、秀丽的，也是情感的、童年的、历史的，触动读者心灵的是诗歌中那基于地理的江南而生发出的迷离而疯狂的时间的乡愁和文化的乡愁。

三 情感的"江南"

如上所述，余光中诗歌中的"江南"还是一个情感象征意象。庞德说过："一个意象是在一刹那时间里呈现理智和情感的复合物的东西。"②那么，"江南"这个意象蕴藉着什么思想和情感呢？江南山水秀丽，山环水抱带来了气候适宜、远离战争的安逸。湖泊星罗棋布，河汉纵横交错，多水的江南恰如母体的子宫，生命在这里得以休养，心灵在这里得以休憩，人再次获得了在母亲腹中原初时刻的感受。诗人余光中于重阳节降生于南京，而常州又给了他完整的童年，余光中对江南母亲的给予

---

① 余光中：《余光中集》，百花文艺出版社2004年版，第245页。
② [英]彼德·琼斯编：《意象派诗选》，裘小龙译，漓江出版社1986年版，第152页。

第十七讲 从《春天,遂想起》谈余光中诗歌中的"江南" / 245

和关爱,时刻心怀感念和眷恋。在他的诗歌中,江南的性格是温柔和乐于奉献的,是一个淳厚的母亲形象。诗人对于江南的种种爱恋,也是他恋母情结的显现。诗人曾将自己的生命划为三个时期:旧大陆(祖国)、新大陆(异国)和一个岛屿(台湾),他说旧大陆是他的母亲,而"断奶的母亲依旧是母亲",母亲江南不仅给了他生命,同时也给予了他生命原初的感动和吸吮不尽的艺术乳汁。对于江南的情感显现充盈在他诗篇中的独特江南意象之中,也渗透在他的以江南为背景的爱情、亲情诗歌书写当中。

因此,余光中诗歌中的江南还具有母性的光晕。江南本是才子寄托情思的温柔乡,在作者的笔下,当江南和他的至亲们勾连起来时,江南的面目就愈发柔情温润。余光中诗歌中的江南,好似一位温润如玉的女子,一位具有中国传统美德的女性,余光中对她除了像对母亲般敬重感激外,还像是对自己心爱女友般的喃喃絮语,满腹的衷肠都化作相思的眼泪。到这时,江南已经变成了一种混合的复杂的情感和情绪。江南是童真是母爱还是爱情,是属于回忆中怦然心动的快乐。同时,江南又是远去的岁月和阻隔的故土,是属于现实中无奈的叹息。对于他来说,童年的记忆是风筝加上舅舅加上狗和蟋蟀。最难看的天空,是充满月光和轰炸机的天空,最漂亮的天空是飘满风筝的天空。正如傅孟丽所写:"余光中这永春的小孩,一直到最后都没有学好永春话,他的口音带江南风,他后来的乡愁也是江南的。"① 江南不仅是明晃晃的色彩,当江南变成一抹忧伤的乡愁嵌在作者的心上时,江南也就笼罩上一层烟雨蒙蒙:"当我死时,愿江南的春泥覆盖在我身上。"魂归故土,也魂归母怀。

余光中说过:"因为我是南方人,生于南京,而我的母亲和妻子都是江南人,所以我少年时候想象的故乡就是江南,多水多桥,多藕多莲的江南,所以,纯粹是一个南方的一种回忆。"② 在余光中的生活中,对他影响和关爱最多的多是女性:他的母亲、表妹们、妻子、四个女儿。江南不仅孕育了他的母亲,更养育了他的妻子。自古以来,"莲"就是人们寄托

---

① 傅孟丽:《余光中传:茱萸的孩子》,上海远东出版社2006年版,第5页。
② 胡展奋:《余光中印象》,《新民周刊》2008年第2期。

爱情的意象，"菱叶萦波荷飐风，荷花深处小船通。逢郎欲语低头笑，碧玉搔头落水中"。余光中的诗中也经常出现"莲"这个意象，并使用到极致。《等你，在雨中》这首诗写一个翩翩少年等待他的"莲"一样的情人而不得的心情，等待的场景是满池的红莲，竟至于诗人感慨"每朵莲都像你"，清芬如莲，素手如莲，翩翩走来的步履如莲，而且是从一首小令、一首爱情的典故、一首姜白石的词中有韵地走来。《莲的联想》中的那朵莲，则被痖弦认为，也许是把咪咪的另一重人格加以美化，也许是另有其人。但无论是虚化还是美化，余光中诗中的江南意象随着诗人的成长而变化，江南的"莲"成为他爱情的图腾。

　　余光中在《莲恋莲》中这样说："由于水生，它令人联想巫峡和洛水，联想华清池的'芙蓉如面'，联想来自水而隐于水的西子。青钱千章，香浮波上，嗅之无味，忽焉如有，恍兮惚兮，令人神移，正是东方女孩的含蓄。"①"江南"及其涵盖下的大小意象群，记录着诗人恋爱的轨迹，传递着他对恋人的柔情。当年，在江南的舅家，那么多的表姐妹，个个斯文秀气，常把余光中看得眼花缭乱。余家和孙家的长辈们都这么说：将来就跟哪个表妹成亲吧！后来，余光中果然娶了个表妹。于是，江南成为一种无法排遣的情感，甚至将作者越缚越紧，在这里，江南等同于乡愁。写下江南这两个字，诗人流下一把心酸的眼泪。江南，作为历史的代名词，记载了一个孩子变成青年的青葱岁月。江南，作为祖国的代名词，一湾浅浅的海峡把人隔在了时空之外。而从余光中离开大陆到写《春天，遂想起》的这十几年里，台湾的资本主义工业化和城市化的脚步越走越快，曾经存在于故乡的那种单纯的快乐和人情，在台湾这片土地上变得日渐稀薄。遥想儿时江南的生活经验，就更像是一个童话，一个天堂，一个梦境。每当夜深人静无限唏嘘之时，诗人借助记忆方可抵达过去的美好时光，稍稍缓解困于心中的孤独、空虚和绝望。这时的江南是一条历史的河流，民族文化的根脉，是精神的原乡，是栖息灵魂的乌托邦。江南的一山一水，想象中萌动的生机和美丽，给作者的灵魂注入本真的存在感和久违了的感动。

---

① 余光中：《余光中集》，百花文艺出版社 2004 年版，第 6 页。

四 文化的"江南"

余光中1928年出生于南京，在江南长大，21岁迁居香港，22岁赴台。江南对于余光中来说，是家园，是国族，还是最深沉的文化记忆。然而少年离家，暂居台湾，旋即羁旅世界各地。20世纪60年代初的台湾，孤悬海外，政治现实景况不容乐观；再加上工业文明的现代化所造成的经济现实带来的对人性的压抑，都使余光中对江南故土产生了浓重的文化怀恋。但是，童年之时，樱花武士的军刀，把诗的江南、词的江南砍成血腥的屠场，战争不仅将诗人的童年提前终结，还把他视若天堂和珍宝的江南变成了血海，残垣断瓦满目疮痍的江南给作者留下的是触目惊心、伤痛不已的心灵记忆。后来诗人远渡重洋，去了更远的美国。在岛内已有文名踌躇满志的年轻诗人，到了美国却发现，一个只有百年历史的国家，因为强大，反倒发掘、培养了有五千年文化传统的写作人才。他感受到深深的无奈与悲哀，《万圣节》体现的正是余光中文化流亡的心情。回到台湾后，不仅时刻感受到经济所带来的疏离和异化，而且外来文化对本土文化的侵蚀，更是以惊人的速度推进。小时候的织布机、刺绣都进了博物馆，小时候捉蜻蜓、捉蟋蟀的美好场景更是在工业环境下长大的孩子无法想象；更不用说当日台湾文坛书写用语上的西化、日化……江南已经遥不可及，不仅在空间上不可触摸，在时间上无法还原，在文化上也成了不可复制的记忆。从大陆到台湾的人普遍的痛苦是无家无国之感，一线海峡又在心理上造成了与母体文化的隔绝之感。江南，经过久久的压抑和沉淀，终于凝固成一颗珠贝的眼泪——浓得化不开的中国文化情结。

于是，余光中在《春天，遂想起》中集中表现了台湾人无药可医的乡愁，寻根问祖的疯狂的自我意识和现代人的情感迷失状态。这无药可医的乡愁已不仅是怀乡思亲的基础上所表现出的一种朴素的乡土意识和个人情怀，它还蕴藉着更深的历史内容即个人情感、历史命运、文化际遇与精神出路等。所以，乡愁既是个人情怀的抒发，又表达了一个知识分子对祖国历史命运的焦虑，更是一个知识分子在精神迷津中对文化家园和精神原乡的怀恋、向往和主观建构。同时，孤独、绝望是这首诗的另一个明确的知性内涵。诗人一方面通过怀恋和向往建构了一个慰藉孤苦心灵的主观世界，这个主观世界温暖潮湿如母亲的子宫，多姿多彩如童年的梦幻，多情多意如爱情的伊甸园；另一方面，诗人在最后又无情地解构了这个主观世界，揭示这个主观世界的想象性、虚妄性。孤独与绝望的情绪在现实和想象之间喷涌而出。这个主观世界之所以脆弱、虚妄，是余光中从所处的政治、经济、文化、社会心理，特别是从余光中自己的个人心灵中生长出来的，是建立在非理性的生命情结之上的主观世界。此诗在现实与理想之间表现了绝望，表达了所有渴望和努力的枉然，透露出浓重的悲剧意识，家国不再，母体文化似乎也无法触及，挣扎在现代化困境里的诗人，只能凭借追忆和想象，重建心灵故乡和精神家园。

余光中的江南情结，是他个人的心路历程、文学观念和思想意识在人生境遇中逐渐升华的结晶，而且随着空间的阻隔，时间的流逝，阅历的增长而逐年增加。江南文化情结是属于他个人的私密珍藏，同时也是对中国文人心理和文化传统的继承。江南情结既属于他个人的经验范畴，也代表了他那一代台湾人怀乡的集体想象。余光中的江南文化情结在诗歌创作和人生经历上有几个互为因果的关系。

其一，余光中以江南为主题和意象创作的诗歌，继承了中国古典诗词中的爱与美的因子，具有质朴又浓烈的感情，这种文学传统甚至可以追溯到《诗经》。同时，这些江南的诗作也可看出他所受到的新月派的影响，在现代诗歌传统中进一步强化了江南的文化特征和意象，并丰富了江南的文化意蕴。其二，江南的文化风格对余光中的思想和生活态度产生了极大的影响。新儒家代表牟宗三先生说："中国哲学的主要课题是生命，就是我们所说的生命的学问。它是以生命为它的对象，主要的用心在于如何来调节我们的生命，来运转我们的生命、安顿我们的生命。"[①] 江南的山水和草木能带给人回归生命的本真，能给予羁旅漂泊的灵魂精神家园般的安慰。余光中这位以乡愁诗风靡华人世界的诗人，在诗歌中对回归的深切表达，对生的追问和死的关注，一次又一次带领读者回归"故乡""江南"。其三，江南民风中的娱情色彩表现在江南人民对生活品质的要求上。江南生活追求的是一种精致和典雅，平实中透着情致和热情。这种民风民俗在对人的生活态度和性格的影响上，显现出尚文、细心、浪漫，充满着对生

---

① 牟宗三：《中国哲学十九讲》，上海古籍出版社1997年版，第14页。

活的用心和感悟。余光中的创作无时无刻不体现着这种影响，无论是写给妻子的炽热情诗，还是对女儿们的宠爱，抑或是对现实生活中工业化和无秩序的反感，文化的江南既让他拥有了一颗好奇探索的童心，又具备了多愁善感的细腻敏锐。

最后，江南的生活经验对余光中的诗歌创作产生了更为重要的影响，为他的诗歌增添了古典的意境和清新的语言。余光中的童年是在小桥流水人家的江南度过的，"童年经验是指一个人在童年（包括从幼年到少年）的生活经历中所获得的心理体验的总和。包括童年时各种感受、印象、记忆、情感、知识、意志等"①。对作家而言，童年经验是一种具有审美特征的认知方式和记忆体验，对创作会产生广泛、深刻而持久的影响。在余光中的作品里，无论是对江南景致的无限迷恋，还是对异域文化的动情书写，都可以看到来自他孩童时期对美的体验和认识所奠定的影响。江南，是一位诗化了神化了的老师，带给作者感觉式领悟式的最初对美的认识。江南美景和文化感受有的甚至直接出现在余光中的诗作中，如《水乡宛然》中：曾经，有一条小运河名叫清畅/船去船来，流过后院的粉墙/把木门咿呀推出去/是江南粼粼的水乡。

由此看来，"江南"显然是一个内涵无比丰富的所指。它既是静态的地理概念，也是不断变化的历史范畴；既是地理意义上的现实区域，也是精神意识层面上的文化符号。其丰厚的内蕴覆盖社会学、历史学、经济学诸多人文领域，涉及多重的语义空间。更重要的是，它还是一种充满了诗意和想象的文学资源。因此，江南在哪里已不再重要，它是地理的，也是情感的，更是文化和哲学的，它是精神家园的代名词。这里的家园，不再是某种形而下的地理概念，乃是生命终极意义上的永恒归宿。故此，"江南"终将作为所有中国文人难以割舍的精神情结贯穿一生，并永远地铭刻于汉语文学史中。

延伸阅读

1. 余光中：《余光中集》（1—9），百花文艺出版社 2004 年版。该文集是由余光中亲手编定的近半个世纪以来个人发表的诗文作品集。文集共分九卷，分类编排，

---

① 童庆炳、程正民：《文艺心理学教程》，高等教育出版社 2001 年版，第 92 页。

一、二、三卷为诗，四、五、六卷为散文，七、八卷为评论，第九卷包括译文评析与集外新作两部分。同类作品按照成书先后顺序编排。前三卷收入诗歌作品如下：第一卷：《舟子的悲歌》《蓝色的羽毛》《天国的夜市》《钟乳石》《万圣节》《五陵少年》《天狼星》；第二卷：《莲的联想》《敲打乐》《在冷战的年代》《白玉苦瓜》《与永恒拔河》《隔水观音》；第三卷：《紫荆赋》《梦与地理》《安石榴》《五行无阻》《高楼对海》。

2. 傅孟丽：《余光中传：茱萸的孩子》，上海远东出版社 2006 年版。该传记由熟悉余光中个人经历和心路历程的台湾作家傅孟丽撰写。作者在充分解读余光中作品之后，面对面访谈传主及传主的至亲好友，逐步走进诗人的内心世界，并能够将其不同时期的诗作与其丰富传奇的生活历程，组合编织成一幅完整的诗人生命形态图，让读者能够从多个面向透视诗人的人生和创作。此传记 1999 年在台湾出版，2006 年在大陆出中文简体字版，并增添了余光中在大陆各地讲学与出书的情况等资料。

3. 古远清：《余光中评说五十年》，文化艺术出版社 2008 年版。该书系名家评说丛书系列之一种，作者为台港文学研究的资深学者，著作精选国内外众多名家对余光中的各类评说文章，其中包括"视线内外的余光中""自述——炼石补天蔚晚霞"等内容，具体分为《访谈》《印象》《争鸣》《论列》等辑，博采相关史料，寻踪研究历程，兼具学术性与可读性，具有很强的资料价值。

思考题

1. 从余光中诗歌的传统文化意象分析其受到的中国古典诗歌的影响。
2. 从余光中诗歌的现代主义因素分析其受到的西方现代主义诗歌的影响。
3. 余光中诗歌在 20 世纪中国诗歌史上的独特价值和意义何在？

第十八讲

《漂木》：神秘的时间之旅

在洛夫的长诗《漂木》中，"致时间"一札，可以被认为是《漂木》的最具"形而上"思考性质的部分。

历来的哲人们都在面对时间之流时萌生过他们的奇思玄想。时间之所以会成为历代哲人们热衷探究的问题，最直接的原因大概就在于它是与人们的生命过程同在的。时间的流逝即是人的生命的流逝，所以它才会牵动那么多的人为之感喟，为之咏叹。从"逝者如斯"到"天地之悠悠"，无论是信口而出的感叹抑或是深思熟虑的哲言，其实都是在无始无终的时间里面对人的生命之短暂的一种反应。如果不是出于对人从生到死过程的关注和思考，"时间"也许就是一个没有什么意义的空洞概念。张若虚有言："人生代代无穷已，江月年年只相似。不知江月待何人，但见长江送流水。"在他的眼里，人是代代相传而各异的，而江月却是年年相似的。他还不具备现代科学知识，不知道江月也是随着时间的推移而变化着的。时间无时无处不在却无法把捉，而为了使时间变得具有可感知性和可触摸性，就只能借助于具象了。明月和流水成为最为普遍的喻象不足为奇，而对人生命过程变化的迅速，则以李白"朝如青丝暮成雪"为最惊心动魄的表现了。以诗的形式表达和表现人类对于生命之短暂的感叹，成为历代诗人们前赴后继又矢志不渝的一种追求，这本身就是一种十分耐人寻味的现象。

时间无始无终且无影无形，但又无时无处不在地影响甚至左右着人的命运，迫使人们对它进行无止境的思考与探究；而它的不可知性和无从把握的神秘性，更使得敏感的诗人们穷追不舍，似乎有一种不达目的决不罢休的坚定和执着。其实，无论是诗人，甚至是自以为不可一世的帝王如秦始皇之流，想以"长生不老"来同时间相抗衡，其一败涂地的后果是不言自明的。不过，诗人寻求同时间相抗衡的手段同秦始皇之流是截然不同的。诗人们在时间的无情流逝面前，大抵只是以无奈的心态或泰然或惶惑处之，绝不会生出妄想自己长生不老的痴愚。但是诗人在不甘成为时间的奴仆之余，似乎也在寻求一种精神上的抗衡，这种抗衡当然不是妄想成为能够战胜时间的"不朽战士"。诗人们同时间的抗衡，大抵采取了试图探究其奥秘的方法。所谓探究其奥秘，即是以诗的形式留下它的可感知性，用意象的艺术表现使其成为能够供人品赏寻味的"活化石"。像如今普遍被认为属于陈词套语的"光阴似箭，日月如梭"，从意象营造的角度说，其实还是非常成功的，只是被用滥了才使人产生审美疲劳的。所以诗人在面对时间的流逝时，如果只会感叹"岁月如流"，那就几乎可以断定他不会成为一个优秀的诗人。在已经积累了如此众多的古今中外诗人们所创造的"时间意象"的基础上，仍然敢于以自身的独特感受而创造出众多的"时间意象"并别具新意者，必定是一个出手不凡的大诗人。洛夫可以说就是这样的大诗人。"致时间"一札可以被称为洛夫在时间之旅中的一次神秘的窥探。他把在这种窥探中产生的独特而奇异的联想和想象，以繁杂而丰腴的诗歌意象呈现出来，成为一种"时间意象"的景观和奇观，不能不令人叹为观止。时间本是一个流动的概念，所以任何意图使它凝固定型的努力都属徒劳。诗人之所以敢于向时间挑战，并不是他们想阻止时间的流逝，而是力图以意象的营造来呈现一种可以感知的时间之流的存在。对无始无终无影无形的时间，洛夫的神来之笔是：

　　……嘀嗒
　　午夜水龙头的漏滴
　　从不可知的高度
　　掉进一口比死亡更深的黑井
　　有人捞起一滴：说这就是永恒

　　一个省略号来路不明，"嘀嗒"声却依稀可闻。"水龙头"固然现实可感，可是"不可知的高度"和"比死亡更深的黑井"又纯属臆想，"一滴"就能够代表"永恒"吗？短短的五行诗，似乎开启了一扇神秘之门，让读者的思绪随着他的笔锋而起伏。这究竟是一次从什么样的"不可知的高度"走向"比死亡更深的黑井"的时间之旅呢？那位宣称"一滴"就能够代表"永恒"的人，是无知的痴妄，还是言之有理？只能是拭目以待了。

拭目以待看到的是"另外一人则惊呼：灰尘"。一个"一滴"，一个"灰尘"，这些具象似乎都是时间之流中微不足道的东西。然而，如果没有这些具象的存在，时间之流又从何得以呈现呢？把"一滴"当作永恒固然因痴妄而带有反讽的意味，惊呼"灰尘"且能听到"玻璃碎裂的声音如铜山之崩"也未免有点小题大做。洛夫在表现这一切时，是不是也陷入了一个有关时间的"迷宫"之中？他能够从这个迷宫中走出来吗？

其实，洛夫对时间的思考，正是一个没有结论和答案的思考。否则，他也不会如祈祷般地写下"时间呵，请张开手掌/让太阳穿越指缝而进入"这样的诗句。面对的是时间的迷宫，太阳的光芒能够"进入"吗？时间既是"比死亡更深的黑井"，又是"无人抵达的暗室"，只是"憧憬着/日出后的授精"，就能够产下洞察这"黑井"和"暗室"的宁馨儿吗？恐怕未必。洛夫在写下这些诗句时，在内心深处也是处在困惑与迷惘的状态中的。我们从他笔下那曾经高蹈的"鸽哨"变成"丧失飞行意愿的羽毛"，以及"旧家具木头中的孤独/足以使一窝蟋蟀/产下更多的孤独"的想象中，不难体察其面对时间迷宫试图进入而难免惶恐的心态。

时间在人的身上留下的最明显的痕迹可以说是一种伤害：青丝变白发，曾经滋润光滑的容颜出现满脸皱纹。这种景象使洛夫产生一种"镜子外面的狼/正想偷袭我镜子里面的狈"的感受。"狼狈为奸"本为一体，居然出现了"狼"偷袭"狈"，其实是一种内心试图抗拒时间伤害的愿望。然而这毕竟是不可能的。作为一种内心的欲望，"试图抹平时间的满脸皱纹"无可非议，在现代社会中，以各种美容除皱手段试图抹平满脸皱纹者大有人在，然而时间的利刃早已在他们的内心深处划下了刻痕，因为时间的"狼"不会同心理的"狈"共谋。这种人的内心欲望同时间相抗衡的状态，正是造就许多或优美或忧伤诗篇的心理机制。

洛夫在表现这种心理状态时，与前人有一个很大的不同之处是，他似乎不太着眼于那些优美和忧伤的情致。他更多的是以一种理性的眼光审视这种人试图同时间相抗衡的心理状态的无奈和荒诞。当他很冷静地写下"其实死亡既非推理的过程/也不是一种纯粹"时,又以非常轻松的笔触写道:"绕到镜子背后才发现我已不在/手表停在世界大战的前一刻/把时间暂时留在……"人的生命都已经从时间的镜子中消失,而手表却"把时间暂时留在……"这岂不是一种无奈和荒诞。要知道,"绕到镜子背后"并不是"我"的主动的逃离,而是被时间这面镜子的转动所抛弃的。所以手表的时间尽管以"停在世界大战前一刻",人的生命却是一去不复返了。

作为诗的"跨行"安排,"把时间暂时留在"的后面是"尚未流出的泪里",洛夫在这里表现的是死亡尚未降临时的"暂时"状态,但是作为一种对死亡的预期和预知,死亡的大门却是时开时闭的,所以才有"我们/只要听到门的咿呀声便委顿在地"和以下诗句的出现。那"从门缝出去的是/比风阴险/比刀子的城府深",又"比殓衣要单薄得多的/某种金属的轻吼",以一种不确定的确定暗示着"比死亡更深的黑井"的存在。还有:

> 秉烛夜游正由于对黑暗的不信任
> 举起灯笼
> 就是看不见自己

人生的过程就是一个"秉烛夜游"的过程。"对黑暗的不信任"是因为"黑井"固然是确定的存在,而何时坠入这口深井则是无法确定的,所以才有"举起灯笼/就是看不见自己"的感悟。

由此我们似乎可以认定,洛夫面对时间的思考,其实就是一次直接面对死亡的思考。然而,由于他的理性和冷静,由于他的意象所表现的"剑出偏锋",以致人们在阅读这一节又一节的诗行时,似乎进入了意象的迷宫。洛夫的时间意象没有古典式的浪漫和遐思冥想,也没有人生苦短之类的忧伤情怀;他的理性和冷静并不是对生命的冷漠,而是一种参透了生命过程的必然归宿的醒悟。人性中的坚韧与柔弱,乃至人们不愿意正视的某些背离"道德律"的东西,在时间的严酷检验和审视之下,似乎都一一地显露出它们的本相。"伫立江边眼看游鱼一片片衔走了自己的倒影

/不禁与落日同放悲声"；"以及墓碑上空仓皇掠过的秋雁/白桦在死者的呼吸中颤抖"。这样的意象不能说没有一点古典意象的身影，然而在沟通人的感官和联想的功能上，它们的艺术内涵显然要丰富得多，气象也生动复杂得多。在"鸦雀肆意喧闹而叶落无声"的景象中，"时间在泥土中酣睡"所表现的，是一种对生命的叹息，还是对时间的冷漠无情所表达的无奈呢？

如果我们把洛夫对时间的思考和进入方式称之为一次神秘的时间之旅，那么，当他思考的触角伸向城市时，且看他如何施展其诗思的奇诡与超凡：

> 时间在城市里显得疲惫而任性
> 简单的生活，深不可测的机器
> 投币不一定保证自动贩卖机开口说话
> 便秘，然后是久久的等待
> 然后哗啦……掉下一个醉汉

本来，在时间面前无所谓城市或者农村，而洛夫却陡生奇想地发现"时间在城市里显得疲惫而任性"，这自然是他赋予"城市时间"的特质。时间意象被赋予城市的特质，或许体现了现代社会诸多弊端在洛夫心灵深处的濡染所产生的抵触和反感。时间本是无色无味的进程，而洛夫似乎为了强行给它打上一种烙印，有意把"城市时间"作为意象符号标示出来。这符合诗人试图与时间相抗衡而以诗的形式留下它的可感知性和"活化石"形象的艺术追求。洛夫之所以这样做并敢于这样做，正是他作为一个具有独创性诗人的最大特点和优点。就是在这一节诗中，那"简单的生活，深不可测的机器"一句中的"深不可测"四字，不禁引发对"比死亡更深的黑井"的联想。人们在城市生活中那种难以预测的命运、受阻，乃至结果与期待之间的背离，如此等等。这些现象成为时间的痕迹而被记载，是洛夫作为时间的过客和慧眼独具的诗人这种双重身份心智的产物。

之所以说洛夫的时间意象不同于古典诗人们那些或优美或忧伤的诗篇，还在于他极为敏锐也极其善于从繁杂丰富的社会现实感受中，攫取那些与日常生活息息相关而又同"哲人"的高谈阔论相去甚远的反差里，呈现出现代社会某种异化的倾向。像"一列快车从百年前的小镇里飞驰而来/正好停在叔本华的后门"，"超级市场门口哲人的寒暄火花四射/菜篮里的鱼虾瞪着迷惑的目光"这一类诗句，有心人一定会从中读出一些因意识形态脱离实际而显露的荒诞和尴尬。这难道也是时间给予人类的精神赏赐吗？置身于现代社会光怪陆离的生活之中，物质的丰富与精神的贫乏固然会形成反差，而另一种精神的无节制的泛滥，以廉价的方式兜售所谓的新潮观念和理论，同样是令一切智者不屑和鄙视的。对此，洛夫自有其独到的观察：

> 我在城市里，镜子里
> 一具玻璃的身体里看到自己
> 头脑与性器同样软弱如刚孵出的虫子
> 一根长长的绳子牵着一匹兽
> 而被我拴住的日子却很短

把"我"不时地置于与时间同步的位置，是洛夫的一种"生存感"的体现。在自我的生存中不时地感受到被异化被牵制的困惑，"而被我拴住的日子却很短"，正是一个头脑清醒的人所理应认同的现实。洛夫之所以说"时间把我扣留在地面"，"我思想的矿脉终告耗尽"，"几经努力我仍无法飞起"；而"想成为/一株枫树上最高的那片叶子"，最终带来的却是"红得早，伤痛也早"的结局。这大概也就是一个智者在生存感受中难以摆脱的困惑与疼痛罢。

诚然，生存的自然本能和欲望也是不可压抑的，而在岁月的更替中，"摇篮中我儿子被一头白发追赶得不断换尿布"，虽然有点"黑色幽默"的意味，却实实在在地写出了"岁月催人"的无奈。不过洛夫总是能够在无奈中寻找到解脱的方法，让沉重的事情变得轻松一点。"岁月催人"本是对人的伤害，而洛夫却说"唯有时间受创最深/墙上的日历被翻得不断冷笑"。这种悄悄地偷天换日的手法，也只有像洛夫这样的大手笔才能够做得举重若轻不露声色。时间的力量可以说是无坚不摧的，在它"受创最深"时，发出"不断冷笑"的居然是"日历"，思路的奇诡固然有点令人匪夷所思，但个中是否也透露出洛夫的某种心态呢？他显然是以一种坦然乃至傲然的姿态，面对生命时日的消失而不为所动，因而并不惧怕时间的伤害反而使时间"受创最深"。这既是一种主动性的消解行为，更是维护生命尊严的精神支撑。

把时间的进程同人类的生命过程融为一体，并从各种具体的形态中透视时间留给人类活动历程的痕迹，可以说是洛夫的时间意象的一大创造。时间因其无始无终无影无形而陷于空茫，但是又因为有了人类社会的存在而在空茫中留下了各种活动的痕迹。对这些痕迹的是是非非以及善恶正谬的评价，似乎是一个迄今为止依然争论不休的问题。洛夫作为诗人，他的责任并不在于对这些现象作出终结性的评价，而是在心灵感受中营造出那些令他刻骨铭心的意象，为人类的活动进程留下艺术的"活化石"。因此，我们从他的诗中就读出了一幅这样的图景：

> 钢索是一条永远走不到尽头的
> 惊悚之路。飞出去，两肋生风
> 我们在下面以掌声把他送到顶端
> 他突然坠落，一把抓起地面自己的影子
> 扔上去，他接住，立刻穿上且装作仍然活着的样子

人生的"惊悚之路"，就个体生命而言，不会是"永远走不到尽头的"；但是就"人生代代无穷已"而言，又的确是似乎"永远走不到尽头的"。洛夫所勾勒出的这一幅人生世相，对于一切有现实人生经验的人来说，可以说是耳熟能详的。"以掌声把他送到顶端"而"他突然坠落"的现象绝对不是针对某些个别人物的，因为这种事情的荒诞性和必然性遍及人类的全部历史。可笑乃至可怕的却在于那种把"自己影子""穿上且装作仍然活着的样子"的现象长盛不衰。洛夫之所以要把这一类人生景观引入他的时间意象，似乎隐含着一种对人类自身行为的荒诞性的反思意味。置身荒诞而不自知，是人类自身行为的迷失和迷误；而反思荒诞则意味着人类智慧的理性回归。洛夫正是在对许多"时间之疤"的反思中，日渐走向"恍然大悟"的。"我欲抵达的，因时间之趔趄而/不能及时抵达/有时因远离自己/根本不欲抵达"。洛夫此前所写到的"委顿在地"，

"举起灯笼／就是看不见自己","眼看游鱼一片片衔走了自己的倒影",大概都属于"时间之趔趄"所造成的"不能及时抵达"和"不欲抵达"的人生困惑罢。对于人的生存而言,有追求当然比没有追求要强得多,但是生活在这个世界上的许多人,往往是不能把命运掌握在自己手中的。因为这个世界在很多情况下是不尽如人意的:

> 有时因为风,风是我们唯一的家
> 梦从来不是,梦是堕落的起点
> 狗仔追逐自己的尾巴,我们追逐自己的影子
> 时间在默默中
> 俯视世界缓缓地坠落

有关"风"与梦的言说,有点"痛极之思"和"正话反说"的味道。唯有"时间在默默中／俯视世界缓缓地坠落",是一种真正沉痛的时间之忧。

在"追逐自己的影子"这种没有结果的人生游戏中,洛夫试图拷问的是历史。时间的流逝是历史的呈现形态,但时间不同于历史。时间空茫而历史具象。那"缓缓地坠落"的,正是形形色色的"时间之痂",也同时是充满人世辛酸与痛苦的历史。在一连串"青色的嗝""空空的嗝"和"很饱的嗝"的声音中,我们听到的正是"无从选择的沉重"。而当"恶化的肿瘤在骨髓中继续扩散"时:

> 于是,我从一面裂镜中醒来
> 俯耳地面,听到
> 黎明前太阳破土而出的轰鸣
> 在母亲体内我即开始聆听
> 时间爬过青发时金属摩擦的声音

洛夫的诗思总是那么曲折回环,柳暗花明又一村。世界的无可救药似乎又要让人从"破土而出的轰鸣"和"时间爬过青发时金属摩擦的声音"中得到拯救。得到拯救当然不会是一蹴而就和一帆风顺的。有那么多的

"声音"在洛夫的耳边缭绕不绝，他好像在潜心谛听着历史凌乱的脚步声而彷徨亍行。那些"开花的声音"，"绿色的梦话"，"兵器互击"和"鸽子敛翅"，"风雪轰轰"和"一块冰融化的过程"，"最后终于听到蚂蚁挖掘隧道穿过地球的声音"。而与此同时，虱子们"喝惯了血当然嫌露水太淡"，"游走于墙上的苍苔习惯往空洞的高处爬"，"轻俏的脚步声宛如／从时间的嘴里哼出的／一首失声天涯的歌"。在洛夫笔下呈现的这一系列意象，终于引发了他的精神家园"在哪里"的追问，回答则极富诗意而且轻盈："我默默地指向／从风景明信片中飘出的那朵云。"生命的漂泊感和不知所终，始终是洛夫心底深处一个解不开的心结或曰"中国结"。这不也正是时间在洛夫身上打下的鲜明而深刻的烙印吗？

穿行在洛夫的时间意象的隧道之中，眼花缭乱而未尝迷失方向，因为他始终以生命的感受投射于生活的斑驳陆离。不管是入世还是出世，是儒，道，佛，还是现实，浪漫，或者现代，他总是让你感受到一颗有血有肉活生生的心灵的颤动。时间本无生命感，而洛夫则以意象的诠释使它具有了生命感。这才是"致时间"一札的真正价值之所在。

早在1979年，洛夫就写过《时间之伤》，我们在"致时间"一札中依稀可以探寻到一些20年前就已埋下的伏笔。意象的更为丰富繁杂固然是无须赘说的，只是从"时间之伤"这一命意中，我们似乎可以体察到，当年的洛夫在写下"只要周身感到痛／就足以证明我们已在时间里成熟"这样的诗句中，他其实是在时间与人的关系中，发现了一种必然的常态，就是时间对人的伤害固然自不待言，反过来，人的所作所为也同时伤害着时间。这也许是一个有点玄乎的问题。洛夫写过"唯有时间受创最深"这样的诗句，这是悖乎理而顺乎情的说法，时间这种本无生命和疼痛感觉的东西，在洛夫笔下之所以逐渐被灌入了生命的气息，原因在于它所营造的那些时间意象，都是同人的生命活动融合在一起而成为一种不可分离的整体的。仔细想想，离开了人的生命活动，时间存在于何处呢？甚至可以说，没有生命活动于其间的时间，只能是一片空茫和混沌；没有源也没有流，时间是无从显现的。这正是时间与人之间存在的一种神秘的关系。对于人与时间的这种神秘关系，洛夫在下面两节诗中有非常微妙的表现和传达：

我从来不奢望自己的影子重于烟
可是有时只有在烟中才能看到赤裸的自己
神的话语如风中的火焰，一闪
而灭，生命与之俱寂
我终于感觉到身为一粒寒灰的尊严

存活
以蟪蛄的方式最为完整，痛快，有效率
微笑或悲叹，一次便是一生
时间形同炊烟
飞过篱笆便是夕阳中的浮尘

  作为有生命意识的人，如火焰一闪而灭的生命，会有"寒灰的尊严"；即使如蟪蛄般完成一生，也是有"微笑或悲叹"的。可是，"时间形同炊烟/飞过篱笆便是夕阳中的浮尘"，也就是说，在人的生命意识之外，时间和炊烟浮尘，是无"尊严"无"微笑或悲叹"的。所以说，时间虽然无所不在且威力无穷，但毕竟还是要依托生命意识的存在而存在的。问题的复杂性也许还在于，正是因为人具有生命意识而时时刻刻感受到时间对它的威胁和伤害。这样，时间与人的关系就具有一种悖论的神秘性。时间这个概念本是因有生命的存在才得以体现的，而人却因为意识到生命的日渐流逝而感受到时间的威胁和伤害。许许多多有关时间的玄思冥想因之而生成，古今中外的诗人为之咏叹为之歌吟，似乎是时间这一神秘的存在掌握着人的命运。所谓"李白三千丈的白发/已渐渐还原为等长的情愁"，这是人的生存感受，而"时钟走了很远/到达永恒的距离/却未见缩短"，则正是时间的神秘莫测之处。其实，就个体生命而言，生命的结束也就是到达了永恒，而个体生命之外的永恒是不存在的，因为它永远到达不了。这就是一个让人类永远想探究其奥秘却永远只能徒手而归的黑洞。不是有"时间隧道"之说吗？不是有爱因斯坦的假设吗？但这只能是科幻和想象的产物而已，又有谁能够把这种愿望变成现实呢？

  诗人其实也是在幻想中充当着与时间相抗衡的堂吉诃德式的骑士的。你看洛夫不是在"一气之下把时钟拆成一堆零件"吗？结果又如何呢？

第十八讲 《漂木》：神秘的时间之旅 / 261

"皮肤底下仍响着/零星的嘀嗒"是最现实又最隐秘的回答。当他再"狠狠踩上几脚"，时钟"好像真的死了"时，"而时间俯身向我/且躲进我的骨头里继续嘀嗒，嘀嗒……"洛夫有意识地以时钟作为参照物，试图同时间相抗衡而惨遭失败的结局，嘲讽了一种世态人心，用时髦的政治语言表达，恐怕就是"妄图阻止历史潮流"之类罢。

然而，我们就诗的表现而言，依然不能不被洛夫的睿智所折服。洛夫在这里所扮演的，其实是一个清醒的失败者的角色。他明明知道时间是不会因为时钟的被"拆成一堆零件"而停止运行的，但是如果抛开一切计时器作为参照物，我们将何以衡量时间的存在。日出日落，昼夜更替，它只能标志着一种循环运动，而且是外在于人的自然界的运转。人如果没有诸如时钟、日历等作为计时的标志，恐怕只能从自身由小到老的过程来感受时间了。果真如此的话，时间还能够量化成时、分、秒和年、月、日吗？果真如此的话，人们真的只能在骨头里的嘀嗒声中倾听自己生命进行曲的乐章了。自然，这一切只不过是"戏说"而已。洛夫在自己的骨头里听见的嘀嗒声，是一种对于时间的无奈，是一个清醒的失败者那种"老顽童"般的游戏方式之余的感喟。

我之所以有意把洛夫这一次神秘的时间之旅看成是一个清醒的失败者的所作所为，是因为任何一个人在时间面前都注定是失败者，只是有的人清醒地认识到这一点，而大多数人则对此认识模糊，尤以那些试图追求"永垂不朽"者最为痴妄。而洛夫在时间面前固然同样是失败者，但虽败犹荣。他有点像堂吉诃德大战风车那样大战过时间，虽然败下阵来，但却缴获了一大堆战利品。这些战利品就是他所营造的那一系列时间意象。诗歌领域里的时间意象那种古典模式，将会因洛夫的时间意象的加盟而变得更加充实和丰盈。洛夫之后，人们如果试图创造出新的意象群，必须另辟蹊径才能超越。写到这里，不禁想起了他的《时间之伤》的最后那行诗：

> 炉火将熄，总不能再把我的骨骸拿去烧吧

后继者如果只是想依赖焚烧前人的骨骸来维持炉火的旺盛，这炉火的熄灭将是指日可待的了。

在时间意象的隧道中如何点亮新的烛火以探索前进，也许会成为未来

诗人们追求的新的目标。

延伸阅读

1.《洛夫诗全集》，江苏文艺出版社2013年版。此书为首次在内地出版，收集了洛夫60多年诗歌创作之大成，同时收录诗人各时期珍贵影像、书法作品、重要文论。长诗《漂木》于2001年获得诺贝尔文学奖提名。

2. 章亚昕：《感悟与创造——论洛夫的诗歌艺术》，《文学评论》1998年第6期。作者认为，洛夫离桑田而赴沧海，走上一条身不由己的漂泊历程，诗便成为背井离乡后的家园。他面对人生中的悲剧情境，创造生命的本真境界，其意象语言也就表现出超越困境的艺术精神。于是天涯游子的身世之感造就了文化移民心态，这使诗人洛夫带有重建精神秩序的文化创造者风范。

3. 张志国：《洛夫诗歌在中国大陆的引进与传播》，《华文文学》2011年第2期。作者认为，近十年"洛夫热"在大陆的骤然掀起，是由于诗人2001年因其长诗《漂木》而获诺贝尔提名奖所引发。论文详细分析了洛夫诗歌在大陆热传的各种原因。可作参考。

思考题

1. 你是如何看待洛夫诗歌中的时间的？
2. 找洛夫的一首诗来进行详细的文本分析。

后 记

本教材是由四川师范大学教务处和四川师范大学文学院重点资助的教材项目，也是四川师范大学"中国现当代文学与文化"创新团队的科研成果之一。教材写作经过了集体研讨决定篇目、示范讨论体例、集体修改等过程。本教材尽量选取多样化的诗歌批评文本，以呈现目前诗歌领域诗歌解读的整体风貌。

参与本教材编写的人员，来自全国各大高等院校的专家、教授，具体分工如下：

吴晓东（北京大学）撰写导论、第五讲

刘永丽（四川师范大学）撰写第一讲、第六讲、第十一讲

李　琴（四川师范大学）撰写第二讲、第十讲

朱寿桐（四川师范大学讲座教授，澳门大学特聘教授）撰写第三讲

谭光辉（四川师范大学）撰写第四讲、第九讲

贺仲明（暨南大学）撰写第七讲

易　彬（长沙理工大学）撰写第八讲、第十三讲

李　涯（四川师范大学）撰写第十二讲

张清华（北京师范大学）撰写第十四讲

李　玫（东南大学）撰写第十五讲

颜炼军（浙江工业大学）撰写第十六讲

王艳芳（江苏师范大学）撰写第十七讲

叶　橹（扬州大学）撰写第十八讲

参加本书撰写的大多是在诗歌研究领域卓有成就的专家、学者，既有在诗歌领域驰骋多年的老一代诗评家，又有专修新诗研究的中、青年诗评家的诗歌细读与评论，目的是展现多姿多彩的诗歌解读方式。刘永丽对本

书进行统稿并添加部分章节的"延伸阅读"。本教材可用作大学专、本科选修课教材，亦可作为研究生选修课教材，还可作为诗歌爱好者的参考书。由于时间仓促，水平有限，错讹之处在所难免，望方家不吝赐教指正。

编　者

2016 年 5 月